MEMORY HOUSE
记忆坊文化

擦星星的人

KISS THE STARS

玄默 著

长江出版社
CHANGJIANG PRESS

图书在版编目（CIP）数据

擦星星的人 / 玄默著. -- 武汉：长江出版社,
2025. 6. -- ISBN 978-7-5804-0152-6

Ⅰ. I247.5

中国国家版本馆CIP数据核字第2025J735K2号

擦星星的人 / 玄默 著
CAXINGXINGDEREN

出　　版	长江出版社
	（武汉市解放大道1863号 邮政编码：430010）
选题策划	北京记忆坊文化
市场发行	长江出版社发行部
网　　址	http://www.cjpress.cn
责任编辑	张艳艳
特约编辑	莫桃桃
封面设计	小贾设计
版式设计	天　缈
印　　刷	三河市国新印装有限公司
版　　次	2025年6月第1版
印　　次	2025年6月第1次印刷
开　　本	670mm×970mm 1/16
印　　张	16
字　　数	270千字
书　　号	ISBN 978-7-5804-0152-6
定　　价	49.80元

版权所有，翻版必究。如有质量问题，请联系本社退换。
电话：027-82926557（总编室）027-82926806（市场营销部）

目录 CONTENTS

第一章　人情世故……001

第二章　私人珍藏……018

第三章　人间有光……036

第四章　无人撑伞……057

第五章　盛夏星驰……078

第六章　天光将尽……099

第七章　他的月亮……118

第八章 循序渐进 …… 138

第九章 贪生怕死 …… 158

第十章 永不可追 …… 177

第十一章 跌落云海 …… 194

第十二章 万物可喜 …… 211

第十三章 交错时刻 …… 227

第十四章 孤星长明 …… 241

 第一章

人情世故

天北市远近闻名,虽然没有山川古迹,但气候四季如春,总是成为异乡人的"诗和远方"。

今年节气好,天也热得早,刚到四月份,室内已经需要开空调了。

早上七点半,余萤准备出门。她的工作需要每天都和特殊儿童在一起,于是她换了一件纯色短袖,检查自己的牛仔裤和周身有没有尖锐的装饰,然后把指甲磨了磨。

她在门口一边找车钥匙,一边回头喊余灵珊,喊了半天主卧也没动静。她准备给余灵珊发个微信,让她别等自己回家吃晚饭了,没想到手机却先进来一通电话,还是这年代不常见的座机号码。

余萤心里咯噔一声,接起来就听见对面的大嗓门在喊:"小余啊,你在哪儿呢?"

"罗大爷,我刚要上班。"她顾不上出门了,趿拉着没系好的鞋向屋里蹦,发现余灵珊根本没在房间里。

余萤一口气堵在胸口,发现对方想得还挺周全,这次溜出门连拖鞋都藏好了。

果然，罗大爷开始抱怨："你快来吧！你姐一大早又站在门口瞪我，这不是为难我吗！说了多少遍，有规定有规定……她不能有事没事就来公安局遛早吧？"

余萤好话说尽，只求罗大爷帮自己拖住余灵珊。

她急匆匆地开车赶过去接人，路上想起来还要给其他老师打电话，因为今天是周一，伴星院里的课表安排得很满。她联系到一位助理老师，上午替她带孩子去虹巷二小。

好在虹巷区不大，今天是工作日，也没有过分拥堵。

余萤开车不到二十分钟，就来到了虹巷分局，远远地看见罗大爷背着手，正挡在余灵珊和大门入口中间。

类似的场面屡屡上演，余萤每次要被罗大爷训话，心里开始发愁。

好端端一个春日的清晨，天北市沿街都是天竺桂，长势高大却暗藏幽香，夹道而生，平日里沿街步行是件很享受的事，可惜谁赶上她此刻面对的情况都会不痛快。

罗大爷的眉毛已经拧成一团，嘴里不知道在念叨什么，但不论好话赖话，他基本每个月都能轮番说上几遍。这不能怪他，只能怪余灵珊经常跑到分局找人。前几年罗大爷守在门口，十分同情她家的情况，还会帮忙记录往上反映，这几年连他都烦了。

余萤赔着笑脸，过去拉余灵珊，这才发现她姐姐是有备而来的，一袭长裙得体，梳过头发，甚至还涂着口红，此刻人站在这里身量纤细，不吵不闹，但也不走。

余灵珊目光执拗，只重复一句："让我进去，我要找徐岷川。"

罗大爷气得指指旁边天北市虹巷区公安分局的牌子，转向余萤说："你瞧瞧，她来这里找人像话吗？我都说过几百遍了，徐队半个月前就调走了，他现在不在分局！我要不是看在你们姐俩不容易的分上……"

余萤打断他，赶紧道歉，再附送一个标准的深鞠躬，她嘴甜又懂事："多谢您照顾，我带她走，马上就走！不给您添麻烦了。"

"嘿，还是小余通情达理。"罗大爷看向余萤，脸上总算有了一点笑模样。

相比之下，余萤今天是一身朴素舒适的打扮，标准的年轻女老师样子，亲和力满满。她这样的姑娘很讨上年纪的老人喜欢。罗大爷想想又和余灵珊说:"你当姐姐的别老给小余找事了,她干特教多累啊,还得照顾你,小姑娘挺不容易的。"

日光回暖,收发室的门口无遮无拦,人人都是一头汗。

余灵珊一直不出声,终于在余萤的拉扯下反应过来,忽然又追问道:"徐岷川调走了?调去哪里了?"

"组织上的事,我可管不了,反正人不在分局。"罗大爷说完气哄哄地转身回了收发室,关门的时候还扔出一句,"你们俩赶紧回家!"

这么一折腾时间不早了,分局门口开始有人出入,确实不能胡闹。

余萤心里急,但表面上只能稳住,她强行把余灵珊拽上车,按照先前的经验,还是尽快把人送回家最保险。

这一路上姐妹俩谁也没说话,只有余萤的手机一直在响。

她原本是特教专业,两年前,她创办了一家名叫伴星院的孤独症融合教育机构,院里的学员都是孤独症谱系障碍[①]儿童。他们通过干预和康复治疗,帮助孩子们提升基础技能,进入普通学校就读。因此,伴星院里每位康复师都需要陪伴学员进入班级上课,根据普校进度,帮助学员进行融合教育[②]。

凡是和孩子相关的工作都需要全身心投入,更何况是特教,可惜余萤今天的安排都因为姐姐乱跑而被打乱了。

她一边开车,一边在等信号灯的时候陆续回消息,直到回到自家楼下,后座的人才突然出声:"徐岷川真调走了?他怎么也不和我说一声。"

余萤正在停车,本来没打算接话,但她抬眼正对后视镜,发现余灵珊也在盯着自己。那目光似笑非笑,像根针似的一猛子扎过来,让她忽然愣住了。

每次旁人提到徐岷川,余萤总有种微妙的感觉,说不清道不明,更无法溯源。就和这座城市不温不火的天气一样,气温像是被诅咒了一样卡在二十八摄氏度,这里演不出炎天暑月的爱恨,更谈不上雪虐风饕的情仇,于是街头巷尾

[①] 孤独症谱系障碍:是以社会交流受损、行为或兴趣重复、刻板为特征的神经发育障碍。
[②] 融合教育:指针对孤独症儿童的一种特殊教育模式。在康复师的陪同下,让孤独症儿童进入普通学校随班就读,为孤独症儿童提供普通儿童为参照群体,促进提升他们各项交往的适应能力。

留不下世俗往事。

人与人之间的相遇永远刚刚好。

后座的人轻声提醒她:"你没熄火。"

余萤避开目光,因为不知道答案,也只能随口胡编:"姓徐的也该往上走走了,他在分局干了那么多年……哦,去市局了吧,他肯定升职了。"

她说完觉得这个借口挺好,因为市局离她家很远,没有罗大爷这种熟人也不可能随便去找人,这个理由能让余灵珊断了念想。

后座的人没再开口,跟着她回家了。

余萤安慰道:"他爱去哪儿去哪儿,咱不闹了行吗?"

余灵珊"哦"了一声,去厨房热牛奶打算吃早饭,仿佛早上跑去公安局门口的人不是她,很快还笑笑和余萤说:"你赶紧上班去吧。"

余萤犹豫,又看着她说:"姐,四年了……就连看大门的罗大爷都帮了咱们四年。"

如果说余灵珊的执着是人之常情,那外人也算仁至义尽了。

余灵珊听完这句话没有反驳,她站在厨房,手里捏着麦片盒,直到大门响了。余萤出门好一会儿之后,她才突然松手,麦片倒出来撒了一地。

她什么也不想吃了,冲回卧室狠狠地摔上门。

余萤比原计划晚了一个多小时才来到虹巷二小。这家公立小学规模不大,位于虹巷区边缘地带的东理河片区,是区里重点扶持的融合教育小学。

今天早上的工作安排全部乱套,这让余萤始终悬着心,不光因为她姐姐的事,也因为她担心学校里的情况。上午只有雯心有时间能帮她,而对方刚刚工作半年,平常只是跟着她做助理,没有完全独立带过学员。

余萤一路跑进学校,怕什么来什么,她接到雯心的电话,对方又气又委屈,不知道躲在什么地方,声音带着哭腔道:"小余老师,你在哪儿呢?第一节课刚开始,卉卉就和同学起冲突了,现在班主任直接叫家长……对方父母都来了。"

卉卉是确诊为孤独症谱系障碍的"星娃[①]",已经在虹巷二小就读,进行过一段时间的融合。她最近几周进步很快,但今天突然更换陪读老师,可能会导致孩子缺乏安全感,出现异常举止。

---

① 星娃:日常生活中,人们普遍将确诊为孤独症谱系障碍的孩子称为星星的孩子,即星娃。

余萤直接找到班主任的办公室，进去发现里边全是人，个个脸色不善。

一个胖乎乎的男孩正蔫头耷脑地坐在班主任旁边的椅子上，脖子上的红领巾已经不太鲜艳了，和他的头发一样打着卷，他的父母都来了，显然刚刚吵过一架。这会儿屋里人听见动静，通通扭头看向余萤。

她沉下心，顶着所有质疑的目光往里走，和班主任打招呼。

卉卉的班主任姓田，是一位四十多岁的女老师，小学班主任奋战在一线，早已修炼出金刚不坏之身，早晨就是她去上的数学课。此刻她表情淡定，示意余萤看看这一屋子人，然后才清清嗓子说：“作为老师，我能理解特殊儿童有特殊需求，但我看到的时候，王梓睿已经倒在地上，胳膊受伤，班上的其他孩子受到很大的影响。现在这种情况干扰到我们的课堂秩序了，我只能找来双方家长解决问题。”

余萤表示理解，环顾四周找卉卉，又和旁边的学生家长解释：“卉卉是和爷爷奶奶一起住的，老人七十多岁了，不方便过来，今天卉卉的课程是由我们机构的老师负责安排的，您可以和我们沟通。”

田老师推推眼镜，顺势补充道：“哦对了，介绍下，这位是小余老师，我们学校和她的伴星院合作，她就是机构的负责人。”

大人的话你来我往，卉卉已经远离所有人，正独自躲在办公室的墙角，那位置有一排文件柜，她笔直地站在柜子侧面，保持脚尖和柜子的边缘完全齐平，看起来还算平静。至于雯心，一看就刚被家长骂过，这会儿眼眶泛红守在卉卉身边，一直用手捂着孩子的耳朵，避免周围的噪声让她再受刺激。

余萤走过去确认卉卉情绪稳定，也没有受伤，总算放心，她又拍拍雯心安抚了两句，询问课堂上的情况。

"田老师让学生分组领教具，卉卉想要量角器，同组的王梓睿不同意，坚持把三角尺分给她，可是卉卉特别害怕三角尺。我让她先尝试自己和同学沟通，王梓睿一直不让步，卉卉突然开始发脾气，大喊大叫，然后扑过去抢……我都没反应过来，王梓睿已经摔倒了。"

"她只能用三角尺！"王梓睿听到这里梗着脖子接话，他是一位身心都十分健康的男同学，四年级的男子汉身板茁壮，颇有脾气但不多，因为他只硬气了半句，很快偷偷看向卉卉又闭嘴了。

俗话说为母则刚，王梓睿的妈妈是一位格外刚强的母亲，她火速变脸，拉过孩子的胳膊让雯心看清楚：“什么叫王梓睿摔倒了？明明是你领来的孩子打人！"

余萤挡住雯心，上前问对方："您当时在场吗？"

王梓睿妈妈哽住了，想想说："我不在，但是……"她下意识看向田老师。

余萤不给她找借口的机会，马上又问班主任："那您当时看见卉卉打王梓睿了吗？"

田老师那时候正在黑板上画示例图形："我没看见过程，前后就那么两三秒钟，等我转身的时候全班都乱了，王梓睿已经摔在地上了。"

话说到这里，王梓睿的妈妈下不来台，眼看又要吵起来。

余萤马上先她一步开口："好，我明白了，今天在场的老师都没来得及做出反应，所以确实存在卉卉打人的可能性。"

那位刚强的母亲攒好满肚子反驳的话，没想到余萤会这么说，一时愣住了。

"我应该早点过来，但早上家里有急事。"余萤趁着她情绪稍有缓和的片刻拉过椅子，直接坐在她面前轻声安抚，"您和梓睿爸爸也是上着班突然被叫过来的吧？我遇到这种情况也烦，但现在这不是您和我的冲突，也不是家长和老师的矛盾。说白了，这件事是两个孩子在课堂上产生分歧了，只是孩子的相处问题，您说对吗？"

王梓睿的妈妈盯着余萤，这所谓的机构负责人看着年纪轻轻，肯定不到三十岁，说话温温柔柔却不显弱势。她一边忖度余萤的态度，一边皱眉想应对的方式，但苦于在余萤这番话里找不到借题发挥的引子，于是轮到一旁的孩子爸爸补位上场，他直言卉卉有病就不该来上学，话已经说得非常难听。

"没人可以剥夺孩子受教育的权力。"雯心忍不住接话，随后开始和他们解释卉卉的情况，她属于高功能孤独症儿童，智力和各方面的发育水平都正常，已经算是星娃里最好的情况了。如果能在干预的前提下坚持融合教育，卉卉完全有可能适应普校环境，未来也有希望像其他孩子一样融入社会。

余萤打断她的解释，眼下这种情况，和家长聊学科知识毫无用处。

果然，王梓睿的爸爸想都不想就回敬她们："我不管什么高功能低功能，反正这孩子就是有病，我不是歧视特殊儿童啊，但她既然是特殊儿童，就应该老老实实去特殊学校，你们别带傻子来普校妨碍别人啊！"说着他的矛头又指向班主任，认为这件事学校也有责任。

雯心又快急哭了，相比之下，一旁的田老师显然老练多了。

她不慌不忙，已经给大家倒过第二遍水，适时地打断他说："卉卉不是傻子，智商正常，这个我可以证明，她的各项学科成绩都属于中上等。我建议您先听听机构老师的话……哦，您也别着急找学校，校方对卉卉做过评估，她具备随班就读的先备技能。这几年我们二小都在推行融合教育，这是绝对符合政策要求的。"

梓睿爸爸继续和田老师争辩，音量持续抬高。

与此同时，墙角处的卉卉明显有些焦躁，她忽然抬手随着电风扇转动的方向画圈，无限重复，而且表现得异常用力，嘴里还不断念着："转，转，转！"她试图用这种行为来逃避外界的压力。

王梓睿的妈妈不由自主地往后退了两步，她还是第一次见到星娃，觉得卉卉太古怪了，马上指着她让大家看。

突如其来的关注让卉卉吓了一跳，她不断后退，余萤马上扶住她，然后轻轻拉住她的手。卉卉渐渐平复，不再躲闪，又用脚尖比对着文件柜的边缘线站好。

她不关注任何人，眼睛只追着电风扇看。

余萤安排雯心先把孩子带出去，找个安静的地方休息一会儿。

王梓睿的妈妈突然起身嚷："这孩子肯定打人！"卉卉异样的举动让她起了疑心病，她堵在门口非要拉她们去医院，给王梓睿验伤。

很快，大家都挤在办公室门口。

卉卉受不了吵闹，外人近距离的接触对她而言也难以忍受，于是她拼命挣脱，又躲回到墙角，自顾自捂住耳朵，继续去看电风扇，仿佛它是全宇宙唯一有趣的东西。

"你们看看！那孩子疯疯癫癫的，太不正常了！她绝对打了王梓睿，否则他怎么会摔倒？"家长坚持要求调取当天的课堂监控。

田老师开始劝阻，她不想把事情闹大，如果查监控势必会让学校知道她的班出事了，这点矛盾根本不至于闹得那么大，往小了说有些可笑，往大了说又涉及特殊儿童，十分敏感，矛盾的核心其实来自融合教育本身。

总而言之，大可不必。

"行，我看你们学校是收了她们这个什么机构的钱吧？学校竟然和机构沆瀣一气，不让其他家长申诉？我现在就报警！我倒要看看警察让不让我看监控！"

　　余萤无奈，前后这么一会儿工夫，人人都在气头上话赶话，一点小事反倒越说越离谱了。她实在佩服这对父母的脑回路。此刻的雯心已经忍无可忍，眼看对方家长越说越难听，还开始无端质疑融合教育的初衷，她冲过去叱责，警告对方说话要负责任。

　　争吵再度升级，王梓睿的父母扬言要报警。

　　田老师这下觉出难办了，她拉着余萤小声说："没必要闹成这样，王梓睿就是磕了一下，我叫家长来是想让他们督促孩子互相道个歉，这事就过去了。"

　　问题在于，卉卉不会像普通孩子一样理解现在的情况，她不会无缘无故就被哄去和同学道歉，她有自己的世界，规则清晰。

　　余萤知道田老师为难，对方作为小学班主任，每天要额外在课上照顾卉卉，这其实无形中增加了非常多的工作量。她打算先和田老师商量出解决方案，但一旁的王梓睿妈妈突然伸手过来拖住她，非要带她去找警察看监控。

　　余萤争不过，让对方松手也没用，场面混乱，她一边要劝雯心保持理智，一边要照顾班主任为难的处境，同时还要面对两位家长的围攻……此刻所有人都把极端情绪往她身上甩。

　　她干脆不再和梓睿妈妈拉扯，任由那位不依不饶的母亲抓着自己。朗朗乾坤，太阳底下却都是说不清的人间事。这就是生活，现实而残酷，如果只是两个普通孩子在课堂上发生争执，王梓睿的父母也许根本就不会在意。

　　余萤时常觉得沟通是人类最隐晦的缺陷，不只有孤独症儿童存在沟通障碍，普通人也一样，都在自己和外人之间筑墙，那些墙的名字各不相同，诸如自尊、猜忌、妒忌等，或许根源不同，但通通牢不可破。时间久了，人与人之间的交流隔着看不见的壁垒，让换位思考成了悖论。

　　她的无力感没有持续太久，因为这场闹剧最终被走廊里突如其来的脚步声打断了。

　　王梓睿的家长根本没来得及报警，警察就已经来了。

　　"谁要报警？"来人风风火火，T恤外还披着一件灰色的衬衫，他站定顺势再往门框上一靠，整个动作一气呵成，但卷着的衬衫袖子已经滑落半边。

　　这人眼看大家都盯着自己，突然想起还有出示证件的步骤，于是他又靠在门边掏兜，语速飞快地说："你们挺能嚷嚷啊，我在楼下都听见动静了，这么多人在学校里吵什么呢？"

警察真来了，王梓睿一家也蒙了，再加上这位警察同志看起来有些怪，头发略长，潦草随意，仿佛三两步直接从梦里空降而来。

顷刻之间，场面变得异常微妙。

警察同志非常熟稔，迅速打量起在场的每个人。他的眉眼重，再加上职业习惯带来的探究和审视，看得大家莫名都虚了三分。顷刻间，群众激昂的情绪骤然被打断，很难再续。

"你是……警察？"王梓睿爸爸脑子还没转过来，迟疑地发问。

"您肯定认字对吧，来，再看一眼，这年头办假证的也不敢办这个。"他说着又晃了晃手里的证件。

虽然不能要求警察都和电视剧里一样天生正气，但面前这位极有个人风格的同志确实也很罕见。

气氛再次变得异常安静，安静到余萤盯着门边的人反应了好久，才想起来他是谁。

她瞥见证件上的"徐岷川"三个字，一时也很沉默。

虹巷区确实没多大，想和一个人偶遇并不难，但很长时间里余萤没有再见过徐岷川。

她觉得自己真该翻翻皇历，这一上午的事乱七八糟。然而此时此刻，她姐姐找了好几年的人冷不丁出现，站在她面前，这实在过于荒唐。

余萤开始犹豫要不要和徐岷川打招呼，不敢确认对方是否还记得自己，但与此同时，徐岷川十分刻意地抬眼瞥她一眼，让她话到嘴边没能说出口。

愤怒的家长最敏感，如果让他们知道余萤还和警察认识，那所谓"勾结"的罪名还得多加一条。

她不再贸然说话。

细看之下，徐岷川变了很多，他应该和她姐姐同年，三十多岁了，人很高，过往都是利落的短发，但不知道为什么这几年似乎瘦了不少。他如今的头发长而随便，整个人以前提着的那股气散了，虽然说话依旧干脆，但和过往相比莫名透出一股颓废劲，只有看人的样子没变。

余萤一直相信，眼神可以证实对方的交流意愿是否真诚，但徐岷川的目光

009

她一直看不透，也不喜欢。

这个男人表现得很散漫，但仿佛只是某种融入世俗的手段，因为他会突然不经意地自下而上地去盯人，那时候他眼睛里的光又显得格外尖利。

过往余萤只是旁观者，但她记得，他总会这样打量余灵珊，不管这目光中还有什么别的含义，她唯一能确定的是，这个徐岷川对她姐姐并不真诚。

余萤不说话，田老师已经主动去和警察解释情况了。

没过多久，走廊里伴随着王梓睿妈妈的指责，很快又热闹起来，余萤趁机安排雯心把卉卉带离了办公室。

徐岷川已经听明白了，他把王梓睿叫过来看他的"伤势"，孩子小臂处有块淤青，表面皮肤有轻微的擦伤，但整体范围不大。

"哎哟，挺严重啊。"徐岷川扫一眼，"幸亏我及时赶到，不然你们报警，110记录，再分配到派出所安排出警，前后一耽误，这点伤估计都好了。"

余萤很想笑，但她今天是温柔善良的小余老师，只能艰难地维持礼貌。

孩子的父母听出了他的讽刺，立时不满道："你什么意思！"

关键时刻，王梓睿忍不住了，他本来一直偷偷观察徐岷川，很没眼色地在这个时候扑哧笑出了声，似乎觉得这一切太过丢脸，于是默默地把自己的胳膊背到身后，不想再被妈妈抓着展示。

"您家好大儿的伤肯定不是被人打出来的，表面都擦破皮了，这明显是磕碰伤，从形状看，不是桌角就是椅子角……万幸，撞胳膊总比撞头强。"徐岷川说着又抬眼看看小胖子，确定他没别的地方受伤，然后把他歪歪扭扭的红领巾拉正，拍着他的肩膀说，"王梓睿同学，警察叔叔问你，请你如实回答，卉卉有没有打你？"

王梓睿都快憋死了，他有一肚子话，事到如今，终于有人想听听他的意见了，于是他异常大声地吼："没有！"说完他挤到父母面前拼命解释，说卉卉大喊大叫想抢量角器，他吓了一跳，往后躲的时候自己不小心绊到了椅子腿，摔了一跤。

他不说还好，他说了反而让大人彻底没有台阶下。

他妈妈跳起来闹，坚持不信，非说是小孩子见到警察太害怕，她是当妈的人，她的孩子在学校受伤，不看监控不死心。

徐岷川的嘴也不饶人："您多虑了，这孩子的胳膊和腿都快赶上我的了，半大小子摔一跟头也没什么事……王梓睿，你说是不是？"

男孩对警察叔叔一向仰慕，王梓睿热血上头，点头如捣蒜般回答道："是！"

他妈妈快被气死了，田老师继续劝说她没有必要把这事闹大，偏偏徐岷川又不劝了。

"就想调监控是吧？"他非常痛快地说，"行，今天派出所巡逻，我们的人正好在监控室呢，既然您坚持，我跟您一起去。"

余萤对此无话可说，事已至此，静观其变。

几个人说着就要走，徐岷川忽然又转身叫住王梓睿妈妈，指指余萤说："您可想好了，咱们一去，这点纠纷大家就都知道了，如果最后监控记录显示卉卉确实没有动手，那您在学校闹这一上午……是不是应该给老师和孩子公开道个歉？"

这话一出来，煽风点火的孩子爸突然冷静下来，他很快拉住梓睿妈妈，夫妻二人互相看了看，就像被冷水泼透，两个人全都哑巴了。

田老师趁势过去劝，他们凑到一旁私下商量，最终决定不看监控了，而后王梓睿的父母编个借口领着孩子就走了。

余萤发消息告诉雯心不用担心，对方家长不会再追究。

她对于这种高开低走的收场并不意外，这种父母实在太常见，而且徐岷川撕开一条人情世故的口子，对方自然让步，这事也就了了。

最终，田老师回到办公室去忙，走廊里只剩下徐岷川和余萤。

她向他道谢，徐岷川不以为意地说："嘻，见多了，伤人面子胜似挖人心啊。"

余萤不想和他装熟，也没有叙旧的必要，她扭头想走，却被他叫住了。

"今天巧了。"徐岷川揉揉左肩，又把披着的衬衫直接团一团抓在手里，然后半坐在走廊的窗台上说，"我正好在查学校监控，看见你在办公室被人围了，过来看看。"

余萤被他这几句话勾出了好奇心，回身问他："查监控？"

徐岷川这么一坐，彻底挡住窗外的大好晴天，于是他逆光坐在暗影里，只剩一双疲惫的眼，但好在人依旧有棱角，他无所谓地笑笑说："没大事，派出所巡逻，定期做安全检查。"

011

余萤明摆着不相信:"巡逻需要派刑警来吗?"

徐岷川的话卡住了,这才想起自己这个理由确实没什么说服力,因为余萤之前去过他们分局的刑警支队,他马上继续说:"哦,我下沉到基层了,现在调来和这一片的东理河派出所协同办案。"他试图拢拢头发,很快嫌烦,靠在玻璃上作罢,嘴里的话却不停,"唉,都是为了人民群众,哪里需要往哪里搬。"

"东理河派出所不大吧,还有刑警队?"

徐岷川活动活动肩膀,看着她的眼睛正色道:"我来了就有了。"

余萤无话可说,只好礼貌地微笑。

不过徐岷川的话并不是全无用处,他让这场偶遇并不像预想中尴尬,她示意自己还有工作,走出两步又想起什么,回身正对上徐岷川的那双眼。

她只想善意地提醒他,在派出所工作可不比在分局了,他的头发应该剪剪,好歹在人民群众面前要像个样子,但徐岷川的眼神倏忽而来,大概也没想到她会转身。

他盯着她的目光毫无掩饰,又和她记忆中的不一样,原来这人也有藏锋敛锷的时候……她突然看懂了,也因此又想起余灵珊早上从后视镜里看自己的模样。

两个眼神叠加,余萤骤然发慌。

她没有时间想为什么要自乱阵脚,人的本能在这一刻逼得她只想寻求安全区,于是她一心后撤,维持他们之间原本不熟的边界。

余萤马上换了一句话说:"谢谢你替我解围。"

徐岷川笑了,他的轮廓一直隐在窗下,余萤再看过去的时候,他已经眼色如常,还是那么一副什么都无所谓的样子。

他问她:"对了,刚才没顾上聊,你姐怎么样了,还好吗?我听说她离婚了。"

"还好,已经离了好几年。"余萤的手指微微收紧,停一停才继续告诉他,"她从我姐夫家里搬出来了,现在和我一起住。"

他点点头,试图和余萤解释:"我这些年一直出案子,各省跑遍了,今年才回来,一直挺忙的,如果余灵珊去分局找我……"

"没有。"余萤马上打断他的话,"她现在状态好多了。"说完静静地看他,又补了一句,"她已经不再纠结过去的事,也让我有机会谢谢你。"

余萤说话总是声音缓和，天生就是带笑的温良模样，很能打动人，因而这一句话也说得很诚恳。

徐岷川没再接话，他蹦下窗台，从走廊另一个方向离开了。

今天卉卉的状态不适合再继续上课，余萤和雯心把她带到美术教室。那里有个单独的小门，原本是间办公室，学校已经将它挪空，留给特殊儿童作为画室。

卉卉在谱系障碍里属于比较典型的阿斯伯格综合征①，各项发育没有滞后的情况，而且因为有专注细节的能力，所以她在绘画方面的天分非常高。余萤让她回到熟悉的画室里缓解压力，然后趁着孩子挑蜡笔的时候，把雯心叫到门外说话。

她们开始复盘今天的事，余萤的话说得直白，虽然不全是雯心的错，但对方的工作有明显失误。"首先，你应该关注卉卉接触的教学用品，一旦她表现出不适，就需要找到原因，尽快干预，让她逐步适应。其次，卉卉害怕尖锐的物品，她为什么非要量角器？因为量角器没有尖角，在她看来更安全，所以当其他同学坚持拒绝的时候你就应该介入了，因为对王梓睿这样的普通孩子而言，那只是一把尺子，他不可能理解卉卉害怕的原因，更不会照顾她的情绪，如果还想让卉卉自己解决，她无法表达不良的情绪，就会歇斯底里。"

"小余老师，我刚才都想过了，我今天确实有很大的责任。"雯心太年轻，二十二岁的女孩从校园出来实习，也是社会新人，然而挫折和现实的打击接踵而至，让她的眼泪忍不住落下，此刻没有外人，她拉着余萤痛快哭出了声。

余萤接来一杯温水，眼看对方眼睛都肿了，把水杯塞给她说："好了，别哭，搞得像你被人打了。今天的事翻篇了，以后你就有处理经验了。"

雯心抽噎着喝水，她平常都是笑嘻嘻的模样，此刻却像只红眼睛的兔子，小声嘟囔说："我委屈。"

"我知道。"余萤一点都不意外，她往教室的方向指指说，"我刚开始进课堂的时候，比你还要慌。有的孩子突然倒在地上踹人，我找不到他发怒的原因，控制不了，天天被人围着骂，我知道你有多委屈。"

---

① 阿斯伯格综合征：属于高功能孤独症谱系障碍，没有明显的语言和智能障碍。

"我也是气哭的。"雯心低头抹抹脸说,"我最生气的就是那些家长的话,他们说卉卉有病,不该来上学。"

余萤听到这里笑了。

雯心问她:"你不生气吗?"

"气啊,一开始我也气,但是他们的孩子健康正常,却被班上的特殊儿童……尤其对他们而言是一些有病的孩子欺负了,为人父母,他们肯定更生气。"

"我不能要求人人都理解,但我觉得他们应该表现出最起码的尊重。"

余萤替她找到一包纸巾递过来,声音轻柔却笃定:"你可以希望得到尊重,但不能指望。"她说着顿一顿,"任何事都一样,别人的尊重不是义务。你想想,我们工作的意义是什么,不就是帮助卉卉这样的孩子获得社会尊重吗?"

雯心点头,把自己的脸擦干净。

她扭头看向画室,卉卉这会儿在房间里非常安静,正趴在桌子上认真画画。她少言寡语,完全沉浸在自己的世界里,丝毫没有因为班级里的冲突而受到影响,这似乎也是一种天赋。

雯心看着卉卉释然很多,低头擦干眼泪。

余萤拉着她往旁边走,走廊里有一整片白板,上边贴着很多给星娃准备的情绪辅助卡片,她找到那张示范微笑的表情,摆在自己的脸旁跟着它学,然后示意对面的人也一起学。

雯心被逗笑,她看向卡片上那张过分可爱的儿童笑脸,又看向余萤温柔沉静的目光,忽然想到,其实小余老师只比自己大四岁,而且身材娇小,肩膀看着还没有她的宽。但每次只要她苦哈哈地喊一声"小余老师",余萤立刻就会成为守护者的角色,揽住她的胳膊,听她抱怨,替她解决问题。

雯心一时没忍住,又问她:"你有过想哭的时候吗?"

这话让余萤想得远了,她过了一会儿才回答:"有啊,但是我每次想哭的时候都告诉自己,不行,还不到哭的时候。"

对面的雯心明显有些困惑,余萤又说:"这话是我上一次崩溃的时候,有人告诉我的。我那会儿特傻,求人帮忙被拒绝就很伤心,光知道哭,后来这几年我明白了。"

人生的难处比比皆是,不管摔得多疼都要记得先爬起来,这条路还长,连命数都还有转圜。

就像天黑的时候还有月光，想哭也要走到终点再哭。

学校午休时余萤送卉卉回家，让雯心自己打车回伴星院。

虹巷二小的位置完全挤在老房子之间，校门外的路很窄，只有双车道，还有很多非机动车抢行，道路两侧根本不可能有空间停车，所以余萤每次来学校只能多开一段路，停在下个路口。

此刻还不到下午放学的时间段，校门外没有交警协管，余萤伸手示意卉卉拉紧自己，注意安全。

路边突然驶过一辆黑色揽胜，稳稳停在她们身旁。车上坐着两个人，余萤不认识坐在副驾的人，但开车的那一位她刚刚才见过，又是徐岷川，今天可真是邪门了。

余萤回头看学校，内外没有异常，她不知道他怎么会在这里待一上午。坐在副驾的人穿着警服，应该是派出所的民警，也就是说，今天至少有两个警察一直都在学校里。

徐岷川按下车窗说："上车吧，我送你们。"

余萤拉着卉卉冲他摇头，又指指前方的路口说："我开车了，还要先送学员回家。"她无意寒暄，而身旁的卉卉正低头看路上的砖缝，一步一步比对着固定的路线向前走，直接把余萤拉走了，让她顺理成章地扭头笑笑说，"谢谢，不用了。"

车上的人没有继续坚持的理由，很快开走了。

晚上的时候，伴星院有接待事宜，两位家长第一次来机构咨询，十分着急，而且又有各自的通勤时间，余萤遇到这种情况都会安排周末或者下班时间沟通。

她在回家的路上还去取了一个蛋糕，临近十点钟才进家门，没走两步，先看到客厅里满地狼藉，全是被扯烂的花瓣，还有一个巨大的透明保护罩，已经被人砸坏了。

余萤来不及发愁，低头发现有张手写卡片被扔在地上，上面有四个字"生日快乐"，落款是李昶。

今天是余灵珊的生日，但她不爱过生日，也不爱吃蛋糕，年年都是余萤强行搞出仪式感。

"姐?"余萤假装看不见地上的东西,去敲余灵珊的房门,"我今天下班晚了。"她一边找蜡烛,一边继续说,"过生日必须许愿。"

余灵珊隔着房门喊:"我不过生日。"

余萤继续敲。

房间里的人忍不住了,开门看见余萤笑盈盈的一张脸,只好略表关心问道:"你吃饭了吗?"

余萤点头,捧着蛋糕走进房间,关门挡上乱七八糟的客厅,先让姐姐吹蜡烛,再唱生日歌,总算是把人哄高兴了。

余灵珊的床上摊着无数打口碟,她又把柜子上这些老古董翻出来了。此刻她站在床尾,手指勾一点蛋糕上的奶油,只尝一尝就不说话了,但她哼着歌,心情很好,一低头,正好看到打口碟上有个摇滚女星,烈焰红唇配齐踝的纯黑风衣,风格鲜明,个性乖张,放在如今都不过时。

她顺势走过来盯着余萤,对她身上那件平平无奇的短袖点评道:"你每天穿得这么素,难怪二十六岁了连个男朋友都找不到。"

余萤拍掉她的手,让她不要给自己捣乱:"我必须以舒服为主,不能时髦,不然装饰品容易误伤孩子,颜色太明显也会分散他们的注意力。"她说着说着觉得余灵珊此刻心情放松,借机问,"外边的东西是姐夫送的?"

确切地说,李昶已经是她的"前姐夫"了。

余灵珊坐在一旁的懒人沙发上,对着光观赏她新做的美甲,不以为意地回答:"是啊,我看见就烦,想起过去的一堆破事,给它砸了。"她继续哼歌,看上去也不像在生气。

余萤想想那个牌子,有点心疼:"其实你不想要的话,我可以搬到伴星院去当个装饰品,还有弧形的罩子,也不怕磕。"那礼物是由上千朵永生花拼出来的巨型玫瑰,精致漂亮,无疑是昂贵且用心的礼物,白白浪费让人可惜。

"姓李的既然送了,就随我处理。再说了,当年要不是因为他,我早和徐岷川好了,现在也轮不到他给你当什么便宜姐夫,装什么好人啊。"余灵珊说到这里又放下手,突然问,"你找到徐岷川了吗?看门的说他调走了,调哪里去了,你有没有帮我打听?"

余萤不说话了,也不再看余灵珊,她把打口碟一股脑塞到柜子上。

余灵珊盯着她收拾东西,不帮忙也不腾地方,还在问。

余萤胸口发堵，谈不上委屈，只是窝火。她明明可以选择继续拖延，编个借口哄人，但今天透支了太多精力，于是脱口而出："没有，你也别找他了。"

余灵珊猛然看向她："为什么？"

"非亲非故，他凭什么帮我们？你面对现实吧，四年了，徐岷川理过你吗？"

沙发上的人突然站起来，冷冷地看着她说："出去！"

余萤其实说完就后悔了，但话已经说到这个地步，也不用再憋着："你不要再想过去的事了，事实摆在眼前，你选择嫁给李昶，有过自己的家庭，虽然过不下去了，但你现在还有我，这一切都和徐岷川无关。咱们不要再去找他了，行吗？"

余灵珊的崩溃是在一瞬间的，她跳起来把余萤向门外推，非常用力，但没有喊叫，甚至她还字字清楚地和余萤说："我可以面对现实，可以一辈子不想徐岷川。对，我本来有丈夫，有儿子，我们应该一家三口好好地过下去。但你别忘了，我为什么会落到今天这个地步？"

余萤被她推到房门外，她看着余灵珊在关上门的时候咬牙切齿地盯着她说："是你，都是因为你。"

第二章
私人珍藏

　　当天晚上夜风清爽，窗子半开，早早有蝉声由远及近。月光漏进来，又被树影裁剪，轻轻洒了一地银。

　　整座城市静得出奇，只有余萤没太睡好。

　　她不难过，因为余灵珊比她大八岁，结婚很早，过得也不顺，一向阴阳怪气，总喜欢把怨气发泄在家人身上，更何况人在气头上说的话都是胡话。

　　但余萤依旧无法安眠，因为那些怨毒的话，并不是全无道理。

　　后半夜连蝉声也远了，余萤一直在做梦，她梦见了星驰，那是余灵珊的儿子。

　　梦里的小孩没有长大，还是刚刚确诊孤独症谱系障碍的时候，三岁的小男孩无法去上幼儿园，因为他的目光不看人，只会说简单的单字，还有很明显的感统失调，根本无法安坐，总喜欢乱动，稍有不顺就发脾气，甚至经常咬他自己。

　　后来余萤考上特教专业，一直在对星驰进行康复干预。她教会他笑、开口表达，也教会他走路、跳绳，一切都在向好而生……余萤从事这一行最初的原因就是为了好好照顾星驰。

她应该继续梦见小外甥慢慢长大的，可惜记忆在人的潜意识里与梦交织，把她又引回到四年前。

星驰出事了。

那场事故把他们一家人平静的生活彻底击溃，连在梦里的哭喊都消音，谁也不能回望。

余灵珊在那之后变得疑神疑鬼，精神受了刺激，性格更加古怪，她把所有的希望都放在徐岷川身上，因为他在分局刑侦支队工作，算是她的旧相识，也是她们唯一认识的警察。

余萤同样绝望，她私下去求过徐岷川，希望他能帮忙重新立案，继续调查关于星驰的那场交通事故，但他拒绝了她的请求。

那时徐岷川听完她的辩驳，目光里有太多东西，最终他问了一个荒谬的问题："你相信余灵珊？"

余萤当时就急了："你什么意思？"

他依然盯着她，目光微动，似乎叹了口气才说："你应该先给她找个心理医生。"

那个眼神让余萤看清了，她姐姐的单相思恐怕是个误会，而且旁人的同情也永远不能成为救命稻草。无论是余灵珊，还是她，显然都不值得徐岷川额外费心，怪就怪她们自己没完没了地去找碴，让人觉得她们都疯了。

徐岷川的话虽然难听，但不无道理，父母突然失去孩子，悲痛过度，产生心理问题确实应该找医生，而不是去找警察。

余萤很清楚自己在理智上并不怪他，非亲非故，人情没有二两重，可惜人活着……不是只有理智。

幸好他们并非同路人，不必再见。

余萤也不能免俗，筑墙远离，从此他也只是墙外人。

梦可以轻易越过往昔数年，闹钟却不给人机会沉湎。

余萤起床后盯着窗外坐了几分钟，她家这处小房子在五层，楼下有两棵云杉，天气温润，万物都有了蓬勃的机会，如今的树梢已经快长过窗角。

她起身开窗透透气，看见露水依依不舍地往下落，抬头还发现树上落着一只灰喜鹊，这鸟的颜色淡雅，黑色的眼睛像对玛瑙珠子，它仿佛对人类很好奇，正在认真打量庞大的"两脚兽"。

余萤点着露水弹过去,小家伙气哄哄地飞走了,但转一圈,又落在不远处的树梢继续偷看她。

她也假装藏在窗口,一动不动地和它无声"对峙",片刻之间,郁结在胸口的那些梦都散了,她每天只有早起这几分钟能留给自己,已经足够。

她不愿活成余灵珊。

余萤看着灰喜鹊笑了,轻轻地说一句:"谢谢你来看我。"她把窗户关好,不去打扰它的好日子。

当天卉卉有两节语文课,刚好伴星院的其他老师要去两个家庭做入户干预,来回很不方便,于是余萤把自己的车借给对方,她打车带卉卉去学校。

校门口不好掉头,她们在马路对面下车,卉卉突然盯着前方不动了。余萤顺着她的目光看过去,发现几十米外的树下多了一排共享单车,有人看管。

对方穿戴着印有公司标志的马甲和帽子,似乎正在清点摆放。

卉卉对日常细节非常敏感,她不说话,静静地看。

余萤借机给她解释共享单车的用途,说着说着,那个摆车的人开始偷懒,他一边扇风一边转过来打哈欠,看似十分无聊地打量人来人往。

这人好像有些眼熟,可余萤一时半刻想不出自己在哪里见过。她拉着卉卉过马路,正好保安室的门开着,保安张大哥热情地和余萤打招呼。

她顺势指指对面问:"那些自行车是学校联系的?"

"不是吧,我没听说。"保安根本没注意,探出脑袋看了一圈才发现,又说,"也好,挺方便的,怎么了?"

"没事,正好看见。"

张大哥平日守着学校门口,总会对余萤的学员们格外照顾,此刻他看见卉卉来上学,低下身和她说话。

卉卉的目光飘忽,一双眼睛黑漆漆的,毫无波澜,和他问好。

张大哥笑着随口和她聊天:"小姑娘会骑自行车吗?"

卉卉点头,她虽然不太习惯看人说话,但回答得挺快:"会,但是不想骑,危险。"

保安大哥笑她机灵,比刚来那阵爱说话了,又和她聊天:"怎么今天还是小余老师送你呀,你爸爸妈妈呢?"

卉卉扭脸不说话。

"哟，这句不想说了。"张大哥是老保安了，平日都在门口值班，已经晒出黑黢黢的一张脸，总爱笑呵呵地逗孩子。

余萤没和他多聊，领着卉卉先去上课。

昨天发生的事在班里引发不小的骚动，她们进教室的时候，全班同学都盯着卉卉看。

卉卉低着头，沿过道最中间的那条瓷砖缝一直走到最后的座位上，依次拿出书包里的文具，自始至终都很沉默。

余萤很快发现班主任已经重新安排过座位，特意将王梓睿挪远了一排，大概也是孩子家长的要求。

很快老师先带着大家念必学的课文，卉卉扫一眼投影上的例句就错开眼神，低头开始玩橡皮。余萤看出她走神，轻轻示意她关注老师的重点，集中注意力，然后拿走她的橡皮放在桌角，告诉她只要好好上课，休息的时间就可以去画画。

绘画是卉卉的兴趣点，是她这个阶段的奖励强化，可以激励她完成日常的学习。

卉卉点头，听话地去看例句。

这之后老师安排了一节作文课，题目非常简单，主要目的是希望学生展开想象力。余萤稍稍放松下来，作文课不需要太多外向的关注，对于星娃更友好。

卉卉自顾自又开始玩橡皮，但她的目光还盯着作文本，没想到教室里安静下来没多久，卉卉手里的橡皮直接掉在了地上，滚来滚去，滚到了另一排的同学脚下，刚好就在王梓睿脚边。

卉卉没有任何犹豫，起身去追她的橡皮，然而王梓睿的动作飞快，率先把橡皮拿起来了。

余萤有点紧张，打算过去介入，要是平时还好，但昨天王梓睿刚刚和卉卉闹过不愉快，他的父母不知道回去说了什么，他接下来的行为很难预料。

然而一切都超出成人的预想，王梓睿主动把橡皮递给卉卉，还笑嘻嘻地说："给你，我帮你捡的。"

卉卉愣住了，她偷偷瞥他一眼，继续盯着橡皮，没有伸手接。

王梓睿想塞到她手里，但卉卉马上退着躲，他停住了，把橡皮放在桌子上,让她自己去拿,然后和她说:"昨天的事,对不起啊。"

这下不光是卉卉,连余萤都愣住了。

此时的王梓睿确实像个小男子汉了,他看出卉卉的疑惑,反倒有点不好意思了,于是挠头说:"我回家背着我妈上网查过你的病……不对,你没有病,我搞清楚了,那是一种障碍。"他说得很认真,"但是昨天的事是因为分给你的题需要画直角,所以我才觉得你应该用三角尺,我真不是故意要和你抢的。"

卉卉总算抬眼看向他了,她慢慢地把橡皮拿回来,很小声地说:"没关系。"

王梓睿好像很高兴,按着自己的胸脯长出一口气。

卉卉难得主动开口:"小余老师告诉我了,我昨天的感觉是害怕,但我太着急了,不应该和你乱喊,对不起。"

王梓睿嘿嘿摆手,伸着胳膊给她看,昨天他不小心撞到的淤青已经没事了,紧接着他又神神秘秘地往卉卉身边凑了凑,和她轻声说了几句话。

那之后两个孩子相安无事,两节语文课也顺利度过。

下课的时候,余萤悄悄问卉卉,王梓睿后来说了什么。

卉卉看着铅笔盒里的情绪卡片,她指向代表"高兴"的笑脸说:"他说我们是朋友了,让我以后不要害怕,他会帮我的。"

余萤如释重负,她又在孩子们身上学到了一件事——刻板印象是成年人才有的一堵墙。

整整一天,天北市的日光晃眼,好在微风阵阵,不算闷热。

临近傍晚,到了放学时间,学校门口照例围着一圈家长等着接孩子,人和车全都堵在一起,定时定点让这条不起眼的小马路变得格外热闹。

徐岷川的车守在远处的路口,他正在揉自己的左肩,迎着夕阳微微眯眼,挨个观察前方街道上穿行的路人。

二小放学都会由固定的护送老师领队出来,门口有保安维持秩序,今天也一样,保安室开着门。

一切正常,这条路上唯一多余的就是那位维护共享单车的哥们儿。

副驾上依旧坐着他在派出所的同事,是位深耕基层的民警,他本名叫毛大普,绰号"大毛",像个狗名,可怜他的大名更不好听,还暗示了人长得真的很普通。于是大毛心甘情愿地像只狗，好歹还可爱。

此刻的大毛有些发愁，他的脑袋靠在车窗上说："这几个小学咱们都蹲过，监控也查了，没发现有什么问题。"他说着看见远处那片共享单车，开嗓邀功道，"怎么样，我这主意不错吧？我让兴子假装去摆车，他就能在学校门口随便溜达了，没人注意他。"

"你自己看看，傻不傻？"徐岷川气笑了，他都懒得评价，因为一天下来，那本来就没几辆的共享单车都被路人骑走了，眼下既不需要维护，也不需要清理，只剩一辆看起来最脏的没人要，孤零零地陪着兴子，还充当了他的板凳，"你还不如让他卖煎饼呢，他在分局的时候练过，手艺娴熟，没准还能挣一笔。"

"不行，这招太过时了，而且卖煎饼还要去找城管队报备，丢不丢人啊。"

徐岷川叹气说："我宁愿丢这个人。"

又过了半个小时，学校门口的人明显变少，大部分孩子都被接走了，道路状况逐渐恢复正常。

大毛弹弹车窗，提醒他："川哥，平平安安又一天，咱先回去吧？"

此时校门口有两个人出来，一大一小向路口张望，很快大人拿出手机，明摆着打算约车。

徐岷川盯着她们微微坐直，发动车却不起步，只和身边的人说："你下去吧，叫上兴子，你俩先回所里。"

"啊？"大毛对于徐岷川此刻的无情无义非常震惊，"我俩怎么回去？"

"那不是还剩一辆自行车吗，你骑上带他。"

大毛低头看看自己的肚子，挣扎道："共享单车做错了什么？故意损毁公共财物处五日以上十日以下拘留……"

徐岷川打断他，毫不担心地指指兴子说："他瘦，能挤。"

大毛的脑子还没转过来，本能地探头往前打量，他看来看去，前方路上只站着两个人，正好是昨天他们在学校监控里见过的。他警惕地问："是不是有情况？"

"有情况我能不带你俩啊。"徐岷川解开中控锁，示意他下车，然后很不耐烦地说，"我有点个人情况，先走了。"

大毛被他赶下车，看向远处那个牵着孩子的女人，又看看徐岷川，突然开始笑，一溜烟跑了。

余萤打算先在路边碰碰运气直接打车，这样比较快，这个时间段在学校附近叫网约车也要在线排队，然而出乎意料，她车没打到，又看见了徐岷川。

她不明白为什么最近天天都能见到他。

徐岷川倒是很自然地喊她说："你今天没开车吧？一起走。"

余萤不想假客气，她低头看看卉卉，正要和孩子解释说这是警察叔叔的车，卉卉却突然拉着余萤往后车门走，还一板一眼地开口说："爷爷说我可以和徐叔叔回家。"

她们上车之后，余萤的惊讶溢于言表。

徐岷川和她解释："我本来也想接卉卉。"说着他扫了一眼孩子，"她是我同事的女儿，爸爸叫胡罡，不过你可能没见过他。"

这话的信息量有点大，但徐岷川提到他的同事，这话提醒余萤了。

她马上回头，远远还能望见学校的马路对面，那个所谓清点共享单车的人徘徊一天都没走，刚刚准备收工。

余萤立刻问："那是……兴子吗？我在分局见过他。"

"是他。"徐岷川干脆承认，十分懊恼，"完了，我就说那小子不算大众脸，不好干这行吧。"早知道就该换大毛去。

"你们是在蹲点吗？学校出什么事了？"余萤很清楚兴子也是刑警。

"学校没事，日常巡查学校路段。"

余萤陪孩子坐在后座上，只能看见他的半边侧脸，她想想不乱猜了，虽然徐岷川的话半真半假，但如果真出事了，学校里也不可能毫无动静。

徐岷川习惯性地抬抬左手，活动肩膀的位置，他随便找个话题说："虹巷二小门口那个保安，你认识吗？"

她点头说："他干好几年了。"

"学生放学的时候他都在门口？"徐岷川开始琢磨放学这个流程，"相当于有个双保险，有固定的老师送孩子出去，保安也会确保家长的接送秩序？"

"对，每天来接送孩子的家长基本固定，张大哥在门口一天最少要见两次，我们都认识他。"余萤不知道徐岷川想问什么，琢磨一下说，"我听说早年附近小学有孩子走失，但好像就是从那会儿之后，小学必须安排护送老师了，每天保证在岗，而且还要和保安配合送学生出校门，虹巷二小这边没出过什么事。"

她说完特意看向他，徐岷川的神色异常平淡："是，祖国的花朵最重要，我刚到派出所，最近在了解辖区内各个学校的情况。"

余萤没问出什么，她低头看向一旁的卉卉，轻声说："卉卉来伴星院的时候有烈士子女优待证，但她奶奶不想多聊，所以我之前也不清楚具体情况。"

原来她爸爸是警察。

徐岷川沉默，过了一会儿才说："卉卉现在只有爷爷奶奶了，我昨晚去她家看望，她爷爷最近总是头晕，担心顾不上孙女……哦对了，我也是昨天才知道卉卉在你的机构里做干预。"他说着往后看一眼，"太好了。"

卉卉完全不关心他们在说什么，她只抱着自己的画册，厚厚一本，那是她每天晚上的图画日记，她一页一页翻到最后，终于找到昨天那页，抬起来想给徐岷川看。

"叔叔在开车。"余萤示意她交给自己，帮她举高一些，从后视镜里给徐岷川看。

卉卉昨晚画的是他出现在办公室外的那一刻，一张蜡笔画，线条粗糙，但卉卉可以勾勒出人物最关键的细节，甚至还画出他肩上乱搭的那件衬衫，精准地叠加上灰扑扑的颜色。

"谢谢卉卉。"徐岷川冲她笑，"你都长这么大了。"这话说得语气欣慰，但他又很快错开目光，似乎不愿再提过往。

卉卉的家不在虹巷区，距离虹巷二小有些远，路上要绕过一条省道高速，车程也长。

余萤几乎从未和徐岷川有过这样长时间的相处，徐岷川和她姐夫李昶是朋友。余灵珊没离婚那些年，他们一家人还住在一起，那时候徐岷川偶尔会去家里找李昶玩，但当年余萤还只是大学生，偶然见到客人也不过是点头之交。

如今多年未见，任何话题都显得刻意，车里安静了许久。

最终还是徐岷川先打破沉默，他抬眼从后视镜里看着余萤说："你头发长了啊，梳起来挺干练，像个小老师的样子了。"

她不自觉也多看他两眼，盯着他十分落魄且东倒西歪的发型，把那句攒了很久的话回敬给他："你也是，不过你还是剪剪吧。"

他笑了笑："你的工作挺好的，适合你。"

她问他："那你呢，为什么来派出所？"

"一个案子追了好几年，没什么进展，赶上现在局里推行刑所捆绑协作……哦，就是让刑侦队派人去和派出所一起协作，领导就把我下放了。"他握着方向盘，间或抬抬胳膊，沉声说话的样子有些疲惫，"跑夜路太久，同路的兄弟都没了，人累，心也累。"

他过往精明内敛，根本不是会说这种丧气话的人。

徐岷川变了，那种感觉又冒出来了……余萤能肯定，他这些年过得确实不太好。

赶上高峰时段，徐岷川开了四十多分钟，终于到了卉卉家。

余萤是在去年接收的卉卉，她之所以对卉卉格外照顾，一方面因为她是烈士子女，一方面也因为卉卉回家的路令人不放心。老人和孩子住在平房区，是虹巷区外环路上最偏僻的地段，这里的砖瓦房没改造，价格便宜，也因此环境有限，算是个城中村。

无数平房蜿蜒拥塞，只靠老旧的巷子彼此相连，车根本进不去。

路灯昏黄，他们一起下车送孩子。孩子和老人住在平房区最靠东侧的十三巷，这地方越往东走越偏僻，位置靠近林地，人很少，连路灯都坏得差不多了。

徐岷川告诉她，其实卉卉也是去年才搬来虹巷区的，她爸爸牺牲之后，爷爷做主卖掉了近郊的原住房，可惜换到所谓的市里，也只买得起这个地段。

今天的平房区也一样，巷子黑漆漆没个尽头。

两个大人有一搭无一搭地说话，卉卉牵着余萤的手，突然停住了，直勾勾地盯着高处看。

余萤没反应过来，正想问她怎么了，又听见斜上方有动静，像那种瓦片被蹑着踩过去的声音。她回头寻找，但唯一的光线在巷口，脚下的路又坑洼不平明明暗暗，让人完全分辨不出声音到底是从哪里传过来的。

卉卉突然情绪激动，她几乎用上全身的力气死死抓着余萤的手，声音细细地传过来："小余老师，房上有人。"

没等余萤看清哪里有人，她们脚边已经乱七八糟地砸下一堆东西。

她只记得拽过卉卉把她护在怀里，与此同时，前方走着的徐岷川也意识到不对劲，他瞬间回头冲她跑过来，出声提醒："余萤！"

有人扬声大骂，外省口音，近乎怒吼。

余萤听出来有类似砖头或是水泥块的东西砸过来，她意识到危险，不敢乱动，双手搂紧卉卉，只能僵在当场。

徐岷川的速度极快，他三步两步冲过来，伸手把她往后推。余萤抱着孩子，几乎被他一把推到了后方的墙上，这位置上方有突出的房檐，能挡住空中的坠物。

徐岷川挡在她面前，两只手稳稳地扶住她的胳膊。

余萤紧张到嗓子发哑，愣了几秒才想起要问怎么回事，但徐岷川已经先开口："砸到了吗？"两个人在幽暗的巷子里几乎脸贴脸，他甚至也没多想，抬手把她凌乱的头发勾到耳后，又低声说，"有人扔砖头，小心。"

她赶紧摇头示意自己没事，一旁的卉卉十分不安，挣扎想跑，被她牢牢抓紧。

很快房上又有动静，有人蹦下来了。

这位置的光线角度刚好，余萤余光中瞥见两个膀大腰圆的男人，骂骂咧咧抡着铁锹，直冲他们跑过来，她着急提醒徐岷川避开，慌乱之中用力推他的肩膀说："后边！"

卉卉在她身侧贴着墙，陡然发出尖叫，残余的惨淡月光被踩得七零八落，一切都乱了。

其实余萤那点手劲根本不大，但徐岷川被她一推好像很疼的样子，他左肩突然泄力，蹙眉避开她的手，往后让了一步。

不过片刻分神，他身后的人一铁锹狠狠抡过来，那咒骂的动静再加上迫近的黑影，让余萤拼命伸手想推他躲开。

徐岷川忽然抓住她的手腕抵在墙上，让她没法乱动，随后想也不想地挡在她的身前。

余萤眼看铁锹落下来，直直打到他的后背。

"孙子，真行。"他闷哼一声松开她的手，还有空说话，咬牙骂了一句，这下的冲击力让他没站稳，撞到余萤身上，于是他抬眼的时候，她的侧脸近在咫尺，明明灭灭地被笼在房檐下的暗影里。

"你……"余萤几次想说话，但说不出来。

她被他强硬地抓着，脸上全是惊诧和焦急，只有他能看见她眼底闪出星星点点的光，像是长夜将尽，最后的萤火。

此时此刻，时间不对，地点不对，但徐岷川竟然凭空冒出来一个念头——

应该早点见到她。

再早一点……他们早该相见。

徐岷川沉默缓神，余萤却在这片刻里找回了理智。

她想清对方寻衅滋事，肯定早有准备，那两个人突然冒出来，故意等在这条最黑的巷子里动手打人。她开始拼命地喊，也没时间考虑，维持着被徐岷川半拥着的姿态让他站稳。

他在她耳边说："把手机拿出来，一边跑一边喊，带着卉卉走，往外走，别去她家！"徐岷川说得很快，随后放开她，回身拦住那两人，反手抢铁锹，三下两下把为首的那人踹倒了。

这条巷子太隐蔽，余萤现在打电话报警根本来不及，但她就像和徐岷川横生出某种默契似的，忽然听懂他话里的意思了。她抓过卉卉，带她一起往来时的路跑出去，马上举着手机大声说她报警了，然后又去拍各家各户的门大喊着"杀人了，救命"。

果然，她喊的话比报警都吓人。

那两个蹦出来的浑蛋最多就是地痞流氓，还没长出胆子干杀人越货的大事。他们砖头砸完，冲上来比画两下，虚张声势地骂半天，被余萤这么放肆一喊，莫名有点心虚，其中一人很快被徐岷川按在墙上。

余萤又喊又叫，动静闹大，周围房子里陆续开始有人开窗探头。

这下情况微妙了，那个跑在后边的人瞬间忘了江湖道义，扭头就往房上蹿，直接把他抢铁锹的同伙扔下，自己翻墙跑了。

平房区的警察随后赶来，徐岷川扣住打人的那一个，同伙落网也只是时间问题了。

这两个人是来自外省的无业游民，令余萤意外的是，他们蹲在巷子里的目标其实不是徐岷川，也不是余萤，而是卉卉。

确切地说，他们是在报复她家。

余萤稳定住卉卉的情绪，带她和民警一起回家，发现她家门外还被泼了很多红油漆，有人在门口正对的墙壁上乱写乱画四个大字——害人害己。家里的两位老人看起来也知道又被闹事的人找上门来，战战兢兢地不敢出去。

平房区大部分在监控盲区，但卉卉看见那两个人了，她把逃跑的凶徒原原本本地画出来了，清楚地还原对方体貌上的关键特征，再加上徐岷川对他们的背景也有了解，对方故意持械伤人，外省口音证实籍贯，实在不是什么有经验的惯犯。

当晚平房区的派出所马上锁定范围，安排追查。

余萤想让徐岷川去医院，但他不急着走，和大家去卉卉家里看了一圈。

卉卉的奶奶拉着他的手，一句话都说不出。

余萤看出来，他们早知道今天的事会发生，直到最后老人也只是抹眼泪摇头。她想问，但直觉告诉她这会儿不是时候。

卉卉的爷爷佝偻着身子，拄着拐杖从里屋走出来，向徐岷川和余萤说："谢谢你们送卉卉回来，我家的事……给大家添麻烦了。"

这话一出来，徐岷川受不住了，突然离开。

余萤安抚好卉卉出去，看见他一个人在巷子口抽烟。

徐岷川大概是后背疼，此刻微微躬身对着路灯，路灯是那附近唯一的光源，里里外外连个影子都照不全。

她走过去刚想说点什么，但他退了两步，先把烟掐了才开口："我这一下没白挨，正好把他们拘了。"

"这事不是第一次了？"

徐岷川咳两声散散烟，安慰她说那两个人没前科，只是外省盲流，之所以流窜过来，就是为了找机会报复胡罡的家属。对方之前偷偷摸摸的，都是些泼油漆恶心人的行为，动静不大，也不好抓。如今他们追到虹巷区这边打伤人，派出所马上能找到那个同伙，把两人一起送进去，这事就到头了。

余萤虽然不知道前因，但相信他的话，因为他不可能拿卉卉的安全问题敷衍人。她点头，又指指他的后背。

他示意自己还好："幸亏今天是我撞见这两个孙子，总比让老人孩子撞见强，不然万一他们有事……我真没法和胡罡交代。"

她静静地听他说完，开口只说了三个字："去医院。"

烟雾散尽，徐岷川抬头望向她，轮廓和周遭的夜一样暗，他似乎强行扯出笑，还想说什么。

余萤没给他岔开话题的机会，又补了三个字："我陪你。"

那天夜里，余萤开着徐岷川的车，带他去东理河医院看急诊。

下车的时候，她发现徐岷川的伤势比想象中严重，他几乎左半边的肩膀连带后背都不能动，额头都是冷汗。

她扶着他去做检查，最后拍了片子，铁锹造成的击打挫伤倒是问题不大，他这么疼的原因主要是肩膀有旧伤。余萤这才知道为什么她只推了一下，徐岷川就能有那么大反应，因为他左肩曾有贯穿伤，当时没伤到神经已是万幸，只是恢复后留下了病根。

徐岷川举着片子解释，他前几年在追一伙逃犯的时候被人拿刀捅穿了，这话轻描淡写，却惹得路过的病患纷纷侧目，他只好压低声音和她打趣自己未老先衰，肩膀怕风，一个姿势待久了也总是隐隐作痛。

余萤帮他跑前跑后，并不多问。

最后检查结果出来了，徐岷川的旧伤有后遗症，目前除了辅助治疗也没什么更好的办法，医生建议他日常还是要做关节活动度的练习。

两人在医院的急诊大厅里找到椅子坐下，徐岷川总算能歇会儿了，他的后背不能倚靠，只好弯身撑着腿，姿势别扭。

深夜的急诊大厅无疑是最能体会人间疾苦的地方，凌晨时分也并不安静，明晃晃的灯光彻夜不息，间或有救护车开到门口，哭声喊声时不时冒出来，墙角处还有人铺着硬纸板和衣而卧，走投无路的人或许只能这样挨到天明。

真实的长夜一如眼前，人活着有太多的难处了，不堪细想。

余萤不由自主地叹气，但这压抑的气氛没能维持太久，她一扭头正对上徐岷川拧着眉毛忍痛的样子，没忍住笑了。

在她姐姐余灵珊的世界里，徐岷川的人设通俗易懂，他天生拿着沉稳老练、八风不动的男主角剧本，恨不得活成了一道光，从天而降，救人于水火。

可惜这位男主角刚被人从天而降打得旧伤复发，此刻灰头土脸还把裤子都攥皱了，半边身子蜷在椅子上十分落魄。

"没骗你，真是工伤。"徐岷川缓过一口气，对她这个笑感到十分意外，很快开始长吁短叹，"人民警察为人民，还要遭受人民的嘲笑。"

"不是嘲笑。"她看着他说，"我是没想到你这几年能把自己过成这样。"

这话让徐岷川一愣，又说："我刚才的表现还算英勇吧。"

余萤又笑了："可能我姐对你的滤镜太重了。"

"谁没年轻过啊。"徐岷川撑着胳膊摇摇头，没往下说。

他们同时安静下来，如果两个不算相熟的人却有往日不可深究，那无疑就有了一条不能逾越的边界。

余萤马上换个话题问他："卉卉家里是不是得罪过什么人？"

"我们前两年在滇省的山区追一伙人，对方劫持了一个小孩出逃，胡罡重伤之下为了救人质坠河牺牲了，但那个孩子最终还是淹死了……他的家属不依不饶，诬陷警察不作为。"

对方在事发当地就纠集一群村民闹事，后来知道胡罡的老家在天北市，又找到两个村里的年轻人追过来，明里暗里骚扰卉卉一家，逼到老人搬家才平静，如今又让对方找到了。

人心矛盾，害怕意外又不相信意外，自知得失有命又不甘心信命，怪天怪地怪社会。尤其在面对超过自己承受能力的痛苦时，人往往选择把过错全都推到外人身上，这样才能让他们自己好过。

余萤已经大致听明白前因后果，所以卉卉此前才不得不搬离老房子，和爷爷奶奶挤在平房区。

她心里难受，开口问他："是什么案子，能告诉我吗？"

徐岷川皱眉几次想开口，都作罢了，明摆着回忆远比他此刻的伤还要疼。

最终他摇头，叹息声几不可闻，往后换个姿势说："算了，干这行难免会遇到这些事，说多了矫情。"他又看她，"都一样……警察、老师，看着都受人尊敬，实际呢？"

余萤明白他的感觉，沉默不作声。她做老师也有被家长围着骂的时候，何况徐岷川他们涉及的都是生死。

徐岷川发现余萤的反应过于平淡，他只好缓和气氛问："小余老师，你不打算安慰安慰我吗？"

"你不用安慰。"余萤想起刚才在那条巷子里发生的一切，"事到如今，你还会扑过来救人。"

他抬眼看她，今晚余萤无疑也被吓到了，但她并不慌乱。四年之后，她说话依旧轻声细语，就连方才躲在屋檐下的时候，眼底都是安定的光。

徐岷川一直觉得这姑娘身上有股静气，只要靠近她，就能让人不由自主地放松下来。

他想得远了，目光一直在她身上来来回回，既不是审视也不是打量，这一刻他藏住所有不想说也不能说的人情世故，好像只想多看看她而已。

他的目光太纯粹，反而让余萤有些坐不住了。

她脑子里冒出徐岷川刚才在巷子里的侧脸，那会儿情急之下，他离她太近，突然抓住她的手，不容置疑又把她按在墙上……她刚要说点什么，但一切都没逃过徐岷川的眼睛。

他笑了，开口说："抱歉，我刚才是一着急才扑过去的，不是故意占你便宜啊。"

余萤没有放任这个话题发展："你是不是对占便宜有什么误会，省省吧，什么年代了，我一个四舍五入都快三十岁的人，便宜不好占。"她说着把他刚拍的片子和就诊卡都收在一起，又看看时间，已过凌晨三点。

徐岷川示意自己好多了，想要回他的车钥匙："我先送你回家。"

余萤已经向往外走，替他做了决定："别逞英雄了，还是我送你吧，我又没弄一身伤。"

一身伤的英雄同志只好自己艰难地扶着椅子站起来，接受安排。

徐岷川不肯回家休息，他说派出所里这几天大家都在熬夜加班，他也要去，好在这家医院也在东理河派出所的辖区内，仅仅相隔两条街。

余萤看他靠在车门上，实在不像能熬夜的，但是不管真理歪理，她都说不过他，她只好依言把他送回东理河派出所，自己叫车准备离开。

两人站在派出所那扇不高的小院墙之外，这样突如其来的夜，让人不知如何收尾。

徐岷川眼看天还没亮，想让余萤先进所里，找个地方歇到白天再回去，但自知她不会愿意，而且他站在院外都听见兴子出来散烟聊天的嗓门了，只好和她说："以防万一，你把行程分享给我吧，我的手机号……"余萤直接打断他的话："我的车来了。"

她盯着手机去路口迎车，根本不想让他说完。

徐岷川看她说跑就跑，突然有些感慨，他发现如今余萤很快就能做出决断，她被连累遭到袭击，差点还被误伤。这一切对徐岷川而言实在算不上事，但对普通人无异于一场噩梦，然而大半夜熬过来，余萤始终都很平静，她从容地面对警察、安抚卉卉、宽慰老人，甚至还连夜带他去了医院。

四年前，她被他一句话就说哭了，那次之后他们毫无交集，如今偶然相见，她已经选择活成那个解决问题的人。

徐岷川一直很想问，小余老师对人礼貌客气，为什么总是不肯和他说再见，他又想到如今的她好像也不会再哭了。

这样的念头，竟然让他心里十分不是滋味。

徐岷川摸索着找烟盒，墙后忽然探出一个脑袋，兴子不知道什么时候凑过来了，此刻给他按开打火机，表情贱兮兮的。

他的愁肠顿时死了一半，完全不想抽烟了，扭头问："你鬼鬼祟祟干吗呢？"

"川哥，我都听说了。"兴子听完八卦，也不抱怨他白天蹲点站一天的事了，口气万分像狗腿子。

徐岷川动动肩膀问："哪一段？"

"每一段。"兴子指指外边的路口，他都看见了，"你今天送的这个小余老师，不就是当年去局里找你的姑娘吗？别说我了，那会儿连咱们楼下的罗大爷都看见了……人家小姑娘可是从你办公室里哭哭啼啼跑出去的。"

"我今天是送卉卉去了，不然怎么能遇到骚扰胡罡爸妈的那伙孙子，不依不饶。"徐岷川说着直接把兴子拽过来当支撑，这下他总算能走快一点了。

东理河派出所已经知道徐岷川在平房区那边抓了个人，大毛在二层的办公室走廊上和他打招呼。他是徐岷川来派出所之后才认识的兄弟，总算有个有良心的，问他的伤严不严重，又看他从医院拿回来活血化瘀的药膏，自告奋勇地要帮他上药。

今晚派出所里有好几拨出去巡查的，大厅里只剩两个人在值班，辖区太平。

他们的办公室在二层，此刻徐岷川趴在桌上，上完药觉得肩膀还是钻心地疼，隐隐感觉太阳穴都在跳。他勉强想夸大毛是好同志，会心疼人，然而大毛凑过来神秘地说："今天兴子把他知道的所有内幕都和我分享了。"

徐岷川伸手扒拉水杯，敷衍道："说，让我听听是什么内幕……分散分散注意力。"

大毛很会挑重点，他从庞大的八卦信息中抽丝剥茧，总结出了主要矛盾，正想请教本尊："兴子说你当年和小余老师的姐姐打得火热，差点就成她姐夫了？"

可怜川哥受伤还要受气，一口水卡在当场，半天才顺下去。

他看上去疲惫，但抬眼的目光又一如既往锐利，直直地盯着他们说："别放屁啊，她姐姐十多年前就结婚有孩子了，还拿我们开玩笑就不合适了。"说着他低头拿手机看一眼，这后半夜安安静静，什么消息都没了。

刚才余萤的态度明显是不想让最近的偶遇变复杂，连他的手机号都不记，更不可能会给他发行程信息。

徐岷川心里的感觉起起伏伏说不清，连带着困劲一起涌上来，让他没心情听同事继续闲聊了："歇会儿吧，天亮一起和所长开会，说说这几天的情况。"

兴子和大毛两个人溜出去在院里说话，还把办公室的门带上了。

对徐岷川而言，这一夜和平时没什么区别，奔波疲惫，再加上旧伤发作，有时候让人忘了到底是哪里疼，反正熬到天亮也就麻木了，但这一夜又分明和他熬过来的这几年不一样……他起身去墙边的小沙发上趴着，睡不着，只想闭眼喘口气，但兴子和大毛这一搅和，让他想起很多过往。

他有兴子不知道的一段回忆，不能分享，私人珍藏。

人海茫茫，所有相遇总要有缘由。

玩笑归玩笑，事实上，他和余萤之间仅有的关联，确实都是因为她的姐姐。他记得有一次自己忙案子，回到分局已经很晚了，还没下车就看见余灵珊被余萤接出接待室，他当时不想再刺激对方，因而没有露面，只在车里看着她们两人离开。

那时候余萤还是短发，毕业实习阶段的女孩，没摆脱大学生的模样。她搂着余灵珊安抚，又挨个向当时值班帮助她们的人道谢。间或会有加班的人路过，难免对着她们指指点点，但余萤不卑不亢地护着姐姐向外走，不遮掩也不张扬。

他还记得余萤走到收发室的时候停住了，因为罗大爷当天受人之托正帮同事看孩子，可那孩子很难带，小女孩看着也就五六岁，根本不听话，一直在门前乱跳，跳到头发散乱，脸都看不清，气喘吁吁也不停。

罗大爷生怕孩子摔着，但无论他怎么劝，孩子都不理他，仿佛听不见，跳累就歇一会儿，然后重复继续。

余萤过去问情况，蹲在小女孩身边，她顺着孩子的目光看，夜空无云，衬出一轮光明浩然的满月。

她指指天上的月亮，孩子突然不跳了。

　　徐岷川好奇她想做什么，因而一直都没走，他看着余萤去找罗大爷要来一个深色的水盆，又接上满满一盆水，她迎着夜空把那盆水放在地上，轻轻一点，再指给孩子看。

　　那一幕在儿童眼中如同魔法，水波轻轻荡开，缓慢地归于平静，最终盆中恍然变出一轮月，流光皎洁，天上人间。

　　徐岷川有些动容，他见过形形色色太多人，要通晓世俗人性，要筑千百道墙才能磋磨出坚毅的心，但那天他怎么也没想到余萤会停下来，在她自己尚且无助和悲伤的日子里，还愿意去给一个陌生的孩子盛月光。

　　那晚的月亮成了心底扎根的执念，他永远记得余萤当天的笑，她比月光温柔。

第三章

人间有光

当天没回家的人不止徐岷川，余萤也通宵未归。

她在路上才有时间看手机上的消息，发现余灵珊发过信息说先睡了，也没有多问。因此余萤决定将错就错，打车去伴星院，打算在休息室里躺一会儿，反正很快就要天亮了。

伴星院虽然不算是东理河派出所的辖区，但离虹巷二小很近，它原本是一栋归属社区的独栋小楼，上下三层，面积不大，被围在小区的绿化之中，楼下还有小院子，能让孩子进行户外活动。

余萤下车的时候看见院门大开，那是一排铁栅栏围起来的矮门，平日从不上锁，但院里的老师在最后离开的时候肯定会把它关严。她心里纳闷，探头往院子里看，发现楼前倒着一个黑影，像是有人瘫倒在进门的台阶上。

她一夜未睡，神经再次紧绷，左右看看，两侧都是住宅区，此刻四下无人，城市的夜晚临近尾声，连蝉声都远了，楼里也没有亮灯，她只好壮着胆子打开手机的光照路，一边走一边喊："谁啊？"

地上的人竟然在打呼，完全不应声。

她又走出两步才发现那是宋昭昭，马上跑过去拍他。

宋昭昭已经是个小伙子了，个头快到一米八，此时却像个小动物似的蜷缩着身体，倒在台阶上睡觉。

余萤喊了半天他才醒，虽然露宿街头，但看起来睡得挺踏实。

天北市的夜不冷，可也还没到真正的夏天，余萤顾不上多问，先开门把他领进楼里，替他拍身上的土，打量他似乎没什么事，她的一颗心终于归位。

宋昭昭显然无法理解余萤担心的情绪，他只是习惯性地呵呵冲她笑，然后绕着自己的手指，没头没脑地蹦出一句："小余老师回来了。"

"嗯，我回来了。你怎么没回家？你妈妈呢？"

宋昭昭也是星娃，但属于低功能最不幸的那一类，他幼年起精神发育迟缓，智力低下，语言和认知也有严重障碍，如今十六岁了，依旧像个幼童，心智水平只有六七岁。他的家庭条件不好，父母都没读过什么书，早年对孤独症谱系障碍没有认知，也没有进行过系统的干预学习，一直把他当傻子养大了，导致宋昭昭学习各项技能的时间太晚。他刚来伴星院的时候有明显的攻击行为，打人、胡乱小便，甚至连走路都很不协调，如今在院里多位康复师的帮助下，已经有了很大进步，也能听懂简单的指令，执行重复性劳动，但他的沟通和理解能力非常有限，始终无法回归学校。

时代不断发展，可如今社会上依然没有太多空间留给像他这样已经长大的星娃，只有余萤愿意收留宋昭昭，她白天的时候让他留在伴星院里帮工，负责简单的环境清洁。

此刻天都快亮了，宋昭昭面对余萤的问题想了很久，他试图表达，但不知道怎么说出来，急得原地转圈。

余萤让他停住，一点一点引导性地对他进行提问："昭昭晚上见到妈妈了吗？"

"见到了。"他点头，好像想明白一些，不停重复，"妈妈让我回伴星院。"

余萤仔细回想，昨天早上宋昭昭的妈妈正常把他送来了，以往最多待到晚上七八点就会把他接走，偶尔对方有事，会请余萤多帮忙照顾一会儿，但都会提前打招呼。

余萤回忆半天，又检查手机，确认自己昨晚没收到昭昭妈妈发来的任何消息。伴星院里的老师都知道他家里条件不好。他妈妈叫陈丹，四十多岁的大姐一个人带着他，还要做环卫养家，而昭昭的情况无法读书也无法找工作，除了伴星院没有地方能去，所以每当他家里人顾不上他的时候，昭昭都会留在院里过夜，大家轮流照顾。

余萤试图吸引他的注意力，继续问："是妈妈让你回来找小余老师的，对吗？"

"对。"昭昭如释重负，只会像个小孩子一样在原地玩手指，持续发出"嗯嗯"的声音。

"那是妈妈送你回来的吗？"

"不是。"他努力地想，摇头又说，"妈妈让我回伴星院，我说知道了，我认路。"

这听起来还是宋昭昭自己走回来的，余萤试着打陈丹的电话，但对方的手机是关机状态。不巧的是，昨天她根本没机会回院里，其他老师恐怕也都早早下班了，导致宋昭昭进不了楼门，只能倒在台阶上睡觉。

她辛酸不已，但面前的人什么都不懂，笑一会儿停一会儿，目光四处乱看。她给他泡了一杯热茶，演示给他看，让他模仿自己，吹凉后再慢慢喝，然后带他上了三楼。

院里有两间休息室，平日是给孩子或者老师休息用的，她很快让昭昭去清洁他的脸和手，安排他上床睡觉。昭昭很困，听从指令一一做完，倒头就睡了。

直到此刻，余萤终于把这一夜安排妥当，靠在洗手间的墙壁上静静缓神，再用温水冲脸，浑身终于放松下来，随后她轻轻走到隔壁的另一间休息室里躺下了。

床铺简单，和衣而卧，但她没能睡着，又拿过手机看。

余萤想起刚才分别时徐岷川的话，犹豫自己是不是应该和他说一声平安到达，但怎么想……似乎都有些多余。

她重新闭上眼睛。

灯光熄灭，破晓将至，这小小的房间里仍旧漆黑一片，无声无息成了昨夜的延续。

余萤在黑暗中摸索屏幕，很熟练地按下一串号码，最终又删掉了。

天亮之后，伴随着城市沸腾的街道复苏，生活又迅速恢复秩序。

陈丹不到七点就等在伴星院门口，余萤把她儿子送下楼，询问她昨天的情况。

对方一早就出工了,来的时候还穿着城市环卫的橙色工装。她抓着孩子的表情有些难堪,遮遮掩掩不想提,但很感谢余萤:"小余老师,你快歇歇吧,不让昭昭打扰你了,我……我今天早班,能自己带他。"

"是不是家里出什么事了?"

陈丹摇头,勉强开口解释:"我男人常年不在家,昨天不知道怎么突然回来了……一进家门就喝多了,我怕昭昭惹他生气,他这个人啊,喝多了脾气太大。"

余萤明白了,昭昭的爸爸一直觉得家里养了傻子,明摆着认为他们母子是拖油瓶。他妈妈肯定是怕丈夫酒后拿孩子撒气,只好让他躲出来。

余萤不好再多问,宽慰她说:"您以后再有类似的情况,记得和我说一声,这样我可以留下陪昭昭。"

伴星院的孩子都有孤独症谱系障碍,每个孩子表现出的症状各不相同,家庭情况也有参差,但大多数各有各的难处,她们能帮就帮。余萤专职做康复师这几年,除了照顾学员,所有的空闲时间都扑在院里了,像这样类似的话她不是第一次说,昭昭妈妈今天听完却好像很触动。

她忽然上前,又拉住余萤的手反复感谢,不知道想到了什么,眼角都红了。

昭昭完全不关注她们的谈话,他只在妈妈身边转来转去,此刻替妈妈把那个沉重的随身垃圾箱背上了。

余萤感觉不太对,觉得昨天的情况恐怕没有对方说得那么简单,但她抬眼看见面前的大姐鬓角早早冒出白发,仍在自食其力地做环卫工作。母子二人相依为命,生活虽然艰辛,但他们从未放弃,这让余萤又想到昨夜在急诊大厅里看到的那些睡在墙角的人,最终她什么也没再问。

这世界的阴暗角落太多了,她只留一盏灯就好。

此后几天,院里的工作一切正常,只有卉卉没有来伴星院。

她奶奶给余萤打过电话,替孩子说明情况,那伙骚扰他们的人第二天就让派出所抓到了,而卉卉缺课是因为她爷爷头晕总是不见好,孩子想陪爷爷去医院检查。

余萤因此连续几天不需要再去虹巷二小了。

周五的时候是个阴天,天北市上空云层厚重,灰蒙蒙的,像要下雨,午后又起了风,街上的天竺桂弥散出香味,又在风里混出一股潮气。

这种天气,街头巷尾的人都带着伞,行色匆匆,只有徐岷川不着急。

他们上午又来虹巷二小蹲点了,徐岷川带着兴子和大毛三个人为一组,近期都守在学校附近。

早上学生进校,路边热闹如常,很快又耗到午后,学校内外秩序井然,还有班级趁着没掉雨点上了体育课,一群半大的男孩在操场上踢球,叫喊声此起彼伏。

天气不好,路上人太少,他们即使穿便衣也不方便在街上闲逛,于是此刻三个人全都挤在徐岷川的车里。

大毛已经有点无聊了,在后座上拍兴子的肩膀说:"来,赌今天下不下雨。"

兴子顺嘴就接:"下雨你晚上请我吃饭,不下雨我请你。"

徐岷川斜倚在玻璃上插话:"你俩当我不存在?"

"不能,不管谁请都带着川哥。"兴子很机灵,忽然又探头说,"咱也太倒霉了,盯了这么多天,什么情况都没发现,现在连小余老师也见不着了。"

徐岷川抬眼问:"你想见她?"

大毛开始笑,从后座上伸手捅过来,直捅兴子的后脖子,然后两个人异口同声地说:"不想,不敢想。"

三个男人凑在一起无限贫嘴,权当提神了。

大毛低头嘟囔:"我琢磨好几天了,现在看起来,上学放学的过程每天重复,没有发现可疑人员,会不会是咱们的推测方向有问题?"

徐岷川定定地盯着校门口,一时像是出神,但过一会儿又接话说:"不,学校里肯定有环节存在漏洞,咱们要找的这个人被大家忽略了,他藏了这么多年,专挑小学生下手。"

"关键是咱们都不知道要找的到底是一个人,还是个团伙,到目前为止都只是猜测。"

"即使是团伙也有人组织……别忘了,真正害死胡罡的凶手我们还没抓到。"

他这话让兴子和大毛全都安静了,再也没心情胡扯。

临近傍晚，雨还没下，不论输赢，他们晚饭也没能按时吃上，都在派出所里继续开会。

这几年，徐岷川一直在外省跟进一起特大拐卖儿童专案，调查侦破的过程历时三年之久，涉及多个省市乃至边境地区。警方经过多年努力，陆续解救了几十名被拐儿童。该犯罪团伙在外省的主要联络人是一名叫"莲嫂"的妇女，她手下一整条拐、送、卖儿童的罪恶产业链暗中经营近十年，她本人直到今年年初才落网。

然而这起专案查到莲嫂仍然无法告破，因为她身边还有一名男性同伙在逃，对方为了掩护莲嫂出逃挟持幼童，袭警导致胡罡牺牲，凶手至今下落不明，但幸运的是边境警方又有意外收获，这一桩骇人听闻的拐卖大案竟然还没查干净。

一般的拐卖案件涉及的目标都是婴幼儿，因为孩子岁数小不记事，更容易找到买家出手。但这一次的案子却有例外，警方在边境地区的滇省破获一个走私团伙，对方专门控制年纪较大的男童，利用他们藏匿携带违禁物品。那些可怜的男孩多数是来自境外贫困地区的弃养儿，也有两名境内被拐儿童，经查上线均来自莲嫂的团伙，因此专案组配合并案调查。

境内被拐的两个男孩特征较为统一，都是在四年前被拐，而后被多人转手卖到该走私团伙里，年纪在七至八岁。这伙买家供出了一个关键的名字"九叔"，同时莲嫂对这条线交易前后的供述漏洞百出，引起了警方的重视。经过多省公安联合办案，从寻找家人的结果来看，那两名境内男孩的被拐来源是重要突破口，两人全部来自天北市虹巷区。

此后从年初到三月底，专案组陆续调查莲嫂的同伙，搜集线索进行汇总，最终确定莲嫂身边仍有一名共犯——绰号九叔的人在逃，对方和她共同策划拐卖犯罪活动，而且专门负责拐骗难度更高、牟利更大的学龄儿童。

查到如今，他们所能掌握的情况也非常有限，仅从莲嫂身边人的供述中确认该名嫌疑人是四十五岁左右的男性，流窜多省，但老家在天北市。莲嫂的手下人全都认为该男子是她的配偶，莲嫂一直都用"九叔"称呼他，但实际经查，二人并没有登记结婚，对方很可能只是莲嫂的秘密情人。

这案子一直拖了这么多年，最关键的问题也是因为这个所谓的九叔从未直接露面，没有下线见过他，也不知道他本人的真实身份，他只和莲嫂单线联系。眼下莲嫂被捕，案件涉及三十八名被拐儿童，性质恶劣，她自知是判死刑的罪名，打定主意不肯配合供出老情人，大家始终对九叔的真实身份一无所知。

专案至今仍未找到突破口，分局只能从那两个明确被拐的孩子身上挖掘线索。但他们被解救之前曾被虐待囚禁，精神遭受重大刺激，创伤后遗症严重，对于走失当天的记忆非常模糊，导致侦破进度一直停滞。直到近期，专案组找到了他们的家庭，这才有了线索。

两个孩子来自虹巷区临近的两所小学，四年前在放学路上走失。当时两家人居住地的派出所按照儿童失踪立案，而他们的学校刚好都归属于东理河片区。

同时专案组调查发现，九叔非常狡猾，他在外省单向指挥莲嫂行动，从不亲自出手。只有来自天北市的两个孩子暴露了他的存在，这可能是九叔在老家作案的固定范围，又或者受他的诱拐方式所限，他本人只在这一带留下过犯罪痕迹，因此徐岷川和兴子一起来到东理河派出所工作。

由于专案组此前已经将要犯莲嫂抓捕归案，徐岷川对其审讯后推测九叔今年已经逃回天北市，而东理河派出所辖区内那两所出事的小学在出事之后非常警惕，只剩下最危险的一所学校，就是虹巷二小。

在对方的原计划里，如果近年有买家再次高价提出需求，九叔的下一个目标很可能就是虹巷二小的学生，所以徐岷川坚持亲自来查。

临近的派出所已经把当年两个孩子走失立案的相关卷宗都送过来了，此时此刻，大家坐在会议室里一无所获，熬夜翻卷宗都快翻烂了。

基层民警毕竟是近期才开始跟进这个案子，有人不解，提出疑问："滇省的那伙走私犯有点奇怪，他们明明能从境外找到价格更低的儿童来源，怎么会想要拐城里的孩子，大老远弄过去？"

"不奇怪。"徐岷川靠在椅子上，说起正事的时候微微挺直肩膀，"边境地区找不到父母的弃养儿很多身有残疾，还有一些外表的混血特征明显，但这两个拐过去的孩子体质好，能认字，样貌正常，一旦被控制之后不会惹人怀疑。如果将来养熟了大概率还会倒手交易，被卖去藏毒……只不过这种孩子来源也少。"

提问的人很快明白了，买家根本不操心风险问题，对犯罪团伙而言，所有的难题都能被钱解决，无非就是开价的高低而已。所幸近几年警力提升，社会各界对儿童走失的防范和警惕度也大幅提高，所以处于上游的拐卖团伙隐藏在城镇里作案的难度越来越高。

兴子是跟着徐岷川从专案组调过来的，他帮忙调出分局此前获取到的信息："目前我们能确定的共同点是两个男孩都是在学校附近被拐。他们只记得当天来的人是一名中年男性，戴着帽子和口罩，看不清脸，声称是父母单位的同事。对方的骗术是谎称他们的父母遭遇车祸，人在抢救，他要来接他们去医院。这两个男孩心急被骗都是主动上车的，然后就在车上被弄晕绑走。"他无奈地停了停又说，"这都是老掉牙的招了，两个孩子一个二年级一个三年级，之所以都信了，是因为对方可以准确地叫出他们父母的名字，报过手机号，甚至还给他们看了家长的朋友圈，证明自己确实是家长的同事，这才导致学生被骗。"

派出所的同事给大家同步过往的调查结果，当时放学的情况没有异常，两人情况相似，都是因为父母加班有事不能来接，提前和班主任打过招呼让孩子独自回家，然后那两个学生都是在回家路上的监控盲区里被骗走。而东理河这一片直到如今都是老房子，街道改造很晚，四年前监控不全，死角很多，人贩子显然早有预谋，不是随机在街上挑选的作案目标。

问题在于九叔的信息来源很难查。

即使是四年前，贩卖个人信息的渠道也很多，但对方目标精准，熟悉放学时间、周围监控情况，甚至还有可能跟踪过学生回家，提前踩过点。警方高度怀疑九叔有学校背景，能够有针对性地获取这些信息。

涉及拐卖儿童的新闻永远引人愤慨，可人们很难在生活中时刻保持警醒，危险伺机而动。那两个孩子回家的路都不远，又都已经上学了，平常看着精得很，家长都认为自己的儿子不可能走失，所以他们都有过让孩子独自回家的先例。

一切都在情理之中，但犯罪分子钻的就是一点点人之常情的空子，直接毁掉了两个家庭。

这会持续开了大半天，大家的茶都快喝干了。

今天东理河派出所的李所长也在，他接到专案组调配，这段时间负责安排人手协同徐岷川的工作。此刻，李所长的水悠悠续上，而一旁参会的社区民警就没这么沉得住气了。

戴眼镜的小刘直摇头说:"唉,时代不同了,咱小时候哪有这么多事,那会儿家家户户的孩子都没人接,小孩都是满街乱跑长大的。"

"犯罪分子与时俱进,咱们也得跟上,不能再留监控死角了!"所长突然放下水杯,痛心疾首,他顺着话题开始敲打派出所的日常工作,"我上次开会说没说过,咱们辖区都是老小区,遗留问题太多了,尤其是那个'老大难',整改工作推进这么多年了,还存在监控死角,这就是考验基层工作能力的时候……"

没人敢提醒领导跑题,负责社区的民警只能打起精神,埋头记录。

大毛对他们李所长的发散思维已经习惯了,他偷偷看向徐岷川,试图帮局里来的人把话题引回到这起专案上,接话说:"好在咱们也与时俱进了,现在辖区内三所学校的接送制度非常严格。我们这段时间也走访了学校,尤其是虹巷二小,针对老师的背景摸底,没发现能关联的可疑对象,有没有可能九叔已经放弃从学校下手了?"

徐岷川盯着卷宗看,摇头说:"从九叔此前的作案方式来看,他在天北市有自己获取信息的渠道,精准踩点,成功率高,牟利大。但曾经出事的学校早就加强管控了,家长也格外警惕,现在只有虹巷二小的学生可能是他后续的目标。"

几位所里的基层民警很快面露难色,他们自然知道这起特大专案的重要性,但侦破难度也摆在眼前,如今这么查无异于大海捞针。

很快有人低声说:"这些都只是初步推测,没有证据能确定对方的新目标一定还在东理河片区。"

"继续找,如果虹巷二小查不到,我们就申请扩大范围,哪怕挨个去查,也必须把人给挖出来。"徐岷川指尖敲了一下桌子,给大家看了两张照片,希望他们能理解,无论这个案子有多难,也绝不能轻易搁置,"这么多个家庭被毁了,人贩子还有同伙在逃,既然可能涉及学校内部,我们必须查清楚。"

照片上是专案组此前从滇省边境行动中发回的现场图,一群孩子瘦到皮包骨,被铁链锁住手脚,挤在肮脏的土房里,他们刚刚获救的时候,有几个男孩连话都不能说了。

被拐儿童的遭遇挑战人性底线,大家忽然又都安静了。

"我们在外省查了三年多,说实话,对比同类案件,这伙人下手算轻的……有的孩子被打残丧失行动力,一旦没有利用价值了,还可能会被卖去摘器官。"

徐岷川面对的都是重案，他见过生死之间更残忍的恶。

所有人都默不作声地盯着那些照片，很快没有任何异议了。

李所长站起身率先打破沉默，表示同意此前分局调查的方向："确实，不可能这么巧，既然出事小学都在我们片区，大概率这个九叔就隐藏在本辖区内。对方很可能在天北市的同伙不多，因为这里是他的老家，为了安全起见，他只有在买家出高价的时候才会动手。"

大家听了所长的话不知是喜是忧，这也说明了一个事实，专案组把边境那伙买家端掉之后，九叔现阶段再动手的可能性不大了，即使范围能缩小到东理河片区，这里的街道也不少，基层警方很难迅速突破。

兴子叹了口气，挠挠头说："唉，继续蹲点吧。"

办法虽老，却是基本功，眼下他们只能花时间继续巡查蹲点，争取找到新线索。

大毛的胳膊撑在桌上，一边想一边说："能知道这些消息的不就是班主任吗？各科的任课老师恐怕都不会了解得这么细，或者学校行政职能方面的人？"

即使是这些岗位，大家也初步排查过了。

所长听出大家有情绪了，但他没说什么，先看向身边的人，这会儿徐岷川也十分客气，垂眼不发话，于是李所长顺理成章地开始帮他安排工作。

"再去查查虹巷二小里的教职工，不光是老师，包括所有在岗人员，有没有曾经在另外两所学校工作过的人，重点比对。"

两名社区民警被点名，赶紧领任务。小刘冲着徐岷川的方向撇撇嘴，显而易见，自打徐岷川从分局下来，东理河派出所的好日子就到头了。

这位徐队看上去和端正严肃着实没什么关系，刑警出身所以习惯便装，从没见他打起过精神。所里人也都听过传闻，说徐队家里其实条件特别好，他在分局的时候就能天天开着自己那辆揽胜出任务，别人严防公车私用，他却乐意私车公用。日常抽烟都是大重九，随便就能拿着给大家发，无疑是个十分慷慨的支队长。

本来他可以高升去市局，但不知道为什么这两年想不开，非要和这个半路卡住的专案死磕，最近还不惜亲自跑来派出所协同工作。

眼下的调查方向仅凭推测，因为两个孩子都曾在东理河片区的学校就读，其他线索稀缺,如果真撞大运抓到了人,他也许还能回去,可如果案子一直悬着,徐岷川从此很可能彻底贯彻"刑所协作",蹲在基层派出所了。

明摆着他有大好前途不要,非要来闯死胡同。

徐岷川此刻一直没换姿势,这几天后背已经不怎么疼了,只是照旧歪在椅子上转烟盒。

很快,他和小刘对了一下眼神,看出对方心里不痛快了。

最近大家被折腾坏了,始终没有新的发现,开会积极性都不高。其实连徐岷川自己也没指望马上能有什么进展,他和兴子做好了长期抗战的准备才自请来派出所的,但这里的同志可就倒霉了。基层工作十分烦琐,人人都是工作饱和状态,如今分局突然派下协查任务,他这个支队长亲临,直接把大家都逼到回不了家。

徐岷川正想缓解气氛,李所长倒是先清清嗓子,再次站起来鼓舞人心。

这位所长岁数大了,再有两年就要退休,人非常传统,尤其很爱激励人。他敲着桌子示意大家打起精神:"我送四个字给大家啊,这个……"

大毛对此习以为常,机灵地抢答道:"负重前行。"

李所长狠狠地瞪了他一眼。

旁边的一个小民警会意,立刻接上说:"不忘初心。"

"蚊思负山!"所长理都不理他,自顾自说完,"对,我们就要秉持这种精神,坚持到底!"

大毛惊呆了,开始带头鼓掌,又凑过去和兴子窃窃私语:"我们所长的成语库终于更新了。"

终于散会,李所长先走,派出所里的其他同事也都低头要撤,只有那位戴眼镜的小刘走了几步又退回来问:"徐队,还有个问题。"

"你说。"

小刘是他们派出所最年轻的社区警,刚满二十二岁,一位标准的新时代青年,他的问题直接明了:"专案组那么多专家,还有您坐镇,为什么撬不开莲嫂的嘴?"

专案专办,如果能在莲嫂身上有突破,也不至于累及这么多基层民警没日没夜地跑去摸查了。

这话一出,徐岷川还没说什么,他旁边的兴子却先跳起来了,嘿嘿笑着要拉小刘走:"哎,这个我和你说,让川哥喝口水。"

徐岷川揉着肩膀,表情没什么变化:"因为莲嫂的心理防线很难攻破,她的老情人替她背过一条人命,所以她认定对方情深义重,她欠他的,至今咬死也不肯把九叔供出来。"

小刘浑身一凛,莫名觉得他的目光沉沉压过来,又听见他说:"九叔为她害死了一个警察。"

他已经不敢再问,抓着兴子像抓到救命稻草,扭头想跑。

徐岷川下一秒又突然换上笑脸,然后架着肩膀挪椅子,指指窗外的天,信口胡扯道:"今天没下雨,兴子说了,不下雨他就请大家吃饭。"

兴子眼睛都瞪大了,立刻反驳:"这你也当真?"

一旁收拾卷宗的大毛忽然机灵起来,反正里外都不亏,他赶紧附和道:"对,兴子说了,我做证,走走走!"

他们那顿晚饭吃了,雨也还是下了。

起初只是细碎的雨点,后半夜才起风,月落星沉,倾盆而至,最终天地都卷在一处。第二天街道上全是被摧折的落叶。

这个春天的末尾不太平,此后几天市区又连续晴好,虽然天气预报显示每晚都有雨,余萤在伴星院的门口多准备了几把伞,但始终没派上用场。

周六的时候,伴星院的课表没有排满,下班时间早,大家都赶回去陪家人,余萤也订好餐厅,和余灵珊出去吃了一顿泰国菜。

姐妹俩近几年住在一起,却很少能有时间坐下来好好吃顿饭。余灵珊离婚之后分得大笔财产,生活无忧,因而也一直没有出去工作,整日在家里闷着。而余萤工作太忙,满心都扑在她的伴星院里。

今天余灵珊吃饭的时候喝了一点红酒,此刻正和余萤手挽手在街边散步,心情格外放松。

路边的绿化草坪有一排膝盖高的石坛,余灵珊指指它笑着和余萤说:"你小时候特别爱走这个,非要蹦上去让我扶你,我当时可都上初中了,领个小屁孩,心里烦得很。"

余萤不记得了,很纳闷地说:"我小时候挺文静的,多乖啊。"

"得了吧,你七八岁的时候也讨狗嫌,和现在不一样,那会儿还不是小余老师呢。我老和爸爸抱怨,说你是小烦人精。"余灵珊此刻微醺,因而脸上有了血色，说这话的时候态度像个姐姐了，搂过余萤说，"一晃都二十年过去了。"

她们父母走得早，余萤考大学的时候就只有姐姐了。

余萤看她走路不稳，怕她一会儿酒劲上头，于是暗暗扣住她的手，又示意她看远处的灯火，劝她说："这几年市里好玩的地方很多了……平常多出来走走吧。"

余灵珊四下看，她们身边就是高架桥，前几年还没有，路口对面有一条网红街区，新开的商场门口立着几个巨大的猫咪玩偶，让城市的夜都显得可爱起来，她很快指着那些玩偶笑，整个人都显得有生气了。

余萤觉得姐姐依旧明艳动人，或许余灵珊不是个好榜样，因为她任性、自我，但她有纵情的资本。追求她的人很多，她却在二十三岁就和李昶闪婚，直到他们领完证，余萤才知道她已经怀孕了。

余灵珊从此告别她的花花世界，奉子成婚，旁人似乎也没有阻止的理由。但是余萤始终不理解，她明明自己做了选择，却在之后那些年里一直过得不甘心。每一次余灵珊酒后醉倒，总会开始无限懊悔自己这辈子错过徐岷川。

八九点钟的夜风温热，天竺桂的香味静悄悄地透过来，她们已经走出一个街区，远处似乎有雷声。

余萤打算往回走，要去开车，身边的余灵珊一直拿着手机拍来拍去，听到要回家的时候，她突然开口说："陪我回去看看吧？"

"去哪里？"

"远福路。"

那是星驰出车祸的地方，余萤暗暗叫苦，劝她说："太远了，晚上可能还有雨，先回家吧。"

果然，余灵珊的执拗突如其来："四年了，四年我都不敢回到那条路上……我想回去看看。"她抓着余萤，情绪很快涌上来，再加上喝过酒，偏执得很，"走，带我去。"

余萤深知此刻说什么都是多余的，但也不能同意，因为只要她们一去，今晚谁都别想好过了，所以余萤只说了两个字："回家。"

余灵珊没想到她这么果断，眼神恨恨地问："你怕什么？怕我怪你？"

"姐，星驰离开是交通意外，你自己都说了，已经四年了。"余萤看着她提醒，"那只是一个意外！交警大队结案了。"

"胡说八道！星驰根本就不认识远福路，他为什么会跑到那条路上？"余灵珊陷入了自言自语，"我一直和警察说，家里的保姆不见了，她跑了！怎么会那么巧，星驰出事那天她请假了，然后人就找不到了，我一直让警察给我找崔大姐，他们非说没有关联……李昶也不肯帮我！"

旧事重提，无穷无尽。

余萤轻轻叹气，只好扶着她，任由她一个人发泄。

人来人往的城市街头，有人低头玩手机，有人和情侣牵手，只有余灵珊的举动让人不解，但也没有陌生人投来过多的关注。

每个人的悲怆都是自己的枷锁，不可能感天动地。

"交警队管不了这些，我要找刑警，徐岷川能帮我，你帮我找他了吗？"

余萤避开她的目光，示意她先回去："连你都不知道他在哪儿，我更找不到了。"

"余萤。"余灵珊突然笑了，眼神又像针一样扎过来，她带着讥讽的口气说，"从小到大，你只要一撒谎就不敢看我。"

余萤立时被钉死在原地，她知道自己并不清白，但罪由不明，她不能再逃避旧事，试图说清楚："姐，当年的事和保姆没有关系，咱们找过刑警队，那只是你的个人猜测。当天是你自己带孩子出门的，崔大姐根本不在场，对吗？"

余灵珊愣住。

这话她过去反反复复地听，但人在悲痛过度的时候会开始屏蔽现实，她的眼泪又出来了，推开余萤说："是你让我带星驰去公园的！你说他要坚持锻炼。还有保姆，崔大姐为什么就在那天请假跑了？包括李昶，他抛妻弃子，和我离婚，也不继续找警察了……这些年发生过的事全都不是巧合，都是你们！是你们害死了星驰！"

又来了。

余萤实在没办法了，强行把人拉走，开车回家。

余灵珊不是疯子，每次发脾气都不会闹太久，她在回去的路上哭了一会儿，很快又平静下来，不再提要回远福路的事，但也不说话。

余萤把她送回家，看着她冲进卧室，翻箱倒柜地找那些打口碟，说那些都是徐岷川早年送给她的，保留了这么久。

多年过去，余灵珊依旧活在回忆里。

她说过无数次，说她上大学的时候在夜店喝多了，差点被一群流氓骚扰，是徐岷川救了她。他路过看不下去，把她从男人堆里拉出去的样子帅爆了，他们因此相识，从此她对他心心念念。

余萤试图缓和气氛，可余灵珊抱着那些打口碟，坐在床边先开口："星驰不是你的孩子，你可以忘，我不行。"

是啊，老话都说，未经他人苦，莫劝他人善。余萤非常清楚她姐姐所承受的痛苦，为此包容忍耐，只是她们还有大半生的路要走，回忆再难，也不该成为一个人消磨余生的借口。

余萤确实没再劝，她突然有些受不了那些乱七八糟的打口碟，更不想听见对方无缘无故地再提徐岷川。

余萤说伴星院还有事，直接下楼走了。

姐妹两个闹得不愉快，赶上天气也应景，余萤出去开车兜了一圈，车窗外开始飘雨点。

她开着开着还是往伴星院的方向去了，沿途经过虹巷二小。此刻已经夜深，又是周末，隔着一个路口，她远远看见学校的楼全部黑着灯，只有门口的保安室露出一点亮光。

路边的树下突然传来喊叫声，她仔细一看，竟然是宋昭昭。他妈妈陈丹应该在周末上晚班，此刻正领着儿子一起做环卫，但不知道为什么，宋昭昭突然在路边发脾气。

天气不好，路上没什么人，只有他们母子俩在拉扯，他一直拼命甩手，大喊大叫，明显陈丹也控制不住，正不知如何是好，余萤临时停车，跑过去帮忙。

陈丹看见她像见了救星，满头是汗，嘴里念着："小余老师，你想想办法，让他别闹了，他不知道看见什么了，非要去学校那边，怎么说也不听。"

她正说着，宋昭昭还在撒泼，他个子高，挥手四处乱扇，挣扎的时候直接抓到余萤的脸。

她顾不上管自己，不停喊宋昭昭的名字，又告诉他小余老师来了，让他有话慢慢说。

宋昭昭的眼神又往虹巷二小门前的方向瞟。

余萤十分纳闷，以往没有老师带他去过学校，于是她问他妈妈，刚才有没有什么特殊情况。

"没有啊，我就正常带他扫路，他走过来就指后边的学校闹……这孩子是不是犯傻病了？"

这会儿问什么也白问，因为星娃大多数的行为失控都是因为无法正确表达情绪和需求。余萤让陈丹去买点零食："那边的路口有个小超市，您给昭昭买两袋干脆面，我先带他在车里等。"

余萤把宋昭昭带离街道，让他上了自己的车，切断可能造成他情绪失控的场景诱因，然后在车里告诉他如果安静下来等妈妈回来，可以奖励他最喜欢吃的零食。

昭昭在车里左顾右看，不停摆头，但也不再乱嚷了。

余萤借机问他想要做什么，他没头没脑地说："去学校。"

"是那栋楼吗？"

昭昭使劲点头，他的意思表达出来，情绪平复了很多。

余萤看向虹巷二小，周末深夜，这个需求有点莫名其妙。

她想了想，换一种方式向他解释："那栋楼不是学校，你想想，学校是小朋友上课的地方，现在那栋楼里没有灯，没有小朋友，也没有其他人，对不对？"

昭昭有点着急地说："有人。"他又往二小大门口的方向指。

余萤往远处仔细看，门口的光是从保安室透出来的。她猜测昭昭刚才给妈妈帮忙无聊了，路过学校，对唯一有人的保安室特别好奇，所以衍生出奇怪的念头。

她用他更容易理解的方式解释给他说："那里的人和妈妈一样，他在工作，所以我们不能过去打扰。"

宋昭昭听到这句话感觉有道理，低头安静了。

此时陈丹正好回来了。

余萤摇下车窗，对方想直接把零食塞给孩子，她拦下了，又告诉宋昭昭，他需要帮助妈妈完成今晚的工作，回家后才可以获得奖励。

昭昭同意了，不再纠结刚才的念头，而且他主动下车，继续帮妈妈清理路边的垃圾桶。

陈丹满眼感激，不知道说什么好，羞涩又笨拙地递过来一个袋子，里边是四个苹果，说是刚才在小超市里一起给余萤买的。

余萤拿了两个，权当收下她的好意，把另外两个塞回陈丹手里说："等您一会儿累的时候和昭昭一起吃吧。"

街巷安静，风雨将至，附近都是老房子，此刻八九点钟，正是大家休息看电视的时候，他们母子还要为了生计奔波。

余萤把那两个苹果放好，打算带回伴星院，她很快开车走了，抬眼看看天，雨夜沉沉。

无星无月的日子里，人间有光。

因为宋昭昭奇怪的举动，余萤对前方的虹巷二小格外留意，她开到路口等红灯，远远看见保安室的门开了，于是注意力再次被吸引过去。

保安张大哥走出来四下看看，忽然冲对街挥手。

学校所在的那条小路沿街太窄，夹道树高大繁盛，眨眼间对街突然冒出来两个人，低头快步往学校的方向去了。而张大哥披着保安的外套，看似不经意地在衣服下小幅度地和那两个人比手势，很快对方拿着手电筒，往学校操场后墙的方向跑。

这场面怎么看都不太对劲。

余萤继续向前开，经过学校门口的时候，她瞥见张大哥缓缓踱步，站在保安室外的暗影里，似乎非常警惕地守着马路，她的车即将路过，但他从路口的时候就已经开始打量了。

前后不过几秒钟，鬼使神差，余萤脑子里突然冒出前几天徐岷川的话。

对方虽不明说，但一直带人在查学校……她只是略微犹豫，很快想到这学校关系到几百个孩子，宁可多事，好歹图一个心安，于是她的车头猛然一拐，直冲学校大门开过去。

暗影里的人马上蹿出来，慌慌张张地摆手，大声喊着："干什么的？"

余萤摇下车窗，探头笑："张大哥，我有一套教具找不到了，估计这周来的时候忘在画室了，明天着急用，我进去拿一下。"

对方明明认识她，表情却很紧张，习惯性地从裤兜里拿出开门的闸机遥控器，愣了一下，却不按开，又和她说："不行，学校有规定，这个时间不能进校了。"

余萤心里的预感越发不好，张大哥很清楚此刻学校内外没人，却找来两个来路不明的人去操场，操场后墙外应该是一条死路，只有垃圾箱，平日根本没人去，再往下想想，那边的监控恐怕只拍到过垃圾车，时间长了没人管，八成有死角。

对方既然是保安，一定非常清楚这些细节。

"张大哥帮个忙。"余萤脑子转得飞快，坚持说，"你通融通融，我拿完东西马上走。"

保安不自然地往操场后边打量，一边看一边摇头，那态度和白天见人的时候完全不一样，干巴巴地冒出一句："你也不是二小的老师，我可不敢大晚上放你进去。"

余萤拿出手机问："那这样，我给田老师打个电话……或者你说按规定我要联系谁，我让他们和你说。"

这下他没办法了，迟疑着四下看看，路上此刻没有行人经过，他低声说："那你先下车，跟我进去做个登记。"

余萤看向保安室，想想同意了，她把手机揣进兜里，打算先看看情况再说。

保安室和学校大门内倒是一切正常，没见到其他人，但这里隔着教学楼，她看不见操场。

余萤和他进入保安室，正担心是自己多虑了，打算试探，可她刚回头就发现保安突然把门反锁上了。

"怎么了？"她在兜里猛然握紧手机，口气还算平静，"你不是让我登记吗？"

张大哥脸上浮出笑意，还是那种平时见人热心的笑，但随着他的动作，这笑显得越发瘆人，因为他直接把保安室的灯也按灭了。

四下昏暗，这小房间总共就几平方米，只放得下桌椅和饮水机，而今夜的雨下得也不凑巧，夜空云重，连月亮都睡了。

余萤惶然陷入一片漆黑之中，她不断往后退，事已至此，她直接问他："你刚才找来的那两个人是干什么的？是不是要翻进学校？"

"小余老师，你说你今天回来拿什么东西啊。"对方步步逼近。

余萤在暗处的视力渐渐恢复，此刻才意识到自己的行为有多么危险，保安比她清楚内外的情况，而她孤身一人，明摆着自保都难，实在不该一头热地闯进来。

她开始想办法哄骗对方拖时间，再找机会报警："你别这么紧张啊，我只是路过好奇，不管你今天想干什么，现在叫停，什么都没发生对吧？我刚进来，真是来拿东西的……这样，我不拿了，你让我走吧。"

　　保安停在桌子旁，似乎在想余萤的话，她确实还什么都不知道。

　　余萤趁这个机会想要解锁手机，手指飞快地划屏幕，然而她忘了今天是周末，她只穿了一条白色的休闲短裤，布料太薄，四下又黑，手机的光一亮起来异常明显。

　　张大哥猛然反应过来，突然急了："你要报警？"

　　余萤大声呼救，扑到一旁的窗口使劲砸。她唯一的希望就是此刻还不算深夜，希望街边能有人路过……她真的怕了，对方做贼心虚，一旦被激怒，不知道会做出什么。此刻再报警显然来不及了，而平时那扇对外打开的窗口如今也被锁住，她在黑暗中找不到打开方式，急得心快要跳出嗓子眼。

　　突然外边又来车了，明晃晃的车灯笔直地打过来。

　　余萤在混乱之中睁不开眼，身后的人企图捂住她的嘴，她下意识胡乱抓起身边的东西砸，不让对方靠近自己，然后继续呼救，引起外边人的注意。

　　车上的人似乎马上就冲过来了，她隔着玻璃又听见了那声熟悉的呼喊："余萤！"

　　这声呼喊直接洞穿她的防线，让她从极端的恐惧中抽离出来，就像是溺水的人突然获救，猛然一口气灌进来，但紧接着无数极端情绪骤然爆发，让她根本没法控制。

　　前后不过几天，他们竟然又在夜里相遇，而且连处境都同样危险。

　　很快徐岷川开始踹门，车上似乎又下来两个人，远处渐渐也有车声持续靠近。

　　余萤迅速靠墙摸到桌子，她蹲下身躲避，直到门被踹开，灯光亮起，她也没动。

　　她看见了徐岷川，看他带人冲进来，把保安按住拷出去，接着后边来的警察又去围操场。她知道自己已经安全了，平复情绪，不乱动也不乱喊。

　　她看到徐岷川真正出警的样子了，他吼着让那个保安指认自己的同伙的方向，浑身都带着极强的压迫感，这样的他又和那些年没有分别了。

　　混乱渐渐平息，直到徐岷川确认一切都安全，他才回身向余萤走过来。

他刚才在窗后的黑暗中看见她的眼睛，点点萤火一闪而过，再到此刻，她自始至终抱着膝盖坐在墙边，方才的恐惧可能超出预想，但她脸上已经不再惊慌失措，目光也很镇定。

"没事了。"徐岷川蹲下身向她伸手，询问她有没有受伤。

余萤摇头，又看着他的手没动，开口说："我应该先报警，太危险了……我不该冒这个险。"

她试图用理智筑墙，成人把戏，但是奏效，这话让徐岷川的手卡在她的肩头上方，无处可落。

他听完她的话，不说后怕，更不强调后果，只说："我知道你担心孩子，只要学校有情况，你肯定不会走。"

余萤沉默以对，手抓着自己的胳膊微微发抖。

"别怕。"徐岷川低声说，后几个字很轻，但他还是说出来了，"有我呢。"

她习惯性地避开他的目光，然而余灵珊今夜的话也没过去多久，同样如鲠在喉，于是那些心里的酸楚又翻腾起来。

余萤站起身，示意自己没事，往外走的时候问他："我是不是还要和你去派出所？"

他在灯光下又变成了那个偶然相逢的陌路人。

徐岷川点点头，示意她先上车等。

此时虹巷二小的门口被警车围住了，所有人的注意力都在保安室。

一街之隔，马路斜对面有个文具店，早早黑了灯，如今只剩门边摆着几个冰柜，白天是给学生卖饮料雪糕用的，没人留意那种犄角旮旯的地方还有人。

对方静悄悄地蹲在冰柜之后的暗影里，远远观察校门口的动静，又在地上四处摸了摸，捡到一个烟头，咬着它继续看，直到校门口那三个人都被铐着押上警车，他低头恨恨地唾了一口，又在裤子上抹抹手，才悄无声息地离开了。

今夜的雨没能下大，淅淅沥沥，淌出一地湿润的光。

"小余老师。"徐岷川没忍住，靠在余萤的车门外多说一句，"你有时候冷静得太刻意了。"

她坐在车里笑，仿佛一切如常："可能是你想多了。"

"是吗？"他不置可否，盯着她说，"上次送卉卉的时候我就想和你解释，没必要这么防着我，你误会了，因为余灵珊？我和你姐姐……"

"我不想知道。"余萤打断他，"我没有你想得那么冷静，我可能会为了她找你，但不会为她去求你。四年前，我去见你的那天，我是为了我自己。"

徐岷川的表情变了，他好像完全没想到她会这么说。

"但是你教会了我一件事。"她依旧安安静静地开口，声音温柔，拒人千里，"每个人都有自己的路要走，永远不要把希望放在别人身上。"

第四章
无人撑伞

凌晨时分,东理河派出所十分热闹。他们蹲守虹巷二小这么久,终于有了收获,又是一个不眠夜。

余萤终于知道保安的本名叫张维,其实才三十岁,没比她大多少,只是脸皮沧桑。

她做完笔录之后就可以离开了,但她心里越发觉得这事不简单,因此不着急走,坐在门口的接警大厅里等。

所里来往忙碌,兴子刚好看到她,路过打个招呼,问她怎么还不回去。

"我想等等徐岷川。"

"哦,川哥忙呢,一会儿审完人才有时间。"兴子开始笑,往审讯室的方向指指就跑了。

一直到后半夜,徐岷川终于有空出来了,脚步急匆匆地直奔大厅。

夜里还有小雨,余萤看见他套着一件长袖,先开口问他:"你后背的伤还疼吗?"

"好多了。"徐岷川示意她时间太晚了,"你先回去,剩下的事都交给所里。"

"张维放那两个人进学校想干什么？"余萤实在不放心。

徐岷川没说话，走近弯腰在她身前，先仔仔细细地看她的脸，突然问她："那姓张的动手了？"

她摸了半天才摸到脸颊处好像是破了一道。

徐岷川低声开始骂，仿佛一口气上头了，转身又要往回走。

余萤赶紧拉住他解释："不是他，是我去学校之前见过一个学员，那孩子情绪不好，我被他不小心抓了一下。"

"你确定不是张维干的？"

"真不是，他还没来得及打人，你们就来了。"余萤想了想，张维的确意图不良，但截止到被抓，他的行为只能算是威胁恐吓，于是她追问道，"到底怎么回事？"

徐岷川放心了，他坐在前排的椅背上，又喊兴子帮忙找个创可贴过来，然后才和她说："初步审过了，没审出什么，疑似监守自盗。张维说他手头紧，找了两个惯偷，想趁着学校没人的时候进去搬点东西。"

"不可能。"余萤觉得这实在有点扯，"如果他们只是合伙偷东西，那张维看见我，想办法通风报信让他们跑就行了，至于那么紧张，还打算威胁我吗？"

对方明显是怕她报警，他们怕被查。

"保安张维之前没前科，否则他也干不了这行……另外两个翻墙的人是他的同乡，来天北市打工十几年了，确实有过案底，偷过钱包、手机之类的，金额都不大。"

余萤不死心，还想问："那你们夜里蹲守学校肯定不是正常巡查，和你在办的案子有关吗？"

"暂时还不清楚。"徐岷川看过余萤的笔录，和她解释说，"翻墙的两个人没跑多远就让我们在操场扣下了。张维恐吓你，但没有造成实质性的伤害，他纠集外人进入学校涉嫌违规，这都不是什么大事。"

余萤一时无话可说，她直觉这事不可能像他说的这么云淡风轻："徐岷川，我今天确实没事，但虹巷二小是学校……"她说到一半又觉得自己可笑，口气讽刺，"哦，你是警察，轮不到我提醒你。"

"我倒希望今晚我不是警察。"他低头撑在椅背上说，"我看见你的车过去就应该拦住你。"

余萤没时间细想，因为此刻兴子已经找到创可贴，正一路小跑地拿过来。

他拐进接警大厅的时候还满脸热情，但很快感觉出徐岷川和余萤之间的气氛好像有些不对劲，于是笑容卡在脸上，讪讪地把东西塞给徐岷川说："那什么，有事再叫我啊。"他走出两步又凑到徐岷川身边，非常刻意地大声开口，"哦，对了，这会儿有大毛他们呢，你先送小余老师回去吧！"

徐岷川抬腿踹他，兴子火速往大厅外边跑，拿出烟盒讨饶："我出去喘口气。"

余萤没心情应付别人的玩笑，她不傻，徐岷川掌握的细节恐怕事关要案，他只是不想多说，因而她也不问了，终归她能做的不多，于是打算离开。

徐岷川突然直起身，让她往前的那一步直接卡在他面前，座椅之间的缝隙并不宽，余萤差点撞到他身上，哭笑不得地问："警察同志，您还有事吗？"

这一夜的遭遇和天气都不适合让人多想，何况眼下他们还在派出所，但她偏偏听见他轻声感叹："几年没见……你不爱哭了，脾气倒是没变，还是一样倔得要命，说翻脸就翻脸。"

这声音近乎耳语，瞬间让她觉得脸上那道细细的伤口好像凭空有了知觉，一阵疼又一阵痒，这实在不合时宜，让人感觉就像是踩着棉花，上下落不到实处。

她低头示意自己没事，执意要走，但徐岷川不知道发什么疯，偏偏要来挡她的路，他前额的头发落下来，眉眼又重，隐隐藏着笑："别动，贴个创可贴，你躲什么。"

"我自己会贴。"她觉得他可笑，翻过胳膊给他看，"我天天对着特殊儿童，有的哭，有的闹，有的还打人，不是抓就是挠的。"她两只胳膊的皮肤上都留下不少暗暗的印子，似乎还有一圈小孩子的牙印。

徐岷川已经把创可贴撕开了，按着她的肩膀把它贴好，然后端详着低声补了一句："但是这次有我。"

余萤说不出话了，她不是石头人，心里那堵墙总能被他几句话就说得七零八落，于是她不动，静静站着，也不看他。

她在想他这个人……到底为什么能让人念念不忘。

大学时代的徐岷川路见不平，演了一出英雄戏码，却能凭空点燃她姐姐的余生，这是个对旁观者而言实在俗套的故事。不管他是不是仅仅出于正义感，也不论这故事里有多少真情或假意，总之……他有轻易就能动人心肠的本事。

对面的人不知道她此刻心里的弯弯绕绕，很快神色如常。

徐岷川盯着她的胳膊，感叹道："你这份工作不容易，做老师难，做特教康复更难，我知道孤独症的孩子不好带。"

平日几乎无人关注这个特殊群体，但如果亲朋好友偶尔聊起，才发现它并不是罕见的特例，很多幼童之前只是无法被确诊。

这个话题让余萤觉得有必要继续，她低头说："我们难归难，这些孩子的家长更无助。"她指指那个牙印的位置，"这是我之前带过的一个学员留下的，孩子四岁了，不听不看不指，不管有什么情绪都用咬人来表达。在他这种行为没被纠正的时候，他不但咬父母，还咬老师，他妈妈次次都哭着来给我们道歉，说不求孩子能学会什么技能，只求他不影响别人，否则大家永远都会把他当疯子。"

徐岷川想到了卉卉，他同事的女儿，他能理解作为星娃父母的无力感："我们之前都不了解，对孤独症的印象都来自电影，所以我还以为这些孩子都是天才。"

但那不是实情，只是特殊个例被艺术加工后近乎神化的虚构故事而已，莫名成了一种主流印象。

"确实有，我们管它叫学者综合症[①]，但比例极少，就像卉卉。你也知道，她已经是孤独症中最好的情况了，但她依旧存在很多行为障碍，而且感官超敏，极度害怕噪声和陌生人多的环境。现实生活中他们大多数都有不同程度的发育滞后，连独立生活都很难。"除了极个别有故事的发声者，还有数以万计的孤独症群体沉默在人海之中。

时隔四年，他们终于有机会坐下来说话，而余萤提到她的工作显得非常耐心，她总算愿意和他多聊几句了。

她告诉徐岷川，孤独症不属于精神问题，也不属于智力疾病，这些孩子都有神经发育障碍，核心问题就是社交。普通婴幼儿与生俱来就有对外界的感知能力，但对星娃而言，这一能力先天存在缺陷，所以他们看起来和外界没有互动，完全沉浸在自己的世界里，盲目追求细节却不懂得变通。而且因为他们缺乏对外界的关注，不会自发模仿，导致迟迟无法学会很多普通幼儿就可以掌握的技能。

[①] 学者综合症是指有认知障碍，但在某一方面，如对某种艺术或学术，有超乎常人的能力的人。孤独症患者中只有10%是学者综合症，他们在一些特殊测试中常常胜于常人。

"我们做康复师就是希望通过干预的手段，帮助他们搭建和外界沟通的桥梁，这样他们才有可能被社会接纳。"余萤说到这里，声音发涩，"就像星驰……我本来想陪他长大的。"

徐岷川说："我知道。"

话说到这里，两个人都没再继续。

余萤今夜没有忍住，她还是开了口："我一直都想问，你有没有继续查崔大姐，星驰的那个保姆？"

徐岷川的回答和过去一样："当时管辖案发地的远福派出所出于对余灵珊的同情，帮忙联系过保姆的老家，但她没有回到乡里，其余的可能性就太多了。我们查过，你姐姐家里没有财物失窃，也没有证据显示保姆离家和星驰的车祸有直接或间接的关系，余灵珊提出的这件事本身无法真正立案，也谈不上进行调查和搜捕。至于那场交通事故，孩子突然冲上行车道，导致正常行驶的车辆躲避不及时造成意外，案子已经结了，事故责任清晰，警方不可能因为家属的某种猜测就浪费警力继续调查。"

余萤并不意外，她说："我知道，或许只是余灵珊太难过疑神疑鬼，保姆没准早就不想干了。那时候孩子出事也不需要她了，她随便找个借口请假不来，但是这时机太巧了。"

"你也不信，对吗？"徐岷川忽然问她，"但是余萤，你有没有想过，整件事真正的疑点是什么？"

余萤发现一切又陷入了死循环，她不能理解徐岷川的质疑："四年前我和你说过，四年后我也同样告诉你，余灵珊是我的亲姐姐，而车祸死亡的那个孩子是我姐姐的儿子。你可以不帮忙，因为这可能违背你的纪律，我完全理解，但我不能接受你对我姐姐的揣测，尤其是在一个母亲失去她的孩子之后。"

她应该保持冷静，陈年旧事，但涉及的都是她的家人，小余老师也有失态的时候。

"无论如何，我还是应该谢谢你。"余萤说完直接向外走。

徐岷川仰靠在椅子上，看她消失在雨夜之中。

他又走到大厅门边，拿着烟盒却始终没抽。他早知余萤的心结，碰不得，一碰就要急。最终他遥遥看着她开车走人，干脆利落，安静又决绝。

深夜的接警大厅里没有其他人，除了雨声什么都没有。

徐岷川想了很多，想这姑娘照顾了那么多孩子，想她胳膊上的那些印子，想她明知危险还要阻止……也想她依然没和他说再见。

兜兜转转，雨点打在玻璃门上，大厅内透出的灯光照出这一夜颠倒的轮廓，又通通都被这场不起眼的风雨磨花了。

徐岷川盯着淌水的痕迹出神，忽然又想起来，他应该给她一把伞。

自始至终，每个人都需要她，却没有人为她撑伞。

余萤开车离开的时候，正好遇见兴子，他躲在院墙外，站在自行车车棚下抽烟，一看有车马上迎过来。

今晚派出所的人救了余萤，她按下车窗想和他道谢。

兴子看起来也忙到筋疲力尽了，不过精神头挺足。他没想到出来的会是余萤的车，但丝毫不客气，直接请余萤捎他一段路，他要去路口。

"我去小卖部给大家买点水，没几步，下雨懒得跑了。"兴子坐在副驾上，边说边看她，他一向自来熟，发现余萤是独自离开的，满脸疑惑地开口问，"川哥是不是又惹你了？"

"我没那么厉害，不敢和警察闹。"余萤笑了。

身边的人坐着觉得不对劲，伸手往后摸，从腰后摸出两个苹果，尴尬地说："不好意思啊，没注意，一屁股坐上来了……那个，你洗洗再吃。"

余萤这才想起那是昭昭妈妈的好意，她让兴子拿走一个："正好，见面有份，你吃一个。"

兴子露出惊喜的表情说："川哥有吗？"

她故意板着脸说："没有他的份，专门给你的，是你给我找的创可贴。"

兴子欲拒还迎："那他知道得宰了我吧？"

余萤和他一起笑，心情瞬间变好，她开车迎着雨向外走，发现兴子一直会错意，眼下正好有机会，有必要把谣言解释清楚："其实我和你们徐队不熟，只是我姐姐过去认识他，以前找他也是为了家里的事。"

"哦，他差点成你姐夫嘛……没关系的，反正是差点，还是没成。"兴子对此毫不意外，擦擦苹果就开始啃，一边吃一边说，"你不懂，川哥那张嘴就没输过，但他就是和你说不清。"

他的话没头没脑，颇有深意似的："你看，这误会不就越闹越大了？"

余萤承受不起这番暗示，只好重新找个话题："我看你也一直都在虹巷二小。"

"是啊。"兴子歪头想想，知道她担心学校，"放心，这伙人都抓了，翻不出花样，我们肯定严查……哦，就是今晚去早了，不好审。"

余萤忽然看着他问："你们知道保安有问题？"

兴子不能说太多，不过现在虹巷二小是重点保护对象。他想想余萤今天毕竟也在现场，不能算完全无关，于是多说了两句："是川哥提出来的调查方向，保安张维一直被我们漏掉了，所以我们蹲好几天了，今晚才发现对方有动静……但是抓人得讲究人赃俱获啊，我们那会儿出去时机不对，太早了。"

话正说着，路口的小卖部已经到了。

兴子的话还没说完，他抓着小半个苹果，跳下车冲余萤笑："巧了，没想到你今晚也会去二小。"

余萤没反应过来他的意思，喊他说清楚。

对方一只手挡着头上的雨，飞快地和她说："川哥看见你的车就坐不住了，但我们不能把人惊了，他就说再等等。没想到那王八蛋把你骗下车，后来保安室的灯还关了。"兴子今晚废话那么多，只有最后这半句的语气十分认真，"灯一关，川哥是真急了，他怕你出事。"

余萤这下明白了。

她看向车窗外，一场雨无声无息，下不成气候，也不给她机会懊恼。

今晚徐岷川一直在现场，而她误打误撞成了最大的变数，因为她突然搅局，又被保安扣下，徐岷川不得不马上出动去抓人。

他刚才和她提到的时候也没想敷衍她，因为张维不傻，时机太早，他什么都没干就被抓了，完全可以随便编借口。

余萤知道自己又干了蠢事，所有那些她自以为的理智与冷静，就和这些雨点一样，通通是个笑话。她原本还想什么都不管，赶紧回家好好睡一觉，但没想到兴子最后几句话让她心乱如麻。

她想到了余灵珊，今夜连月光都不够清白，她不想回家了。

虹巷二小夜里发生的事确实没那么简单，对东理河派出所而言，这伙人无疑是他们蹲守多天之后的突破口。

起初，保安张维在被抓后情绪高度紧张，看起来很失控，但到了派出所之后又服软了，拼命认错，说自己是一时财迷心窍，实在缺钱了，所以想找几个人去学校礼堂，弄点影音设备拿出去卖。

他们三个人是分开接受的审讯，但口径出奇一致，仿佛认准要走盗窃这条路，再往下问细节，竟然也都能一一对得上。

天亮的时候，雨停了，很快外边又响起鸟叫，这城市依然天高云淡。

兴子从审讯室出来，他跑到办公室里灌红牛，喝得直打嗝，又和徐岷川说："邪门了，这两个人说得有鼻子有眼的……你再看看。"

徐岷川刚才盯过审讯，此刻趴在桌上又看了一遍打印出来的笔录。

那两个翻墙的人对目的交代明确，他们打算伙同二小的保安，从监控缺失的位置进入学校，然后去礼堂偷运麦克风和小件乐器，后续销赃的途径也一一交代了，整个过程及规划清楚。

"一模一样，这是提前商量好了吧，万一被抓就用这套说法应付咱们。"兴子一屁股坐在椅子上，"我都快信了。"

"未必是应付。"徐岷川看人看太多了，尤其是这种混子，此刻他捏捏眉心，闭眼缓缓又说，"我盯了一晚上，这两个同伙的态度不像是装的，还有一个是惯偷，他知道这次顶多是个未遂，大概率就是拘留，所以底气挺硬，不像扛着事的。"

"哥，恕我愚钝。"兴子一听这话泄气了，彻底倒在桌上念叨，"盗窃未遂？"他说完都给自己气笑了，虽然不能说白忙活一场吧，毕竟抓了贼，但这和他们蹲守学校的真正目的相差太远了。

"咱们之前查教职工，查来查去没找到什么线索，后来我就琢磨虹巷二小的接放学流程。余萤和我说，门口这个保安挺靠谱的，他每天和各班家长见面，大家都熟，本来他是学校防范环节的一部分……这事提醒我了。"徐岷川把那些笔录推给他，"你别光盯着那两个同伙想，咱们高度怀疑的人是张维。"

"那他放进去的人根本没得手，至于慌成那样？"

"所以有没有一种可能……他夜里监守自盗根本就不是重点？"徐岷川伸伸胳膊，"他们昨天去学校确实是想盗窃，但张维害怕的是自己因为盗窃被抓，却被警察查出别的事。"

"所以跟咱们去早去晚没关系？"兴子脑子卡壳了，眼睛突然亮了。

"张维负责维持家长接送孩子上下学的秩序，他有各年级的放学时间安排，保安室里还有家长联系方式的存档……不过他今年刚三十岁，年纪不符，而且一直在岗，根本没有离开天北市的记录，这些都不符合九叔的特征。"

兴子想到张维那张显老的脸，笑出声了："小余老师一直叫他张大哥，我瞧着也以为他挺大岁数了，结果闹半天和我同年，保安这行可真够蹉跎的。"

"小伙子挺自信啊。"徐岷川从上到下打量他，"万一小余老师以为你也是大哥呢？"

"不可能。"兴子扯扯自己浮肿的脸皮，给他比画说，"她还请我吃苹果呢……你见过吗，那么大一个苹果！"

"苹果见过，没见过你这么大的脸。"徐岷川撑着胳膊倚在桌边，冷冷哼了一声，眼看兴子不要脸，他伸脚去钩兴子的椅子，差点把人从椅子上绊下来，"来，和哥说说，苹果好吃吗？"

"好吃，不，不好吃！哎，我错了！"兴子差点摔在地上，见好就收，开始哄他川哥，"我什么滋味都没吃出来。"

"你就属核桃的，欠捶。"徐岷川一巴掌把他拍在椅子上坐稳当了，又训他，"干点正事吧。"

"是，干正事！"兴子兴奋起来，说到正事他可不困了，这比红牛管用，他又想去继续审，"张维肯定心里有鬼！"

徐岷川又趴下了，他示意兴子现在不能心急："他既然这么怕咱们查，咱们就慢慢查，越耗，他越心虚。"

他欺负兴子的那几脚如同回光返照，这会儿魂都散了，按着肩膀瘫在桌上，还不忘气若游丝地安排兴子先去和分局同步信息，让大家继续扩大时间范围，查对方的手机信息和网络上的沟通记录。

"他在虹巷二小已经干了快三年的时间，如果他和专案有关联，那让他心虚的事肯定发生在边境那伙人落网之前，还得往前查。"

后来雨停了，但虹巷二小的各位领导也没睡好觉，学校闹出监守自盗的事，所幸警察出警及时，并没有实际损失。但校方从上到下紧急开会，配合派出所的调查，赶在开课之前全部换成新的保安团队。

周一的时候，余萤听说学校正常上课，教学秩序没有受到影响，她也没和任何人提自己那晚的遭遇，避免引发无意义的猜测，给警方添麻烦。

她在伴星院住了两晚，余灵珊根本没找她，对方脾气又怪又硬，余萤也做好自己该做的，每天夜里给姐姐发一条信息报平安，表示自己留在院里忙工作了。

时间总比想象中过得快。今年的春天雨水多，天北市气候温润，伴星院楼下的小院里开满了紫露草，花小却繁盛，漫成一片梦幻紫海，孩子们都很喜欢。余萤用它当作春季学员的强化奖励，表现优秀的孩子可以获得一朵花，然后康复师会带着他们把紫露草摘下，做成书签保留。

余萤的生活也被这些紫露草串起来，日子过得更快了。

周二的时候，她上午给院里的康复师做培训，下午又带雯心给一位感统严重失调的学员做恢复训练，他们在院子里做了很久的接球游戏，再抬眼的时候已经是晚饭时间。

雯心最近谈了男朋友，加完班也不和余萤一起吃饭，下了班就跑。伴星院里只剩余萤和宋昭昭，他们收拾完伴星院的教具，没过多久昭昭妈妈来了，把院里最后一个孩子也接走了。

余萤关门准备回家，走到院子里的时候突然看见徐岷川站在路边。

他临时停车，开了双闪，人影立在天竺桂之下，被那点光晃得明明灭灭，似乎在抽烟，轮廓伴着烟雾又不太真切，但她一眼就认出来了。

晚风温润，城市里植被浓郁，空气里都弥漫着一股草木的气味，让人的心情也松快不少，余萤觉得如今无论自己在哪里见到徐岷川，都没那么别扭了。

成年人的相见永远平淡，没有故事里那么多波折。这世间再多是非，鲜花着锦也好，热火烹油也罢，不外乎都是人情冷暖，没什么过不去的。

余萤抬手示意他等等，她把院门关好，再回身的时候，看见徐岷川已经踩灭烟头，他插兜侧身的样子显得人更瘦了。比起过往，现在整个人的气质都萧条不少，而且肩膀上还是习惯性披着一件衬衫，正在风里晃。

她走近一些才看出他剪过头发，露出线条分明的一张脸，但那双眼依旧疲惫，这人顶着风霜骇浪熬过太多日子，少年心气被磨平了，敛尽锋芒，通通藏在眼底。

今天徐岷川的情绪似乎不太好，他往后退两步，散了散周身的烟味才和她说："有点事，想请你帮忙，上车再说吧。"

"现在？"

他没接话，人已经钻进车里，余萤犹豫了一下，很快也坐到副驾驶位。

她能想到的都是关于他的案子，而上一次自己还打乱了他原本的部署计划，于是和他说："我不清楚你在查什么，但如果给你添麻烦了……"她的话没说完，有些自嘲，前前后后这几年，她每次找他，其实都在给他添麻烦。

"没有。"徐岷川对此倒是没多想，他似乎有心事，开车的速度也很快，"这次是我有求于你。"

突如其来，说走就走，徐岷川的行动力太强，余萤也纯属自投罗网。

她有些意外，问他："你也不说要去哪里，也不说什么事，不怕我拒绝？"

"就是怕你拒绝我。"他抽空看她，说了四个字，"先回我家。"

余萤确实很惊讶，但还没等她说什么，徐岷川突然锁住车门中控。

她一愣，然后开始笑："你是怕我跳车吗？"她不知道为什么被他的举动戳到笑点，"自信一点，徐队，你是警察，不是绑匪。"

徐岷川只是后知后觉地想起没锁门，赶巧而已，但被她这么一问也开始笑了，他心里紧绷着的那种感觉突然松弛下来，满脸无奈。

这姑娘有意无意间，总能让人觉得心里轻快。

他找话往回圆："你自己开车的时候小心点，锁好门，现在好多针对女司机的抢劫套路。"

"知道了，警察叔叔。"

徐岷川趁着等信号灯的时候看她，此时此刻的余萤笑得眉眼弯弯，车里很暗，但她卸下刻意的防备之后坐姿放松，温柔又安静，让他又想起曾经的那轮满月。

彼此相逢的日子不多，谈不上机缘，但她就像是一捧萤火，虽有不耀目的微光，但让人不由自主地总想多多看她。

"你很少拒绝别人吧。"徐岷川觉得纳闷，不能怪他谨慎，不知道为什么，每次余萤见到他都要划清界限，搞得他们之间好像隔着什么不可逾越的关卡，他找不到源头解释，权当自言自语，"你啊……真是把一辈子的拒绝都用在我身上了。"

余萤又被他说得像踩了棉花，笑也笑不动了，但今天工作之余，大好晴夜，她实在不想徒劳给自己找不痛快，于是靠在车窗上不接话。

徐岷川按开电台，赶上有个频道正好是重金属摇滚乐，他停都没停就换了。

余萤忽然出声问他："你喜欢听摇滚吗？"

"没啊，吵死了。"他头一次听到这种说法，随口就问，"怎么了？"

她摇头，不想多聊。

路上有些堵，他们开了半个小时才回到天北市公安分局附近，从分局再向北，几个路口之外有片老房子，都是过去局里的家属院。

"我以前听说……我姐说的，她认识你那会儿你住在城外的别墅区，和我姐夫离得很近。"

"是，我上大学那会儿还住在自己家，我和李昶初中就认识了，是好哥们儿。"徐岷川告诉她这房子是他租的，"这里上班方便。"

老房子楼下的空间也很有限，余萤先下去等他停车，她抬头看看四周，发现他租的这栋楼正好在最北边，挨着很大面积的灌木丛，里边有一片野花，数不清的不知名的小花混在一起，环境清幽又漂亮。

她没多想，但也不得不问一句："为什么来你家？到底是什么事？"

徐岷川指指楼上说："卉卉在我家。"

这下余萤毫不犹豫地跟着他上楼了。

老房子楼梯里光线暗，楼道也很窄，徐岷川的家在六层，已经是顶层了。他怕她第一次过来不好走，回身拉住她的胳膊，又和她说："她爷爷昨晚过世了……奶奶情绪不好，冠心病发作也住院了。"

难怪他今天心里装了事，他说卉卉的爷爷离开的时候没太遭罪，突发脑出血，几乎没来得及抢救就过世了。只是苦了她奶奶，根本没做好心理准备，本来以为老伴能挺过去的，噩耗突如其来，受了很大的打击，而且老人担心孙女留在家里无人照顾，想来想去，她只放心把孙女托付给徐岷川。

他自然责无旁贷，把孩子接到家里。但卉卉毕竟是个十岁的女孩子，他不方便独自带她，更不知道要怎么照顾一个星娃，这才决定去找余萤。

余萤被他拉着上楼，听到这消息说不出话，心直往下坠。

很快到了，徐岷川家的户型十分普通，两室一厅，南北通透，面积不大，但对他一个常年各省跑案子的人而言，甚至有些浪费了，家里一看就没人气，白墙和灰砖地，桌椅、沙发崭新，电视机甚至都还没拆封膜。

余萤本来想说他过日子挺规矩，结果徐岷川自己先愣住了，他四处打量，有些无奈："其实屋里特乱……"

余萤脚边是客厅的垃圾桶，她往里一看就明白了，卉卉不能忍受无序和凌乱的环境，连垃圾都要分门别类。此刻小姑娘自己坐在客厅的桌子上画画，背挺得很直，听到有人回来了，她看一眼门口就转开目光说："小余老师好。"

徐岷川也和她打招呼："卉卉？"

她扭过头不看他，好半天才"嗯"了一下，不出声了。

他问余萤："她是怕我吗？今天一直不肯和我说话。"

余萤观察卉卉的表现，她没有抗拒的情绪。

"她可能不知道应该和你说什么。"

徐岷川带她去看房子各处，他的次卧原本就空着，找人打扫干净了，让卉卉暂住。

余萤过去和小姑娘说话，发现她哭过，她知道爷爷病逝的事了，只是情绪表达不好，显得非常压抑，一直在纸上重复地画圈，各种颜色，却没有实质的内容。

余萤知道她心里很乱，让她不要担心，徐叔叔这里非常安全，自己也会陪着她。

卉卉的肩膀微微放松，抬眼看余萤问："奶奶也会离开我吗？"

徐岷川没忍住，出声安慰她说："不会的，过几天我们一起去接奶奶出院。"

"但是爷爷一开始也在住院。"卉卉终于和他说话了，确切地说是在一板一眼地纠正他，陈述事实，"医生说我奶奶的情况很不好，她年纪大了，长期血压高，还有冠心病，非常危险。"

徐岷川一愣，被她说到无话可接。

余萤起身去厨房，示意徐岷川和她过去，低声说："我理解你想给她宽心，但卉卉这样的孩子是听不懂我们的言外之意的，她只会认为你说的不是实情。"余萤试着给他解释，"她是直线思维，感受不到我们认为的所谓'不好听''不吉利'，她的情商是绝对的弱项，但好处是，她也不会撒谎。"

徐岷川明白余萤的意思了，他找出一个电热水壶，忙活了一会儿才说："她只有一个亲人了，我不想让她担心。"

余萤很快出去坐在卉卉身边，慢慢和她讲："奶奶和爷爷的情况不一样，医生说的只是一种可能性，如果奶奶恢复情况好，她是可以出院的。"

卉卉听懂了，继续低头画画，眼睛微微发红。

余萤问她："卉卉希望奶奶平安对吗？"

孩子使劲点头。

徐岷川在厨房按开电热壶的加热功能，突如其来的煮水声让卉卉吓了一跳，她猛地捂住耳朵，本能地往余萤身边躲。

余萤示意徐岷川把厨房的门关上，动静小了很多。

她按着卉卉拼命捂住耳朵的手，一点一点松开，门后的动静没那么明显了，孩子不再害怕，开始慢慢接受这个新环境，脸上的表情平复下来。

余萤问她："你如果不想住在这里，小余老师也可以带你回伴星院。"她放弃带她回自己家的方案，因为家里有余灵珊，她姐姐那个怪脾气，对卉卉而言也不太友好。

没想到卉卉并没有这个打算，她不愿意改变奶奶的安排："徐叔叔是爸爸的同事，他也是警察，可以保护我，这样奶奶才能放心。"

"好，那你如果有需求不知道怎么和徐叔叔说，就告诉我，好不好？"

卉卉点点头，又低头画画，想一想忽然又靠近余萤小声说："我想谢谢徐叔叔。"

余萤心里一热，这些孩子并不冷漠，他们可以感受到旁人的真诚，只是不懂回应的方法。

她笑笑告诉她，叔叔都明白。

余萤眼看已经晚上八点半了，去厨房看冰箱。

徐岷川一个人站在厨房的窗边出神，反应过来才说："我在家根本没开过火。"

"那你平时吃什么？"余萤没指望他冰箱里能有菜，但怎么都没想到冰箱也和新买的没区别，估计都没打开过。

他这几年过的都不叫日子，还能好端端站在这里，真是个奇迹。

徐岷川的神色十分坦然，"兴子买什么我就吃什么。"

"他？"余萤想起那位大哥蹭她的车去了小卖部，"他根本没走出过那个路口吧。"

所谓上梁不正下梁歪，这两个人懒都懒出一个德行了。

"今天晚了，我先订外卖。"余萤很快安排起来，她显然是这房子里唯一有生活能力的人，她迅速从一家离得近的餐厅订好晚饭，又和他说卉卉的肠胃不是很好，星娃普遍有菌群失调的问题，所以她又单独给卉卉订好白粥和青菜，忙完才抬头说，"这样吧，我白天本来也要送卉卉上学，就是晚上……"

徐岷川接话："她奶奶的情况还不确定，先考虑这周吧，可能要麻烦你晚上也陪她回来了。"

话说到这里，余萤点头说："那我等卉卉夜里睡了再回家，早上过来接她。"

徐岷川站在窗前，没说话，只是一直看着她。

余萤去洗杯子，倒上热水才说："这是你家，不太方便。"

"没什么不方便的，是我请你过来帮忙的，肯定不能让你跑来跑去。"他对此并不觉得为难，"你就陪卉卉过来住几天吧……我有案子，本来也没什么时间回家，夜里我留在派出所就行。"

余萤笑了，她明显有话，但又不愿意和他多说。

他开口问："你担心余灵珊知道？"他很快说，"哦，我有她的联系方式，我和她解释吧。"

余萤放下手里的水壶，脱口而出："不，你不要找她。"她说得太快，"你以前都不回她的消息，现在也不要突然给她希望。"

他分明看出她又要急，于是转向窗外不说话了。

"你解释不清的。"余萤其实已经离家好几天了，她是个成年人，只要不主动解释，余灵珊根本没闲心去管她这个没什么用的妹妹，反正相处也是话不投机，说多说少，总绕不开那些心结。

她懒得多解释："算了，她不会知道我在你家的。"

"余萤，只要你想说，一切都能解释清楚。"徐岷川看向楼下环绕着的灌木丛，夜晚光线暗，那里的花朵星星点点，偶尔还能见到里边飞出一团亮。

萤火微光，像她的眼睛。

"对你而言，当然可以。"余萤放下手里的水杯，胸口堵着的那股无名火突然就冲出来了，她在这事上总是按捺不住，"四年了，你帮不了余灵珊就可以不回她的消息，也不见她，但我不行。她一直逼我去找你，前几天她还去分局闹，我说不知道你在什么地方……"

对徐岷川而言，这种情感和道德上的绑架永远可以置之不理，但余萤不行，她逃不掉，那是她的亲人。

"我应该怎么和她解释？说我找到你了，但我要在你家住几天，你觉得她会怎么想？"

徐岷川向她走过来，和她说："我不是这个意思。"

余萤知道自己不该说这些，她的坎应该由她自己去迈，怪不到旁人身上，可徐岷川此刻越坦然，她越难自处。

她避开他走到门边，又竖起那些围墙，牢牢地把他拦在安全区之外，不过几步的距离，她已然承受不起。

他的语气实在无奈："余灵珊对我有误会，我只是希望你不要再有什么误会了。"

余萤试图动用理智，显得异常冷静："我知道，你是警察，但你不可能救所有人，我只希望你能离余灵珊远一点……再远一点。我不知道你和她之间有什么矛盾，但如果这是你不能回应的感情，就请你不要开口。"

徐岷川没有再靠近，他和过往那些年一样停在原地，任由余萤拿着水杯出去了。

直到饭都送过来了，房间里一直很安静。

其间徐岷川离开了一会儿，出去帮她们买来一些必需的生活物品，回来的时候看到余萤和卉卉在吃饭，也没说什么。

卉卉只喝白粥，菜也只吃清炒油菜，所有她没吃过的食物她都不肯尝试，只按照习惯的顺序慢慢吃。

余萤看他找衣服，很快又要走，出声问他："你今晚着急回所里吗？"

徐岷川摇头说："晚上让大家轮班休息了，还要等信息汇总。"

她自觉刚才话说多了，想主动缓和一下气氛，让他过来吃点东西。

徐岷川白天跑了一天，在所里盯案子，去医院接孩子，晚上又去找她。他折腾累了，确实不着急走，但他实在没什么心情吃饭，很快进了房间。

余萤陪卉卉吃完晚饭，孩子拿出作业来写，她把餐桌简单收拾过，看见徐岷川房间的门虚掩着，没有开灯，但他明显在窗边抽过烟，人没睡。

她走过去敲门，里边的人声音喑哑，低低问一句："怎么了？"

"没事。"余萤觉得自己没控制好情绪，和他说，"我想和你道歉，我和余灵珊前几天有点不愉快，刚才真不是冲你。"

他看她在门口，马上又把门推开了，窗外的风对流，烟味也散了大半。

余萤不太喜欢烟味，不过她还是走进了徐岷川的房间，月光照出大致的家具轮廓，他只是象征性地摆了一张床，还有非常简单的衣柜和小沙发，一盏落地灯歪歪扭扭地倒在窗边，除了必须有的家具之外空空荡荡，连使用痕迹都很少。

徐岷川这些年的日子简直过得糟透了，难怪他看起来也越来越颓。

他目光落寞，非常疲惫地笑了，简单处理掉刚才所有的不愉快："反正小余老师的脾气也都用我身上了。"

卉卉写作业的时候很安静，没有关注他们。

余萤又去厨房了，回来的时候看见那盏落地灯打开了，而徐岷川转着烟盒半坐在窗台上。

他没想到她还把粥热了，特意给他端过来，因而接过去的时候显得有些无措，和她说："我们以前在山里蹲案子，有一顿没一顿的习惯了，晚上都不饿。"

她指指玻璃上的投影，示意他自己看："你瘦了特别多。"

徐岷川闻言喝了一口粥，抬眼去看自己的影子，没看出什么稀奇的，又垂眼不说话了。

春天的夜太容易勾人心绪，要怪就怪生活太匆忙，每个人都汲汲营营，想要按下暂停的片刻不多，但今晚月光温柔，枝头的鸟雀也睡了，时机刚好。

"这四年大家过得都不太好，我没想到你也是。"余萤靠在窗边，就在他对面。窗外的风透进来，不冷不热，轻柔地抚过眼角眉梢，要把人都吞没，她的碎发被风带下来，她伸手去拢，又说，"我能问，出什么事了吗？"

徐岷川看着她，好像想得远了。

人都有倾诉欲，但有时候累积的往昔太多，重叠往复埋在心里，就像是层层吸满情绪的纸墙，明明一捅就破，但真想开口的时候，又不知道该如何从头说起。

他神色怅然，一双眼沉沉装着夜色，想了很久只是轻叹道："没什么，我今天去接卉卉，想起胡罡的事了。"

余萤看他这副样子有些不忍："报复他家属的人已经抓到了，但你还没释怀。"

他不该是这样的，精神与意志通通被消磨，被世事砍伐，以至于白天勉勉强强摆出如常的样貌，没人的时候只能躲在黑屋子里一个人抽烟。

徐岷川好像被她这句话说得突然就绷不住了。

他指指自己的肩膀，和她说："我们在滇省追一伙逃犯，白天的时候端了他们的窝，我挨这一刀被送去医院，没能参与当晚的行动，胡罡替我带队去追人。"他把手里的烟盒捏扁了，停了一会儿才继续说，"对方拐走了一个小孩，估计是孩子在路上太闹，那伙畜生要把孩子推到江里，胡罡为救那个孩子一个人追到江边，被人捅伤之后也坠江了……搜救队顺着江搜了一天一夜，等找到的时候，他和孩子已经溺亡很久了。"

那盏落地灯，光源不亮，摇摇欲坠。

徐岷川说不下去了，人情淡薄，理想也不总是高高在上，有时候也会让人感到麻木。

警察也是人，也会寒心。

他们不怕付出，徐岷川亲眼看着同事付出生命的代价依然不得善终，甚至累及亲属，这世上那么多混浊的角落，无人可以照透，任何人都可以停下来沉湎，但他不能，一身伤也还要继续走。

余萤渐渐明白到底是什么把他消磨成了这个样子，她猜到了，但没有马上开口。

徐岷川没回答，他似乎不能再想下去了，他撑在窗台上捂住脸说："你知道吗，我每次见到卉卉就在想，那天应该是我去的，胡罡是替我死的……他还有女儿，卉卉还小，需要人照顾。"

她试图打断他，但发现他几乎失控，手指都在抖，想要说的话也根本停不下来，因为这些话平日不能说出口，一旦那堵纸墙被狠心捅破了，就要溃败千里："所以我看见他父母被人报复，孩子被人骚扰，我受不了……是，那些人是受害者家属，他们可以不理解，可以不领情，但胡罡人都走了，还不放过老人、孩子吗！"

他在咒骂，但愤怒永远抵不过无力感，其实人活着比自己想象中坚强很多，无论多少坎坷都不会压垮一个人，但情绪可以，无力时的哀鸣，最能毁人。

徐岷川确实和过往不一样了，因为不能言说的情绪卡在心里，让他肩膀上挨过的那一刀没完没了，把人捅穿了还不叫停，钝刀子磨肉，活活磨了他这么多年。

余萤静静地听完，看见他突然有些烦躁，不自觉地去按自己肩膀受伤的位置，非常用力，疼到皱眉吸气。

她伸手把他的胳膊拉下来,不让他乱动伤处:"这样没用的,你没忘,不需要这样提醒自己。"

他手指轻颤,抬眼看她,说不出话。

余萤放轻声音问他说:"你很怕自己忘了当年胡罡的事,是因为还没完对吗?你还没抓到害胡罡的凶手。"

徐岷川僵持着,仿佛动不了,目光就一直落在她的身上,面前的人仿佛一湖静水,悠然而至,能让他慢慢卸力,连肩膀都放松。

但她的问题又很直接。

徐岷川没否认,他可以在她面前承认自己无法释怀的原因:"我一直在外边就是为了追那伙人,当天害死胡罡的凶手仍然在逃。"他大致提到关于莲嫂的那伙人,说到跨省拐卖儿童专案里那些已经查实的部分,对方开车逃逸,挟持幼儿作为人质,在山区袭警拒捕,根据当时的现场分析,莲嫂有同伙接应。

"我们还在追查她的同伙,近期也一直都在找线索,但那个人至今身份不明,唯一近距离接触过他的人就是罡子。"

确实还没完,这案子扎在他心里无法弥合,如果抓不到害死胡罡的凶手,永不能结疤。

余萤看他缓和下来,和他说:"我知道这会儿说感同身受挺可笑的……但是我能理解你,因为星驰那件事对我而言是一样的,我很清楚这种感觉。"

他们都有无法释怀的心结。

徐岷川没有接话。

余萤慢慢和他说:"其实我们都没有从过去中醒过来,只是时间自己在向前走。"她也有崩溃的时候,但最终让她爬起来的人是他,"你还记得我去分局找你的那次吗?你告诉我,还不是哭的时候。"

他似乎想到她那一次说哭就哭的惨样,忽然唇角有些笑意了。

"徐岷川,现在也不是你灰心的时候。"余萤把话说开,伸手想把他攥紧的烟盒扯出来,让他不要再和自己较劲了,"我们都没走到终点,而且你想想,最坏的事情已经发生过了。"

人生最难,跨不过生死,逝者已矣,从此活着的人就没有挺不过去的难了。不管他们选择的终点还有多远,前途再苦,苦不过来时路了,既然如此,还怕什么呢。

徐岷川心里一阵悸动,他想她面对卉卉时温柔耐心的样子,想她遇到危险时的孤勇，又想她总是一身微光，满腔热息……小余老师好像有种特殊的能力，她可以轻易就弥合人心底的挣扎与冲突，让人安定下来。

有时候人与人之间的吸引力非常微妙，虽然相遇的意义微末，但不禁风吹，心一动，同频共振的两个人之间就能撩起一团火。

徐岷川都没能细想，已经伸手顺着她的手指握住她。

余萤恍然抬眼，对上徐岷川的目光，在这夜色铺陈之下，他看她的神色明显带了情绪。她迅速地抽手，随便找出一句话搪塞道："你快吃点东西吧，又要凉了。"

他从善如流，把粥喝了，不知道从哪儿得来的灵感，突然说："我想吃苹果。"

余萤没明白，但正好刚才送外卖的店家随单给了水果，她给他拿过来，是小小一盒切成块的苹果。

徐岷川看起来高兴了，他蹦下地，一口一块开始吃，和她说："行，我今天总算能和兴子一个待遇了。"

"你这么记仇啊。"她这才明白他是为了什么，兴子居然连这点小事都跑回去和他嚼舌根。

以往在分局相见，可能是环境和心境使然，余萤一直觉得他们几个人世故老练而不近人情，而且干刑警的人平日里说话也总有种无形的压迫感，让人觉得很有距离感，但这段时间再见，她发现他们私底下都只是普通人。

普通到甚至让她觉得幼稚。

时间不早了，徐岷川把苹果吃完，去柜子里找出几件衣服，打算走了。

余萤正在次卧里帮卉卉铺床，卉卉在床头柜上又拿出蜡笔，开始画她的日记。她听着门口的动静，想着其实不用这么刻意，他们来了把主人弄得没地方睡觉，这实在不合适。

她避开孩子，走到门口小声和他说："这是你家，都是为了卉卉，你睡你的，我没这么矫情。"

徐岷川往楼下指指说："主要这里也有分局的好多老同事住着，万一有过去见过你的，看见咱俩一起过夜给你招闲话。"他一个大男人无所谓，但总不好莫名其妙地给余萤找不痛快。

今晚的情况已经有点难以解释了，他突然带着余萤还有一个孩子回家。

她没觉得这有什么好难堪的，于是笑笑示意他无所谓："我坦坦荡荡怕什么。"

徐岷川看了她一眼什么都没说，最后还是走了。

他下楼开车的时候经过楼门前的那丛灌木，离得近了，能看见里边绕着一团萤火虫，悠悠地飞。

这处家属院已经有些年头了，年轻人的工作换得太勤，这年月也没人接父母的班了，所以院里搬进搬出的人很多，空房子也不少。

这栋楼不算最好的选择，只是徐岷川当初执意定下这里的房子，不光是为了安静。

只有这一处，夜晚有萤火。

他不能告诉她，其实他不坦荡。

第五章

盛夏星驰

余萤起得很早，不到七点钟她就出去买早餐，找到附近的超市，给卉卉买她能吃的无麸质点心，然后匆匆往回走。

她这才知道徐岷川昨晚说的老同事是谁，因为她遇见了罗大爷，就在隔壁楼前的步道上。

好巧不巧，罗大爷起得更早，正在自己单元门口的树下锻炼，精神矍铄地拍树干，忽然目光一动，扭头大喊："哟？小余！"

余萤傻眼了，她忘了罗大爷是赶上分房年代的人，肯定就住在家属院里。

她手里提着早饭，此处不是街边马路，没有假装路过的可能，她编什么话都不太不合适，只好故作自然地冲他笑笑说："罗大爷，早啊。"

"你干吗来了？"罗大爷显然连这院里的每根草都认识。罗大爷声如洪钟，一句接一句连珠炮似的抛出问题："你去哪儿啊？找人还是干吗？认路吗？"

余萤无力回答，只想开溜："我先走，您继续，练练身子骨，挺好。"

"别啊。"罗大爷可不只身子骨硬朗，腿脚更好，说着他健步如飞，没几步就溜达到余萤身边说，"你这是要去……哦，我知道了，北楼那不是徐队家吗?"

她心里叫苦,完了。

"你知道他住这里啊,那你姐每次还去单位找人?等会儿,你俩这是什么情况?"

"不是。"余萤硬着头皮陪他往前走,解释也解释不清,一着急顺嘴就说,"我早饭是给孩子买的。"

罗大爷一把拉住她,在分秒之间已经把闲话提升到前所未有的高度:"你的?徐队的?"

"您听错了,我先走。"余萤想把嘴缝上,开始强行糊弄,却被他抓着不放。

"你打听打听,大爷我眼不花耳不聋,在分局门口守了三十年,什么没见过啊。"罗大爷口气颇大,"你别藏着掖着,你和他住一起了?还有个孩子?"

余萤被他的嗓门震得一愣一愣的,根本找不到机会打断。

"哎哟!"罗大爷说着说着一拍手,欣慰道,"小余,你们年轻人速度太快了!"

这种无中生有的推断能力……难为他给公安局守大门了。

"真不是,不是我的孩子,也不是徐队的。"余萤欲哭无泪,"您误会了,我不是干特教吗,我来这里是给徐队帮忙的。"

大爷开始唠唠叨叨:"我好一阵子没见徐岷川了,他上哪儿弄出个孩子回来了?"

余萤快被罗大爷吓糊涂了,好不容易转过脑子,赶紧告诉他:"孩子是卉卉,您认识她吧?胡罡的女儿,现在在徐队家里,我帮忙看两天。"

一提到胡罡,罗大爷终于消停下来,他想起难过的事,"哦"了一声摆摆手,又开始叹气。

余萤挽回话题,争取不让他误会,避免闹得尽人皆知:"徐队这不是没办法了吗,不然他躲我都来不及呢。"

"今天你姐不在,我可得劝你好好想想了。"罗大爷表情一变,立时又要展开说。

余萤心惊肉跳,不能给他这个机会,借机往前跑:"不和您聊了,我还要带卉卉上学去呢。"

她跑得飞快，也没看见罗大爷在身后转了一圈，又回到他那棵树底下了，边走边摇头感叹："这姑娘看着机灵，实际心眼太实……徐队躲的哪是你啊。"

当天余萤带卉卉去虹巷二小上课，学校里的秩序如常，几天过去，新的保安和行政人员都已经到位了，没人在意门口的保安室里换了人。

余萤趁着课间的休息时间找班主任田老师聊了几句，对方对于当晚的事只是从领导那里听说的，保安张维监守自盗，但好在没真出事。现在学校的操场后边已经开始施工了，装了全新的路灯，也更换过摄像头，确保没有死角。

余萤又问她："我看之前东理河派出所经常派警察过来，这附近是不是有什么事？"

田老师每天忙得脚不沾地，想想说："没听说啊，派出所约谈过校方了，让加强管理……二小在他们的辖区嘛，万一引起家长不安，四处投诉就太麻烦了。凡是和孩子有关的咱们都谨慎点，谁都不想出乱子对吧？能理解。"

余萤没问出什么，只好回去踏踏实实地陪卉卉把课上完，中午两个人一起回到了伴星院。

今天来院里进行康复课程的孩子不多，只有宋昭昭和卉卉两个学员，其他老师都根据各自的安排入户去做家庭干预，只有余萤和雯心没有外出。

宋昭昭和卉卉是入院时间最长的两个孩子，因而他们相处的机会也最多，两个人是好朋友。宋昭昭的年纪大了，个子高，动作笨拙，其他学员都有点怕他，他心里明白，因而从不主动和其他孩子说话，唯一的例外就是卉卉。

他特别喜欢看她画画，每次卉卉在桌边坐下，他都主动去帮她拿蜡笔，两个人话不多，却能安坐很久。

今天也一样，下午的时候，宋昭昭又去找卉卉了。他今天情绪稳定，没有乱发脾气，状态也不错。

雯心正在帮余萤做教案，看看他说："我有时候也控制不住昭昭，但他一见到卉卉就能安静下来了。"

孤独症的孩子都有社交障碍，交朋友是一件非常难得的事。

"他们有自己的沟通方式。"余萤轻轻示意她，"你看，他们能够用相似的方式去观察这个世界，在这件事上，是我们不懂。"

如果用平常的眼光来看，这些星星的孩子确实和其他小朋友不一样，他们各有各的特殊之处。但归根结底，孩子都有一颗纯良的心，所谓的"正常"不过是普世定义，不该用正常与否去判断一个人。

"我们只是很难走到他们的世界里去。"余萤笑了。

隔着办公室的门，她看见卉卉指了指自己的画，轻声问身边的男孩她画的是什么。

昭昭笑得很憨厚，乖乖回答："小狗，汪汪汪！"他不断重复，还把手放到头顶假装耳朵，卉卉一边笑一边轻轻鼓掌，告诉他答对了。

他们奇奇怪怪，但也可可爱爱。

余萤看着他们，想起曾经的事，和雯心说："昭昭刚来的时候，有天我下班送他出去，看见他妈妈坐在咱们门前的那个马路边，偷偷抹眼泪。"

那时候宋昭昭的情况不太好，他十几岁才被确诊，完全没有规则意识，稍有不顺心就会产生攻击行为，到了他这个年纪再做康复训练效果很难评估，因此很多机构都不敢收。

余萤当时以为陈丹是为了儿子的情况才哭，所以她过去安慰，让对方不要担心。

陈丹和她说："他傻一辈子也没关系，只要能养活他，多累我都不叫苦，但是这孩子……有时候特别让人心寒。小余老师，你能理解我的心情吗？"

余萤明白了，那是一个母亲在为她自己而哭。

"我和他说不通的。"宋昭昭的妈妈一边抹眼泪一边说，"我在家拖地，滑了一跤，我趴在地上喊昭昭过来扶我一下，可是他连看都不看，不管我怎么喊，他都不理，就自己摇头晃脑地在看动画片，那种感觉……好像我累死累活地养了个白眼狼。"

现实远没有电影中精彩，星娃的共情能力存在障碍，他们的父母一生可能都会面对类似的情况。很多对常人而言辛酸难过的情绪，这些孩子无法感知，对昭昭而言，他连喜怒哀乐都很难理解，何况是更复杂的爱与牺牲。

他的母亲需要无止境无条件……甚至是无回应地付出，这样的生活注定是没有尽头的苦海，那才是真正的孤独。

大家总是忘了，母亲不是万能的神，她会委屈，会无助，也会对着自己的孩子筋疲力尽……母亲并非天生刚强。

"我告诉陈丹，昭昭这样的孩子有时候会让人感觉冷漠、自私，但这不是他的本心，他只是关注不到妈妈摔倒了，也不懂摔倒可能产生的后果，他需要时间去学习。我会尽我所能帮助昭昭，也会陪她一起。我问他妈妈，能不能坚持下去。"

那天余萤开口的时候，宋昭昭就跟在身后。

他根本不知道她们在说什么，也看不出别人的情绪，他只是和往日一样，用脚尖走路，一步一晃地向街边的人跑过去，大声叫了一句："妈妈！"

陈丹想都没想，立刻起身先抱住了她的儿子，然后她才向着余萤狠狠点头。

这也是母亲，她会哭，哪怕她的眼泪都没干，却能为了她的孩子重新站起来。

"这些父母真的非常难，他们要保护自己的孩子不受人歧视，也要扛住自己心里的委屈，所以我们也要做家长的支撑。"

这是伴星院这个名字的由来。

雯心听完很受触动，她点头说："我特别庆幸跟着你坚持下来了，我昨天还和男朋友聊，做康复师又苦又累，有时候还不被外人理解，你猜他怎么说？"

"让你辞职，他养你？"

"他求生欲没这么强。"雯心一脸嫌弃，想想才开始笑，"他说，他看出来了，哪怕我有一肚子抱怨，但心里特别自豪。"

她们无疑是幸运的，这份工作意义深远，来到伴星院的家庭几乎个个都在崩溃边缘，而后通过她们的帮助干预，哪怕孩子们只有一点小小的进步都足够让人动容，其中的成就感无法言喻。

如果世间的歧视无法消弭，起码要有人守住善意的底线，因为那些来自陌生人的微末温暖，有时候会成为他人一生的灯塔。

同样都是工作日，东理河派出所里的情况就没那么轻松了。

徐岷川从上午开始就在看汇总而来的调查信息，他们一直在查保安张维的人际关系以及过往通信记录。根据警方怀疑的方向，跨省专案在年初截获的边境团伙，就是九叔这条线上的最大买家，因此如果张维涉案，他与九叔或相关人员的联系肯定发生在更早之前。

派出所查了张维日常的通信记录，只查到他勾结另外两人试图盗窃学校财物的证据，而他的手机在上个月才换了新的。

"他说自己之前的手机在过年的时候丢了，换了新的。"兴子坐在办公室的小沙发上，愤愤地抬头问徐岷川，"咱只能直接去搜他的宿舍了，找他的旧手机或者电脑设备……这要搜查令，往局里报吗？"

"报啊，我就不信这么巧，他的手机刚好在这几个月换了？"徐岷川低头在翻张维的个人信息记录，"这个张维绝对有问题。"

"但咱们现在没有证据显示张维可能和专案相关，刑事立案也就是个盗窃未遂，我担心上级有顾虑。"

徐岷川持续缺觉，这会儿声音都虚，轻飘飘地看他一眼说："下雨你敢赌，正经事不敢了？"

兴子一脸冤枉："哥，我不是为你好吗。"他屁股抬起来，往他的办公桌边上挪，和他说，"咱们分局都知道你死揪着这案子没完，万一……我是说万一，咱们来派出所搞这么大动静，最后没查出张维和专案有关联，这责任不是又要落到你身上？"

拐卖儿童案件的侦破难度大、时间跨度长，有时候为了抓捕犯罪嫌疑人，追查时间长达十数年以上的并不罕见。他们的专案查到现在，和旱地拔葱也没什么区别了，源头是那两名被拐至边境地区的男童，追根溯源回到天北市，但是莲嫂自知肯定判死刑，直接想把天北市这条线给掐断。他们仅凭猜测锁定虹巷二小，抓到一个保安，如果从他身上挖不出东西，这案子进展就更难了。

徐岷川根本懒得接话，他一直盯着张维的过往工作经历，忽然说："张维在来虹巷二小之前送过快递。"

"对，他送过快递，发过传单，也在餐馆打过工，还有段时间待业，反正干了不少行业，社会经历挺丰富，但是那些工作都和学校、教育机构没有关系。"兴子凑过来，示意给他看，"这里……很多是小网点，人员流动性大，他那段时间断断续续地负责过十几个街区呢。"

徐岷川又说："要具体到小区的。"

"这太分散了，前几年的快递网点都是私人承包的，挨个让他们找记录太慢，这好像也没什么关系……"兴子越说声音越小，"不对啊！川哥，如果张维天天送快递，那很快就能在小区混熟了，他肯定知道谁家有学龄儿童。"

"还行。"徐岷川伸伸胳膊，似笑非笑地打量他，"我以为你吃苹果吃傻了呢。"

"你怎么还没忘！"兴子一看他的眼神就开始心虚，扒着桌子往后躲，果然，他川哥拎起文件夹子直接往他脑袋上招呼，又说，"还有呢？"

"他还知道住户的手机号、名字，而且快递员天天都在路上往返，看谁家孩子没大人领着也很容易。"兴子的思路终于打开了，一边说一边往后退，躲到门口表示自己不闹了，"我马上去查那两对父母在那段时间接收快递的记录，然后对比张维的工作范围，看看有没有重合。"

"我们之前的怀疑方向完全围绕那两所学校了，但他们信息的泄露不一定直接和学校有关……之前我们很可能想错了。"徐岷川慢腾腾地从椅子上站起身，最近没下雨，他的肩膀总算不那么疼了。案子里细枝末节要查的线头太多，大家个个都在死扛，他这会儿说话都懒得多张嘴。

"哥，你歇半天吧。"兴子开始说软话劝他，"我带大毛去走访就行，主要你还得跑医院呢。"

胡罡的妈妈住院，还需要人照顾。

"快走。"徐岷川示意他别废话了，"我去卉卉家拿东西，今天肯定歇不了，先忙正事。"

午后的时间转瞬即逝，刚过五点钟，太阳还没落，宋昭昭的妈妈陈丹突然提前来到了伴星院。

大姐连工服都没有来得及换，着急忙慌地想把儿子接走。

余萤问她："今天下班早？"

"他爸爸在家，我赶紧把昭昭接回去，省得他嫌我做饭太晚，还要多话。"

雯心在门口也听见了，等到他们走了之后，她撇撇嘴和余萤说："这么久都没见过昭昭爸爸，听这意思，他对他们娘儿俩可不怎么样。"

"家家都有糟心事。"余萤没了解过陈丹丈夫的情况，让雯心也不要贸然打听，"问多了容易惹人难堪。"

话正说着，外边又有人来了，对方看见她们小院里有片紫露草，好像被吸引了，走到草坪外边看。

果然，人活着糟心事一出又一出，谁也逃不掉。

余灵珊突然来伴星院了，她穿着一条黑色的及踝连衣裙，身形瘦削，头发绾在耳后，圆润的珍珠耳钉微光动人，优雅地站在这处充满童趣的院子里，十

084

分引人注目。

雯心此前还没见过余萤的姐姐，立时多看了两眼，偷偷笑着和她说："小余老师，你姐姐好漂亮啊！"

余萤心里叫苦，以她对余灵珊的了解来看，对方打扮精致才出门，那肯定是为了来看她的。

"你怎么来了？"余萤出去和她装傻，"这几天忙，我要赶合作的方案，都在院里睡了。"

余灵珊看起来对此不以为意，她好像很喜欢那些紫露草，弯下身摘了两朵，还和余萤开玩笑说："谁知道你这么大人还玩离家出走那一套啊，我来看看你。"

雯心感觉她们有话要说，她一个外人碍事，于是冲余萤指指楼上，先上楼去陪卉卉了。

余灵珊盯着院子里的紫露草不动了，忽然说："你还记得吗？星驰喜欢紫色，我每次穿紫色的衣服他才会盯着我看，跟着我走来走去。他也喜欢这种花，我给他采过几朵，穿起来，编过一串小手链。"

"那是我带他去公园摘的花，后来回家你没注意，差点把花都给扔了。"余萤无奈，出声提醒她。余灵珊只要被勾起回忆就容易自说自话，时过境迁之后，她病态地压抑太久，俨然成了一种心理问题，在脑中逐渐把旧事篡改，按照她希望的样子去回忆。

余灵珊想一想，不以为然地问："是吗？"

"星驰那会儿不停撕纸，我为了纠正他的重复行为，锻炼他做串珠的游戏，我们摘了花，和他一起穿过一个紫色的小手链。"余萤安慰她，"但是他确实喜欢紫色，他很喜欢那串手链，花蔫了之后都摘掉了，只剩小珠子，但他还天天戴着。"

说到这里她忽然收声，不想再提星驰惹人伤心。

然而余灵珊此刻根本没走心，她轻飘飘地"哦"了一声，看起来对伴星院的兴趣不大，上下打量两眼，根本不打算进去。

这处草坪边上有几个矮矮的小动物墩子，本来是给小朋友坐的凳子，余灵珊直接走过去坐下说："天气这么好，还有花能看，进去吹空调多没意思。"

余萤实在摸不透她的怪脾气，只好在院子里陪她，又试探说："你今天出门了？"

"嗯,我去分局了。"

话音刚落,余萤已经开始心慌,她早上刚撞见过罗大爷,她一时感觉自己有病,明明没偷没抢,不知道为什么比做贼还心虚。关键从头至尾,余萤根本没想参与他们两人之间的故事,不知道为什么只有她如坐针毡。

余萤勉强搭话:"罗大爷在吗?"

余灵珊非常平静,点点头说:"在啊,我问他徐岷川调去哪里了,他不告诉我。"

余萤怔住,看她完全不像要生气的样子,也没有任何责怪的意思。

"放心,我和罗大爷说了两句话就走了。"余灵珊说完又转头看向她,让她别担心,"我没赖着不走,他也没找你吧。"

她看起来根本没听到闲话,罗大爷竟然没多嘴?余萤不敢深想这一点,心里更乱了。

"你是不是有事瞒着我?"余灵珊毕竟是看着她长大的人,连余萤的微表情都没放过。

"我不明白,你为什么总让我去找他?对徐队而言,我应该只是你妹妹而已吧。"余萤编不下去了,突然意识到原来想要对最亲近的人撒谎是需要天分的,明明没必要,但这微妙的结从四年前就缠死了,她解不开。

身边的人出乎意料地不深究,轻轻开口说:"也是。"

余萤看向天边,夕阳余晖壮阔,远处的高楼都被镀了一层金,今天是个好天气,人间往来都是俗事,没必要自寻烦恼。她告诉余灵珊自己这几天太忙了,项目方案做不完,怕夜里打扰她,所以打算继续住在伴星院。

"走吧,先送你回家。"

可惜一切不巧,老天爷偏要来找她的麻烦。

两个人起身的时候,余萤看见那辆眼熟的揽胜开过来,直接停在路边。

徐岷川拿着一袋东西走过来,没打算回避。

余萤怎么也没想到,自己有一天会被拖进这种修罗场,她甚至什么都没来得及说,身边的人已经定定站住不动了。

原来狗血的故事全都源自生活。

余灵珊回身看向余萤,突然开始笑:"我就知道,你一直都在骗我。"

余萤十分无奈,好像也没什么能解释的理由,只好装哑巴。

眼下唯一淡定的人是徐岷川，他剪头发之后显得气色都好了不少，没那么颓了，此刻走过来的样子非常从容。

余萤感觉自己处境不妙，这应该是她姐姐和暗恋对象久别重逢的一场大戏，两位旧相识应该好好叙旧，因此余萤偷偷往后退，不经意甩给徐岷川一个眼神，希望他能懂。

往日精明老练的徐队今天偏偏不会看眼色了，他来就来，还非要口气熟络地把余萤喊住。

"卉卉昨天就想去拿这些画册了，但没来得及，我刚才有空去她家了……从小到大的，都在这里了。"他说完递给余萤一个沉甸甸的袋子，又说是孩子奶奶嘱咐的，卉卉很宝贝她这些画册，必须带在身边，这是她的习惯。

余萤无处可逃，只好点头接过去。

一旁的人就没那么淡定了，余灵珊的眼睛突然红了，像被自己的怨怼毒哑了，半天说不出话，恨恨地盯着徐岷川。

他扭头和她打招呼："好久不见啊，最近怎么样？"

"徐岷川。"余灵珊咬着牙根才磨出一句话，"确实好久不见，四年了。"

余萤赶紧拉她，缓和气氛说："姐，咱们进去说吧。"

"你怕什么！"余灵珊突然嚷了一声，回身把余萤推开，这一下突如其来，实打实发了狠，直接把余萤推得踉跄后退，差点摔在地上，随后她又转向徐岷川，大声质问他，"你不回消息，不接电话，也不见我，我找了你四年……至于吗！你躲什么呢？"

她没能继续嚷下去，因为徐岷川打断她说："我没躲你，我这三年多都在外省，专案涉密，谁都没联系。"

余灵珊一愣，脸上的表情又变了，她根本就没有眼泪，只是红着眼睛，因而神色显得分外古怪，很快她的目光从愤怒变成莫名的嘲讽。

余萤再次被她姐拿来泄愤，好在她习惯了，此刻她靠在围栏上揉胳膊，也不敢再刺激余灵珊。

徐岷川指指伴星院的小楼说："我来给同事的女儿送东西，那孩子正好在这里上课，她是小余老师的学员。"言下之意，余萤只是伴星院的小余老师而已。

余灵珊眼神里的嘲讽更明显了。

徐岷川毫不在意，还在继续和她说："别在这里闹了，楼上都是孩子，怕吵。"

余灵珊听了这话神色复杂地看着徐岷川，忽然又转向余萤，声音陡然抬高："还有你！你也装了四年，你问我为什么让你去找他，你自己不明白吗！"

徐岷川同样看向余萤，他推开小院门走进来，而对面的余灵珊积压已久的委屈陡然爆发，冲过来像是要拦住他。

徐岷川反应很快，按住她的肩膀让她不至于歇斯底里，余灵珊那纤细的鞋跟根本禁不住如此激烈的动作，她气急败坏地还要说什么，但徐岷川没给她机会，扶着她的肩说："和我走。"

余萤看着他们两个人拉拉扯扯，突然魂魄归位，她意识到自己此刻应该马上消失，于是火速拿好卉卉的画册上楼，多一眼也没看。

无论那两个人之间要说什么，就算今天的狗血泼天，也根本轮不到她去掺和，偶然只是偶然。

楼上就安静多了，只有雯心的表情不太自然，她听见楼外的动静，但又不敢问，只好呆呆地看着余萤。

"我姐和她的一个朋友正好撞见了，有点误会，没事。"

成人的世界太复杂，好在卉卉没有被影响，她戴着耳机一边听舒缓的音乐一边画画，看见自己的画册非常高兴。

余萤走到二楼窗边往下看，徐岷川正把余灵珊送上车，很快就开走了。

当天余萤给自己找了一大堆事忙，等她再抬头的时候天都黑了，没收到那两个人后续的消息，也懒得再问。

这样挺好，她不用夹在中间装傻了，那些陈芝麻烂谷子的爱恨情仇，麻烦他们自己聊清楚。

余萤下班后带卉卉回到徐岷川的房子里，陪她吃完饭，做完老师留的家庭作业，一直到快十点的时候，她发现卉卉还在翻那些画册，又过去督促她睡觉。

毕竟受人之托，她也必须照顾卉卉。

卉卉很听话，自己去洗漱，而余萤帮她把所有的画册拿到次卧，发现画册的封面上有年份，是卉卉从四岁开始画的图画日记，整整六本。她想找个地方先放起来，正好看见床对面的桌子上堆满七零八碎的东西，看起来徐岷川所谓的收拾就是胡乱一堆，导致桌面上的几个置物架东倒西歪。

她顺手帮他整理，想腾出一个架子放画册，但在搬东西的时候不小心拽掉罩布，露出桌后的墙面，那原来是块很大的白板，上边密密麻麻写满了字，也贴了一些照片。

余萤不小心瞥了一眼又顿住了，把那块罩布彻底掀开。

那些照片里的人都是四年前的余灵珊，一袭浅紫色的长裙，过肩的蓬松卷发……余萤记得她这身装扮，因为就在那一天，星驰出了车祸。

白板上全部都是监控截图，是各个位置的摄像头拍下来的图片。

余萤心头一震，徐岷川应该是把这间次卧当过书房，他以前在用这张桌子，所以白板上全部是他保留的案件相关记录，关于四年前星驰那起交通意外的信息，有商场的监控、街边余灵珊走过的记录，还有余灵珊和李昶在路口争执的样子，甚至包括远福路上星驰突然冲出的瞬间……

这不是梦，这是真实的过往。

余萤不敢再看，所有被她藏在心底的噩梦通通都被白板上的记录勾起来，而她今晚毫无心理准备，又被这些片段直接推回到四年前。

因为余灵珊的自苦，星驰的事故也成了余萤永远解不开的心结。

那场事故发生在四年前的盛夏，天北市一季少雨，连着半个月气温居高不下。

余萤大学在读特教专业，她特意选择走读，是为了能回家带星驰，在家对他进行干预。她记得很清楚，星驰刚满周岁的时候就与其他孩子的表现不同，他的目光不追人，对玩具和旁人的逗弄也缺乏关注，后来学说话的过程非常艰难，唤名不应。起初，余灵珊认为他还太小，毕竟说话晚的小孩也很常见。直到星驰三岁的时候，他的各项指标全面落后，余灵珊依旧不死心，坚持送他去上幼儿园，但在同龄孩子的对比之下，星驰的行为障碍更加明显了，因此他只上了一个月的幼儿园，老师就建议他们带孩子去医院做检查，最终星驰确诊为中度孤独症谱系障碍。

那段时间，家里永远伴随着余灵珊的哭声，星娃确诊前后的所有侥幸、挣扎、纠结，他们全都经历了一遍。

余萤从小看到大，她姐姐在众星捧月的夸赞中养成绝对骄傲自我的性格，就连找的丈夫也家境优渥，但无论如何也想不到儿子会被确诊孤独症。

这件事是无法逃避的，每时每刻都能让一个母亲绝望。

星驰的感统失调，他学会走路的时间就比其他孩子晚很多，而且身体发育落后，大一些之后走路只会习惯性地胡乱摆腿，姿势别扭，发脾气的时候就会横冲直撞，非常容易摔倒。孩子的异常举止根本瞒不住，渐渐地，周围的每个人都知道他不对劲了，纷纷对余灵珊指指点点，旁人的议论无异于一种慢性折磨。

每次余萤回家照顾星驰，都伴随着楼上砸东西的声音。

她至今还记得姐姐每次喊叫的那些话，曾经余灵珊无数次地骂李昶："我说不想这么早生孩子，是你非让我留下他！都怪你！"

一旦年轻时金童玉女的爱情童话破灭之后，一地鸡毛的生活终究把他们夫妻二人打回了原形。

更悲哀的是，他们的不幸甚至和物质基础无关。

李昶的家族生意做得很大，他在结婚时就为余灵珊在近郊购买了一栋别墅，而余萤那会儿只是个学生，在她没能完全独立的时候，余灵珊为她在家里留了一层，他们一家人住在一起。独栋别墅的面积很大，上下四层，却始终装不下余灵珊的委屈。李昶经常出差在外，回归家庭的时间并不多，可惜余灵珊也根本不是传统贤妻，再加上她在产子之后事事不顺，导致夫妻冷战的时间远比相处的日子长。

余萤从不参与姐姐和姐夫之间的矛盾，她只想好好保护星驰，那是她抱在怀里看着长大的小外甥……男孩子都像妈妈，星驰也一样，白净漂亮，在样貌上继承了余灵珊的优点。他会试着摇摇晃晃地过来找余萤，走不稳摔倒了在地上大哭，边哭边喊"姨姨"，连他第一次学着用言语表达自己需求的时候，也只知道喊余萤。

她记得自己专门给星驰准备了隔音良好的耳机，一旦他父母要吵架，她就带他躲去地下一层的影音室里，不让成人的世界打扰他。

他们互为避风港，星驰让余萤的人生早早有了理想和目标，而她也成为小外甥最亲近的家人。

为了这个孩子，余萤在考大学的时候放弃了其余更热门的专业，她执意为他选择特教，这样无论如何，星驰这辈子永远有人照顾。

后来星驰七岁了，但没法直接上学，因为他的认知和理解能力不足，足足花了两年时间用来学习入学的先备技能，才可能有普校接收。

他们给他请了专门的言语老师，再加上余萤的配合，让星驰逐渐从简单的仿说，进步到后来可以进行基础交流。只是他依旧不爱和人说话，兴趣也非常有限，在家只爱玩遥控小汽车，看它在轨道上一圈又一圈地跑，如果不打断他，他可以足足坐着看一天，不吃不喝也不动。

余萤为了缓解纠正他这种刻板行为，特意增加他的户外活动时间，坚持带他去离家不远的公园跳绳，也就是在那段时间，星驰的父亲李昶开始长期不回家。

家里只剩她们姐妹两个人带着一个星娃，而余萤白天还要上课，照顾一个星娃需要付出比带普通孩子更多的精力。没过多久余灵珊身心俱疲，断断续续生病，李昶找了一个保姆住家帮忙，做饭带孩子。

那个保姆就是崔大姐，星驰车祸当天她请假了，而余萤的学校正好有一天的课，她也不在家。

那天的天气特别好，天晴而且微风，很适合户外活动。

余萤记得自己是在临近中午的时候特意给余灵珊打电话，提醒对方今天下午一定要带星驰去公园跳绳。

电话里的余灵珊回答得十分敷衍，余萤当时并不知道保姆不在，她只担心姐姐犯懒，因此反复和她强调外出步行能让星驰锻炼肢体协调能力，路上还能多晒太阳。

余灵珊虽然不耐烦，但还是同意了。

余萤在那通电话的最后提醒她说："你别又把星驰关在屋里看小火车坐一天啊，这样下去不行的。"

余灵珊沉默了几秒钟才和她说："我知道这样不行，不会了。"

电话就那样草草结束了。

余萤以为那不过是平平无奇的一天，她为了星驰着想，提了一个好心的建议。但是谁都想不到，因为她的建议，当天发生的事颠覆了全家人的生活。

余灵珊确实没糊弄，即使保姆请假，她也还是自己带星驰外出了。

他们所住的别墅区附近就有公园，开车也就五分钟，而步行需要经过一片新开发的配套商业街，前后不过两公里，这距离不远不近，最适合带孩子散步。

关于星驰车祸的前因后果，所有细节余萤都是在事后才知道的。她赶到医院的时候，大家都处在极端的情绪之中，余灵珊已经瘫在走廊里，动都动不了。那种难以承受的剧变突如其来，首先把人逼到近乎麻木的状态之中，余萤只想知道发生了什么。

余灵珊说自己下午带星驰去公园，走到商业街的时候发现生理期提前，必须去卫生间。但星驰一个男孩子不方便跟她进去，而且商场里人来人往环境嘈杂，她很担心星驰害怕哭闹，于是就让孩子在商场门口等自己，还把他喜欢的小汽车塞给他玩，让他别乱跑。

她确实心急疏忽，也没考虑那么多，那会儿星驰经过长期训练康复，具备听从指令的能力了，所以他确实乖乖地站在商场门口的角落里摆弄自己的小汽车。

可惜当天的一切都不在预想之中，他没想到自己会等那么久，也不知道妈妈为什么迟迟不从商场出来找他。

最后星驰出车祸的地点在远福路，那条路距离商场半公里，虽然不远，但需要拐过一条隐蔽的小巷，那绝对不是他自己会乱闯的路。道路监控显示他突然从巷子里跑出去，不知道受了什么刺激，情绪激动，挥舞着手脚冲上行车道，而后直行车辆躲避不及，导致星驰被撞身亡。

他最终也没能走出那条路。

那个夏天的惨剧在多年后依然能把人击穿，一个孩子的夭折，对家人而言无异于剜心蚀骨的劫。

此刻，余萤抬眼看向白板上被圈出来的名字，崔大姐本名崔福娣，当年四十三岁，至今不知所终，她原有的联系方式通通找不到人。徐岷川在她的名字旁边画了个问号，同时也标明了对方老家的地址、当地村委会的电话，包括几个和她一同来城里打工的同乡姓名，最终却又通通画掉了，显然这些途径都没用。

余萤眼眶微热。四年前，她曾经苦苦请求徐岷川帮自己继续调查星驰车祸前后发生的情况，求他帮忙找到崔大姐，否则这个坎不光是余灵珊，她也迈不过去。但她一直以为徐岷川根本没听进去那些话，直到如今，她看见白板上的信息才意识到，他一直没放弃。

或许徐岷川没有她想象中那么不近人情，然而这一点点动容又被她强压下去了，她想起今天徐岷川把余灵珊拉走的样子……他真正想帮的人显而易见。

他和余灵珊真是上辈子的冤家，年轻的时候没能走到一起，往后的年月里却又谁都放不下，一个追一个跑，早该有个说法了。

余萤的情绪有些失控，直到卉卉出声叫她，她才反应过来，起身匆匆把罩布放好，又把那些架子原样推回去。她手忙脚乱，卉卉不知道在一旁站了多久，但之前一直没出声，此刻她已经换好长袖长裤的睡衣，忽然说："小余老师，你哭了。"

余萤摇头，又把自己的脸擦干净，这才看见那些画册还在床上占着地方，她起身把它们放在书桌上，让卉卉安心睡觉，然后自己出去坐在客厅出神。

夜里十一点，余萤还是跑去泡了茶，直到一股香气漫出来，她才没那么难过了。

徐岷川一直没有回来，余灵珊也没和她联系，今夜很平静，平静到和过去这四年一样，或许想多的人不是余灵珊，而是她自己。而她此时此刻的难过也并不只是为了那个夏天。

余萤意识到这一点，心里有些失落，但又觉得这样也挺好，毕竟她还有自制力，不想再徒劳为别人的故事买单。

她加班加到对咖啡和茶免疫，没过一会儿就倚在沙发上慢慢睡过去了，直到第二天早上闹钟响，她才爬起来看手机，发现昨夜最后的短信界面没关。

现在这时代根本没人发短信了，但她只有一串手机号，没机会加对方的微信，所以她还是用短信打了两个字：谢谢。

如今茶都凉了，她拿着手机却始终没勇气发出去。

她只好和以往无数次一样，把那条不合时宜的短信选中，连带着昨天发生过的所有事一起删掉。

下午卉卉没有课，余萤买了一些水果带她去医院看奶奶。

平房区的条件实在有限，所以徐岷川安排孩子的奶奶来城里住院，就在东理河医院，距离他家还有卉卉的小学都不远。

公立大医院的病房一向紧张，走廊两侧都是临时安置的床位。余萤去了才发现，卉卉的奶奶被安排在六楼，那里全是特需单人间，肯定是徐岷川请人帮忙的结果。

她陪老人坐了一会儿，前后不过半个月，卉卉奶奶的精神已经大不如前，老伴突然离世，带走了对方心底的支撑，如今人躺在病床上，头发全白，目光都空了。

"岷川是个好人，他总惦记着我……如果没有他帮忙，家里那么多事，我也熬不过来，我还想和老头一起走，一了百了。"

余萤尽可能宽慰老人，又给她讲卉卉最近在学校的表现，老人微微点头，手里搂着卉卉，仿佛最后一口气都吊在了孙女身上。

"是啊，还有卉卉呢，我不能急着去找她爷爷。"奶奶终于露出笑意，看看孩子又转向余萤问，"小余老师，你之前就认识岷川吗？"

余萤剥开一根香蕉递过去，想想才说："算是吧。"

老人撑起身慢慢嚼，似乎陷入了回忆，开口说："罡子还在的时候，卉卉都上学了，我看他们徐队一个人孤零零的，就琢磨牵个头，给岷川介绍对象……结果罡子说他们徐队有喜欢的人了，我就没好意思往下张罗。"

老人可能已经太久没和人聊天，话匣子一打开就收不住，而卉卉这会儿已经跑去窗边继续看自己的画册了。

卉卉奶奶慢悠悠地吃完香蕉，颤着手指拉住余萤问："他一直喜欢的那个姑娘，是你吗？"

余萤很惊讶，没想到卉卉奶奶会这么说。她想起过往，不知道这是什么年月的旧事，因此脑子里只有一个答案，摇头说："不是我，您别误会。"

卉卉奶奶像是没听见她的话，自顾自还在念叨："我就纳闷，他怎么一直还单着呢，为什么不去找那个姑娘？"

"那我明白了。"余萤低头拿出一张湿纸巾擦手，笑笑说，"应该是我姐，他们很早就认识了。"

那显然是因为余灵珊嫁给了别人，阴错阳差，那两个人大学时的一段缘分还没来得及开始就结束了。

余萤想到昨天，故人重逢，徐岷川未必像她过往感受到的那样不愿回应余灵珊，但无论如何，那些私事和她无关。

她只能让老人放心："您不用替徐队操心了，他之前可能太忙了，在外省跑了三年多。"

"我知道，他总是放不下罡子的事，但我儿子是工伤没救回来，我们不怪他，可他心里过不去。"老人在病床上躺了太久，脸都是皱皱的，此刻不知道想到什么，又看着余萤说，"小余老师，帮帮他。"

余萤完全没想到这话落在自己身上，帮他？

她打量自己，一个老老实实的平头百姓，有事去求警察的时候还被拒绝了，实在没生出能给徐岷川帮忙的三头六臂，于是她半哄半劝地说："我姐都帮不了他，我可没那本事。"她说完又看卉卉，劝老人别多想，"至于卉卉，您不用这么客气，我一定把她照顾好。"

老人似乎踏实多了，静静闭上眼。

很快就到了午后，卉卉留在病房陪奶奶，余萤先出去找医生询问病情。

老人的主治医师姓王，和徐岷川是旧相识了。他在住院区也有办公室，就在护士站旁边，但当天还有门诊，护士提醒余萤要去隔壁的门诊楼找他。

目前来看，卉卉奶奶的血压已经控制住了，只是冠脉造影之后发现老人有三支冠状动脉有病变，后续需要考虑介入手术。

王大夫的话很坦率："这几天我们反复沟通，但病人一直不同意手术……我猜测是对费用有顾虑。我之前也和徐队聊过，知道老人家里有个孤独症的孙女需要长期干预，花销很大。"

按照卉卉奶奶的病情，手术的费用整体可以控制在十几万元，可是这笔钱对她而言依旧高昂。老人年近古稀，失去唯一的儿子和老伴，未来主要的经济来源就是烈士亲属的抚恤金，而她还要独自照顾孤独症的孙女，很可能需要终身干预，她需要用钱的地方太多了，实在不想把积蓄都浪费在自己身上。

余萤非常理解老人的难处，凡事都要做最坏的打算，尤其是像卉卉这样的孩子，她长大成人之后未必能得到社会的认可，她很可能始终无法经济独立，这些都足够让她奶奶拒绝手术了。

老人的心灰了，她不在意用自己的命赌，哪怕能多换卉卉一天的快乐日子，她都愿意。

王大夫又说："徐队一直希望能尽早安排手术，钱的事不用她担心，但是老人不听，她坚持自己承担接下来的治疗费用。"

卉卉奶奶心里很清楚，徐岷川一直在帮他们，这已经是还不了的情分，万万不能再让他给她的病填窟窿了。

"我和徐队商量一下，我们会想办法劝她尽快手术。"

那天天气不错，下午的时候徐岷川刚从审讯室出去，他坐得浑身酸疼，尤其是肩膀，于是去外边抽了一根烟缓神。

东理河派出所接连数日辛苦蹲点，并不是一无所获，此前所里抓回来的那个保安张维，果然没有表面上的那么简单。

他老家偏远，家里有个妹妹，他早早来到天北市打工，家里人经常管他要钱。他十年间被迫找过各种工作，经历丰富。而派出所走访查明，他四年前曾在虹巷区送快递，派件区域和两名被拐儿童的家庭住址重合，此后两个孩子的父母也配合调查，他们确实都加过张维的微信。警方从订单和快递记录里找到他当年使用过的另一个手机号。

这两户家里都没有老人同住，夫妻二人白天要外出上班，一旦家里有到付件就让快递员直接放门口，线上转钱，加他的微信纯属为了方便，谁也不会多想。

对小区里的住户而言，张维只不过是一个"工具人"，然而对这个"工具人"而言，只要他稍微留心，就可以轻松获取一个家庭的隐私信息。

徐岷川的猜测已经逐步被证实，他高度怀疑张维涉嫌专案，所以旁敲侧击试探张维关于四年前那两个家庭的问题。但张维一直坚称对那两户已经完全没印象了，反复说自己只是个送快递的，片区里有成百上千户人家，他当时微信号都加满了，纯粹为了工作。

这一天依然耗到下午，兴子也困得直打哈欠，溜出来吹风。

他看见徐岷川也在，笑嘻嘻地凑过来管他要烟抽，然后一边打火一边说："川哥，这家伙挺贼的，一问他干快递时的事就说不记得了。"

"他否认得太快，不是不记得，而是记得太清楚了。"徐岷川倒是不急，"我现在问你，也差不多四五年前吧，咱局里不是有个医闹的案子吗，那会儿那个当事人叫什么来着？"

"啊？"兴子被他问糊涂了，于是绞尽脑汁地顺着他这话回忆，想了半天才说，"这我真忘了，那案子也挺乱……"

徐岷川把烟灭了，抱着胳膊看他。

兴子还在脑子里努力搜索当时的情况，对上他的眼神才反应过来说："哦！我懂了，如果张维没有隐瞒，那一个正常人被警察问好几年前的事，肯定会先试着回忆。"

"对。"徐岷川又拍拍兴子，"等之后找到他的通信记录，他想不起来也得想。"

快到傍晚时分，余萤回到病房。

她晚上还在伴星院约了一位家长，于是准备把卉卉接上先走，但她进去发现老人盖着被子睡着了，而原本一直在窗边看画册的孩子不见了。

余萤去卫生间和走廊找了一圈，没见到人，她只好把老人叫醒问："卉卉呢？"

现在正是下午犯困的钟点，病床上的人迷迷糊糊地回答："哦，下楼玩了，她刚才说她朋友在楼下，要去找他。"

余萤又问："什么时候的事？"

"就刚才吧，哎，我睡了多久……应该没多久，我估计是她的同学吧，我让她等你回来，但这孩子特有主意，她说先去找你一起下楼，我就同意了。"说着老人这才反应过来余萤根本没见到孩子，立时声音紧张，"还没回来？"

余萤从窗边往楼下看，住院楼的位置在整个医院的西北角，紧挨着最北侧的医院围墙，从六楼的高度望出去，还能看见外边北侧的街道和路口，而楼下只有一条通往医院正门的路，此刻根本没看到卉卉和她的朋友。

余萤低头看卉卉翻了一半的画册，想不出这孩子刚才坐在这里看见谁了，突然想下楼。她让老人先别急，自己出去找。值班护士对卉卉有印象，说她一个人去医生办公室了。

余萤明白了，卉卉确实想先去找自己，但今天主治医师刚好不在院区，所以卉卉去办公室发现没人，也不知道医生和小余老师会去什么地方，所以她就自己下楼了。

余萤越想越担心，恳请护士帮自己在医院的各层询问，又坐电梯下到一层。

下午的住院楼内外都很安静，病人大多在休息。余萤围着楼转一圈都没看见卉卉，又顺着路向外找，依然没有发现。

她脑子里乱哄哄地闪过各种可能性，但卉卉沉默内向，并不好动，绝不会无缘无故让人担心……她又走到隔壁的门诊楼，附近十分嘈杂，人来人往病患非常多，谁也不会留心一个小女孩的去向。

前后过去一个小时，最终余萤折返回到六层的病房，卉卉依然没有回来。

孩子的奶奶已经被吓到说不出话，突然心脏绞痛，又紧急叫来医生。事关重大，这种时候万万不能再刺激老人了，余萤马上去找医院的后勤安保，希望能尽快查看监控。

她下楼边跑边拿出手机，想着应该马上报警，手指却熟练地按下那串早就记住却从来没联系过的号码……那是她早年从罗大爷值班室里抄下来的，成年人经年累月筑起太多围墙，自尊心使然，她始终没有立场也没有理由逾越，因此从来没有和对方联系。

四年之后，她终于打通了徐岷川的电话。

对方的声音倦怠，平淡而短促地应了一声："喂？"

余萤这才想起他根本不知道是谁打过去的，她听着他的声音陡然紧张起来，前因后果都乱了，她越急越不知道该从哪里开口。

然而对面的人似乎仅仅凭着直觉就反应过来了，下一秒脱口而出地喊她："余萤？怎么了？"

她的冷静和理智轰然粉碎，哽咽地说："卉卉不见了。"

第六章
天光将尽

徐岷川只用了一刻钟就赶到东理河医院。

他和余萤一起查看监控,为了照顾住院病人的隐私,病房内部并没有安装摄像头,但从走廊、电梯,还有院内步道的监控来看,卉卉的行为举止没有异常,也没有外人尾随。

谁也没想到,卉卉自己离开了医院。

小姑娘的长发一丝不乱,独自下楼后沿着主路向外走,一路上走得很快,看上去目的明确,很快就走出了医院大门。

余萤十分诧异,反复回忆今天卉卉的举止,没有找到端倪。

徐岷川又查看了医院内部的其他监控,余萤帮助他仔细辨认,但楼下同一时间没有出现卉卉认识的同学。

没过多久,大毛和另外两个熟悉周边情况的民警也赶过来了,在附近沿街寻找。

余萤站在医院门口看时间,马上就要五点了,她急匆匆地发微信,先把伴星院里的工作安排给了其他老师。

晴日的天光将尽,好在如今是春夏之交,没那么快入夜。她相信卉卉根本不会无缘无故地走远，只要警察来了一起找，一定能把她找回来。但时间临近傍晚，天总会黑，而人在遇到意外情况的时候也不是只有理智。

此时此刻，事发突然，余萤只要一静下来，就觉得自己的心快要冲出胸口。

徐岷川打电话通知东理河派出所的人，兴子留在所里配合，他详细描述卉卉的特征，安排同事在平台紧急发布儿童走失的信息，然后追查道路监控："疑似走失，我在医院这边查到孩子出大门向北拐了，北侧是东理河医院北街……如果有发现马上通知我。"

余萤试图控制好情绪，整个人紧张到回不过神，忽然听见徐岷川说"疑似走失"。这几个字猛然扎进她脑子里，直接激活了四年前的那个夏天，也是在医院，也是警察来来回回调查，而后余灵珊的喊叫、李昶的痛哭，还有旁人的劝解，所有声音呼啸而至，又全都重叠在一起洞穿人的神经，让她压抑住的恐惧和焦虑瞬间冲顶。

星驰也是疑似走失，最终酿成惨剧。

"不可能！"余萤脸色苍白，冲徐岷川喊，"卉卉智商正常，她已经十岁了，不可能走失。"

徐岷川顿了一下，很快暗灭手机把她拉到身前，手按在她的后背轻轻地拍。

余萤这才意识到自己已经紧张到直不起身，她开始发抖，抓住徐岷川试图和他解释："卉卉不会撒谎，她还想去找我。"

"我知道。"他赶来之后一直话很少，有条不紊地安排追查，此刻他点点头，示意余萤放松。

他看她眼睛红了，又和她说："卉卉不是星驰。"这句话不轻不重地敲在余萤的心上，把她的意识从应激反应中猛然拉出来，"余萤？"

她恍然看向他，倒抽一口气："我没事。"她渐渐找回理智，想到此刻孩子的奶奶刚刚经历过急救，还在病房里等消息，"你说过，老人只有卉卉了。"

"所以我不会让卉卉出事。"徐岷川环住她的肩，声音越发低，还是那句话，"有我呢。"

她默不作声也不看他，半晌之后控制住自己，向后退了两步。

他无奈地笑了，也只能顺着她的动作松开手，此刻实在不是开玩笑的时候:"小余老师,我需要你保持冷静,你最了解卉卉,帮我好好想想,她可能看见谁了?发生什么事会让她离开医院?"

他一边说一边抬头,再次向西北角的住院楼看过去。

余萤顺着他的目光回忆:"她在窗台上翻画册,这边窗口朝北,楼下就是通往大门的路,还有……"

她没说完,徐岷川已经反应过来了,率先拉着她从大门出去,拐到东理河医院北街。

他边走边说:"除了楼下呢?"

"还有院外。"余萤想起来了,"我看过,还可以看见北街这条路!"

东理河医院是公立的三甲医院,面积很大,占据一整个街区,四周都有主路环绕,所以医院北街实际上也和院墙等长,外侧有公交站台,内侧是一条宽敞的人行道。

此刻已经快到下班的时间段了,路上人很多,机动车道上车辆聚集,徐岷川和余萤在街上寻找,依然没有发现卉卉。

时间一长,余萤心里那些不好的预感再次冒头。

徐岷川接通电话,兴子的大嗓门十分激动:"川哥!卉卉确实走到医院北街了,而且她不是一个人……等我开摄像头,你自己看。"

余萤靠近他一起看监控画面,终于明白卉卉为什么会离开医院了,因为她看到了宋昭昭。

徐岷川又让兴子调取车站监控,那个角度刚好拍到当时宋昭昭走过来的画面,他出现的时候漫无目的,可能走的时间太长,手脚都在乱抖,嘴里还在自言自语。而人行道的树下刚好躲着一对偷偷拥抱的小情侣,宋昭昭看也不看就撞过去了。

他的行为很荒唐,把女孩吓坏了,她的小男友个子很高,脾气上来开口骂人,很快也看出宋昭昭傻里傻气不正常,顿时来劲了,一定要在女朋友面前逞英雄,开始上脚踹他。

宋昭昭摔在地上,只记得抱头,还伸着胳膊乱挥,挣扎之间又打到了那个女孩,导致对方也急了,冲过来帮她的男友,两个人对着宋昭昭边骂边打。

一步之遥就是自行车车道,骑车的人纷纷侧目,而几米之外还有公交站,但所有围观群众都保持着一定距离,他们已经看出地上的人是个傻子,因而大家一退再退，离得远远的，没有人敢上前劝阻。

同理心无法逾越人性本能之中筑起的那些墙，它们界限分明，只要有人和自己不同就会被轻易划归为异类，于是避之不及，隔岸观火。

人们很难同情异类。

他们再次看向楼上，这角度刚好，几米距离的围墙内就是住院楼，卉卉一定是在楼上目睹了这一切。

余萤忧心忡忡，没看见手机里的兴子一张大脸已经凑到镜头前，正冲她挥手说："哎？小余老师也在呀！你和川哥在一起呢？"

徐岷川立刻关闭自己手机上的摄像头。

"你这样就很没礼貌了。"兴子只剩下声音还在负隅顽抗，"别急，这两个孩子看着不像走失，我在查……先让我打个招呼，小余老师？"

此处四个方向都是主路，徐岷川环顾一圈，堵住兴子的废话："这附近沿途的监控点很多，赶紧找。"

很快有了结果，卉卉走到北街的时候，那两个高中生已经离开了，只有宋昭昭浑身是土，正在哭。她陪他坐在路边，两个人说了几句话，而后的十几分钟时间里，卉卉一直在给他拍身上的土，直到拍干净之后，这两个孩子突然起身，卉卉拉着宋昭昭的手，带他一起向西走了。

余萤已经给陈丹打过电话，然而始终打不通，她攥着手机感觉一身冷汗。

"别急，相信警察。"徐岷川始终看不出什么情绪，尤其在看见宋昭昭之后，他好像莫名松了一口气。

她没法像他那么淡定，两个孩子都让她担心，因而声音发紧："宋昭昭可能行为失控，还有卉卉……"

"没事，这个男孩看着挺壮的。"徐岷川打断她，指指画面上的宋昭昭，"他们两个人在街上的目标太大了，而且特征都很明显，很容易给路人留下印象，就算真遇见有歹心的，对方也不会选择他们下手。"

余萤绷着的唇角总算松了松。

徐岷川又翻看兴子发来的截取视频，初步了解宋昭昭的情况，然后问她："这孩子平时能自己出门吗？"

余萤摇头说："都是他妈妈带着他。"她查看手机，没有陈丹的回复和来电，又说，"我现在联系不上她。"

这还不是最奇怪的，虽然宋昭昭没有判断能力，但卉卉已经建立起规则意识了，余萤越想越纳闷："不管发生什么事，我明明就在医院里，卉卉应该带他去找我才对。"

徐岷川站在街边掏出烟盒，转了半天却一直都没抽，想想和她说："他们是朋友，所以卉卉也知道他不该独自外出，她肯定问过他原因。"

"你是说，他们没回医院，有可能是因为宋昭昭不愿意？"余萤满心疑惑，如果顺着徐岷川的意思往下想，她觉得这事更不对劲，"那这两个孩子还能去什么地方？"

"兴子在查，很快就知道了。"

她往远处看，感觉前方的街道越来越眼熟，喊住徐岷川说："我知道了，卉卉是想送他回家。"

身前的人还没来得及接话，手机里兴子的声音弱弱地传过来："哥，我能查到的最后的画面是两个孩子手拉手进了西边的'老大难'，李所长不是天天念叨它吗，今年才通过布控摄像头的方案，小刘为了它都跑好几个月了，什么走线啊、位置啊、角度啊，那里的居民天天投诉，施工断断续续的……不知道他们后续去哪里了。"

"老大难"其实是田营社区，它是一片面积很大的回迁小区，涉及过往两个村之间的历史问题，整体而言就一个字——乱。群租房屡禁不止，主路横穿其中天天堵车，总之，它是东理河派出所最头疼的社区。

徐岷川一听这地方来气了："我说让他们开会的时候认真点吧，别老盯着我琢磨，多领会领会李所长的工作精神不好吗？耽误事。"他很快又问兴子，"出口呢？几个方向的大门口总有监控吧。"

"我让人去联系负责的物业了，碰碰运气吧。"兴子长吁短叹，"往年物业闹地盘纠纷，所谓公司也是个人承包的，监控都是摆设，不是没电就是没存储。"

不过这附近的路很好辨认，余萤马上说："走出那里，离昭昭他家就不远了，而且卉卉不会改变自己的既定路线，她应该一直都沿主路走。"

徐岷川同意她的想法，这么久过去孩子应该都到家了，这下余萤总算没那么紧张了。徐岷川马上联系大毛，安排对方先把车开过来，叮嘱他在医院留下同事。

傍晚时分，道路压力渐渐增大，但周边的主路行驶还算畅通。

大毛几分钟之后就开着徐岷川的揽胜来了，默认要当司机，按下车窗热情地招呼余萤说："小余老师，你坐前排，让川哥去后边。"

徐岷川如他所愿，让余萤上了副驾驶位，然后又冲大毛勾手让他下来："我开。"

"不好吧。"大毛十分狗腿地说，"哪有让领导开车，我坐后边享受的道理？"

徐岷川表示他想多了："我没让你坐后边。"

大毛抓着方向盘，企图唤醒他川哥的良心："你又扔下我不管了？晚高峰啊，人民群众都要下班了，我抢不到自行车！"他宁死不滚，然后就被领导揪着领子丢在路边，满脸委屈。

余萤想到人家辛辛苦苦出警找孩子，于心不忍，主动喊大毛说："上车吧，一起去宋昭昭家里看看。"

大毛刚要答应，忽然看见徐岷川在余萤身后探头，此刻他川哥那双眼瞪着他，眼刀都甩过来了，他立刻讪笑着改口说："不了，你们先去。"

徐岷川顺势给他安排步行任务："对，田营太堵了不好走车，你顺路去问问沿途底商，以防万一。"

十分钟之后，他们绕开"老大难"，直接开到宋昭昭家，他家就住在东理河辖区的边界上。

余萤对他家的地址只有模糊的印象，她找到陈丹在伴星院登记过的家庭住址，他们住在虹巷园，算是这一带最早的居民区了，她此前也没有来过。

这地方和"老大难"那片小区的乱不同，这里问题是旧，连虹巷园这个名字都是后来才命名的。它其实算不上小区，这里的老房子大概是本地第一批盖起来的楼房，房龄全都在五十年以上了。

很显然，当时盖房的年代，汽车并不普及，所以虹巷园在近年才勉强拓出双向车道，更不可能有停车的地方，导致所有车只能歪着停，一半车头都压在人行道上，道路两侧拥挤不堪。

徐岷川开进来之后也被迫打起精神，吐槽说："这里边还挺考验车技。"

两个人很快找到三号楼，它的墙皮剥落严重，早就露出砖块结构了，堪称实打实的危房，甚至连墙缝里都长出了草。这房子的年代太久远，经不住时代洪流的洗礼，此刻就在夕阳下凭空扛着一副骨架。

可惜人间的庇护所不多，不管什么样的房子，总有人还在住。

"几层？"徐岷川习惯性地四处看看。

"一层。"

"那就是这两家。"他指向身前，单元门两侧各有一扇低矮的窗户，"这种老房子的结构都差不多，南北通透，每层就两户。"

"他家在101。"

她敲了很长时间，里边没人，她又打宋昭昭妈妈的电话，依旧关机。

徐岷川回到单元楼门口，他靠近101那户的窗户仔细检查，作为一块玻璃，它已经面目全非，上边糊满陈年的污垢，油腻腻的完全不透明了，而且外侧还有防盗栏，根本看不清里边的情况。

余萤想问他接下来怎么办，徐岷川伸手从铁栅栏的缝隙里去摸玻璃，然后使劲拍了拍，没人回应。他掸掸自己手上的油烟，回身和她说："继续敲吧，屋里有人。"

余萤有点迟疑，徐岷川指着窗户上烟熏火燎的痕迹和她解释："这里肯定是厨房，应该还开着火呢，现在玻璃都是热的。"

她马上跑去门口敲，同时徐岷川在窗外也喊了两声，又过了几分钟，屋里突然有了动静。

果然，陈丹在家，她听见是余萤之后，过了几秒才把门打开。

余萤顾不上寒暄，马上问她宋昭昭有没有回家。

"没呢。"陈丹在家穿着一件厚实的上衣，头上还戴着那顶环卫工人统一配备的帽子，此刻她挤在门缝里，显得心不在焉。

"您的手机怎么一直关机？"

"哦，我睡着了，昨晚夜班，太累了。"

徐岷川听着她的话走过来，陈丹突然有些警惕，往后退一步想关门："这位是？"

他伸手挡住对方的动作，盯着陈丹上下打量，然后才慢慢掏证件给她看："警察。"

余萤赶紧把事情的前因后果给她说了一遍，又问她："您怎么让昭昭自己出门了？"

105

陈丹神态恍惚，帽檐下的头发乱糟糟的，低头玩命拉自己的袖子，支吾着说："我……我没注意，下午让他去倒垃圾，后来我睡着了。"

徐岷川往她袖口看，继续问她："下午几点？"

"两点多吧。"她说完想想又补了一句，"他经常在附近玩，认识回家的路，走不远的。"

徐岷川提醒她："您看看现在几点了。"

外边天都快黑了。

余萤心急，再次和她强调："派出所已经看过监控了，昭昭跑到东理河医院，还在路上被人打了，我们院里的一个学员去找他……现在两个孩子都不见了。"

陈丹的眼神一直很飘忽，她像是有更要紧的事在脑子里盘桓，直到此刻才回魂。她反应了三秒，猛地睁大眼睛，一把抓住余萤的胳膊大声问："什么！昭昭被打了？他在哪里？"

余萤被她吓了一跳，徐岷川马上把人拉开，挡在余萤身前说："您冷静点，小余老师已经报警了，派出所正在找他们。"

门口的人仿佛后知后觉，这会儿才开始慌。陈丹拉着自己的衣角急得不知道怎么办才好，嘴里不停念叨着："这孩子怎么跑远了？等等我……我现在出去找！"

她家门口十分凌乱，外出穿的鞋、雨具，还有她做环卫的工具，都歪七扭八地堆在一起。门边扔着一双脏兮兮的男士皮鞋，还有一双大码的卡通拖鞋，她扒拉开它们好不容易才找到自己要穿的鞋。

徐岷川借着这空当低头扫一眼门边，又趁她弯腰松手的时候把门推开一些。

这种老房子面积不会太大，而且他们家里看上去东西很多，显得格外拥挤狭小。傍晚时分家里也不开灯，四下昏昏暗暗，透过楼道微弱的灯光看进去只有家具的轮廓，而且屋子里散出一股炒菜和油烟的混合味道，厨房里应该做过饭，此刻还有微弱的热气。

徐岷川皱眉打量，盯着桌上还没收拾的碗筷又问她说："您一个人在家？"

"啊？"陈丹不抬头，想想才说，"对。"

"如果昭昭回到附近，他可能去什么地方？"余萤问完才看见徐岷川一直盯着陈丹身后，似乎很想了解屋内的情况，于是她试着和陈丹开口说，"您方便让我们进去说吗？"

对方已经急得满头是汗，好似完全没听见她这后半句，踩上鞋就要往外跑："走，赶紧把他找回来，这孩子傻里傻气的，容易惹事。"

"哎？厨房没关火吧。"徐岷川出声提醒，但陈丹已经迈出去了，一边开门一边支吾着说，"哦，没事，小火炖汤扑不了。"

"您别急！"余萤还想叫她，但一旁的徐岷川轻轻摇头。

陈丹火速把家门关了，人已经冲出楼道。很快她出去四处大喊宋昭昭的名字，显然以往这招屡试不爽。

余萤故意放慢脚步，回头看向徐岷川，两个人停在楼道里。

他低声和她说："陈丹撒谎了，屋里有人，但我看了，孩子确实没回家，拖鞋还在门口，不用进去了。"

"她平时不是这个样子。"余萤也觉得陈丹今天的言行举止非常古怪，想不通她怎么会放宋昭昭离开这么久，"她和孩子爸爸的关系好像很不好，估计有难处，又不想让外人知道。"

徐岷川扫了一眼她家门口，似乎已经有了猜测，他抬抬嘴角要说，但最终也没开口，只是换个角度安慰余萤："不过她在听见儿子被打之后的反应不是装的，她估计真不知道宋昭昭跑远了。"

话音一落，楼道里老旧的声控灯忽然灭了。

余萤穿着一件深蓝色的短袖上衣，眼下整个人轻易就和周遭相融，只剩下那双眼睛微微泛光，她喃喃低语："这么久过去了，这两个孩子根本没回来。"

徐岷川不接话，他趁着这片黑暗的掩护，伸手搂住她的肩膀。

余萤没躲，她也来不及躲，声音先泄了底："他们还能去什么地方？"

徐岷川手上用力，让她深深吸了口气，他大致想清那两个孩子的动机了，很快拉住余萤向外走："虽然我不知道宋昭昭家里是怎么回事，不过看这样子，他可能也不想回家。"

晚上七点，天彻底黑了。

陈丹在自家附近喊了很久，一直没人回应，她又往远处的车棚跑。

徐岷川和余萤追过去，对方指着那个车棚解释，以往宋昭昭挨骂和她赌气不回家，就会躲在一个小黑屋里，一找一个准。

那是过去在居民区里很流行建的自行车车棚，原本面积很大，只是在后来的时代完全没用了，就被附近的居民塞满各家不用的旧物，还有人强行隔断出小房间偷偷住在里边。到如今面积不断被分割缩小，能直接打开的地方只有一个低矮的铁门，里边是一间五六平方米大的小黑屋。

然而宋昭昭没在，屋里堆满各式各样的废品，根本没有人。

这下陈丹彻底傻眼了，她眼看天已经黑了，紧张的情绪冲上头，哀求徐岷川，让警察帮她找孩子。

"都怪我！"她边哭边说，"这孩子傻，他被人欺负了也不会说的！"

余萤先劝住她，然后和她一起去问邻居，而徐岷川继续去联系派出所。一时间三个人都围在自行车车棚外，谁也没再留心不远处的三号楼。

此刻101那户的后窗无声无息被人推开了一条缝。

他们来宋昭昭家里的这段时间里，兴子还在继续查附近街道的监控，所里已经和虹巷园社区沟通协查，截止到目前，两个孩子确实没有回来过。

"范围已经缩小了。"徐岷川通知兴子，"这两个孩子最后进了田营，你带上所里的人一起过去。"

"等等！"兴子急匆匆说了一句，似乎有人在喊他，几分钟之后他激动地跑回来告诉徐岷川，"接警中心刚转过来，孩子找到了！"

报警的人是一位卖炒饭的大叔，天天都在"老大难"的街边摆摊。

他们开车赶过去，大毛当时正在田营里找人，最先出警，而后派出所的人也去了，正和炒饭大叔在路边了解情况。

大叔的摊位就是他的三轮车，本人和车的画风一致，满身市井烟火。他系着一条已经不怎么白的白围裙，一边说一边比画："我出摊时孩子就在了，喏，就在那里……"

他扭头一指，卉卉和宋昭昭手拉手安安静静地坐在花坛边上，正被民警守着。

徐岷川把车停好，陈丹已经急得坐不住，车门一开，她就冲过去抱住宋昭昭，很快发现他的脸和手上都有擦伤，立时哭了。

宋昭昭憨憨地冲她笑，用手擦妈妈的眼泪，但陈丹的情绪非常复杂，很快让他变得手足无措，片刻之后，母子俩抱头痛哭。

他们突兀的哭声让周围安静下来，路人纷纷回头看，旁边的民警劝陈丹不用过度担心："这两个孩子都没事，在这里坐了半天。"

余萤提着的心踏实落地，她过去查看卉卉的情况，小姑娘脸色正常，情绪也很稳定，一直到宋昭昭的妈妈过来之后，她才慢慢松开拉着对方的手。

余萤只觉后怕，坐在她身边告诉她："卉卉，你这样的行为会让大家担心，奶奶很着急，我也一直在找你，还有徐叔叔……你看，这么多人都出来找你们了。"

星娃很难理解旁人的情绪，但此刻的卉卉听到余萤的话似乎有所触动，她轻轻晃余萤的手，开口说："对不起，我下午去医生办公室没找到你。"她说话的时候没有什么表情，很快又看了一眼宋昭昭说，"我不想让他们欺负昭昭。"

"我知道。"她搂住卉卉，"但是你不该自己上街，这么做很危险。"

卉卉目光笃定，开口解释说："王梓睿说我是他的朋友，所以他会帮我，那昭昭也是我的朋友，我看到他被人欺负，我应该去帮他。"

这些孤独症谱系的孩子在人际交往上存在障碍，所以他们的相处模式非常单一，也学不会权衡利弊，甚至有时候显得非常可笑。他们偏执认死理，不懂得考虑别人的感受，但本性中的善良也不会被污染。

卉卉说完转头看向宋昭昭，她似乎感受到了那种委屈，皱眉好一会儿才重新开口和余萤说："我想告诉那些欺负昭昭的人，他不是傻子，他被打会疼，挨骂会怕，他和我们一样。"

余萤告诉她不要担心，现在他家里人已经过来了，不会再有人欺负他："你说的没错，但是小余老师希望你能明白，帮助别人有个前提，你首先要能保证自己的安全。"

卉卉想一想，很郑重地点头。

"还有，你为什么不带昭昭去医院等我呢？"

"昭昭不愿意，他说妈妈让他滚，还不让他告诉其他人。"卉卉复述，她确实问过宋昭昭独自外出的原因，但他的逻辑表达非常混乱，她也只能理解到表面的意思，"他出来之后不知道去哪里，顺路在街上走，我想送他回家，但是他又说不能回去，就坐在这里了。"

卉卉有危险意识，但她这类孤独症谱系的孩子根本无法判断外人的帮助是

109

否出于善意，她只会一刀切，谨记不要相信陌生人的原则。她只有十岁，不知道如何处理此后的复杂情况，她也不能把没有自理能力的宋昭昭丢在街上，所以小姑娘干脆就陪他一直坐在路边了。

这看起来和徐岷川猜测的一样。

余萤很清楚他们的行为模式，但想不通造成这件事的起因，而此刻宋昭昭母子俩脸上还挂着眼泪。她找到纸巾给昭昭擦脸，孩子的伤口都是剐蹭造成的，并不严重，她又劝了几句，总算让陈丹冷静下来了。

余萤问昭昭："你今天怎么没去伴星院？"

"妈妈让我滚，不让我告诉别人。"昭昭有些紧张，摇头晃脑，他脸上的泪痕还没干，看起来非常难过。

陈丹突然抓住儿子的手，宋昭昭很快低下头，不再开口了。

余萤只好问陈丹，希望得到一个答案，但对方的表情非常为难。如今春末，夜里都超过二十摄氏度，只有她长衣长裤地跑出来找孩子，此刻帽子也不摘，满脸的汗和眼泪都混在一起，以至于整个人都像是被这长夜压垮了。

"您这样赶他出来太危险了。"

陈丹沉默良久，好不容易才开口："这事怪我，我今天一急就吼他了，我也不知道他能走这么远……"

余萤猜测陈丹有难言之隐，但今天已经险些造成两个孩子走失了，她不得不多说一句："昭昭也是伴星院的一员，您有难处可以私下和我说。"

对面的人欲言又止，最终拽拽袖口，再次压低帽子说："真的没事，以后不会了。"

警察在街边完成询问，平安找回孩子，大家都松了一口气，徐岷川第一时间又给东理河医院打电话，让病房里的老人能安心休息。

大毛靠在警车边上正在写出警记录，徐岷川忽然凑到他身边说："帮我多盯着点虹巷园。"

"怎么了？"大毛回头看看，他们派出所一天到晚出警遇见的大事小事太多了，今天这一出只要孩子没丢，对他而言都算日常。

徐岷川故意语义含糊："没事，这孩子智力低下，家里条件也不好……还是小余老师的学员，你懂吧？"

大毛恍然大悟："懂，懂！"

徐岷川心道你懂什么，但他不想解释的目的达到了，于是他欣慰地拍拍大毛的肩，"还是咱大毛通人性。"

一旁那位卖炒面的叔叔实打实是个热心肠，他擦擦手凑过来看孩子，又和昭昭妈妈说："别哭啦，孩子没丢！哦，对了，你儿子是不是脑子不好？"他不会形容，又怕孩子妈多心，笑呵呵地给她解释，"没别的意思，我是想着这样的孩子更不该自己出来啊。一开始我以为他是哥哥，天一黑我就不放心了，问他怎么坐在这里，家在什么地方，知不知道父母的电话，我还问他为什么要带妹妹跑出来，这些他都说不清楚。"

大叔满脸无奈，他纯属一片好心，没想到这两个孩子一个傻一个怪，全都特别倔，怎么问也不开口，连人都不看，竟然旁若无人地在街边坐到天黑。

他又扭头指向自己的炒饭车，那上边还单独放着一个没打开的饭盒："大晚上的，我等了半天也没见有父母出来找，又怕孩子饿啊，就炒饭给他们吃。没想到这小姑娘特警惕，她不吃，也不理我，还不让你儿子和我说话。"

陈丹和余萤只觉得窝心，赶忙连连道谢。

徐岷川在街边和民警聊完走过来，他看一眼宋昭昭，又和陈丹说："你别光顾着搂儿子哭了，这世上还是好人多，这位叔叔帮你守着孩子呢，他今天收摊早，又怕他一走这两个孩子在街边出事，所以报警给他们找父母。"

这世道也没有想象中难挨，那些陌生人伸出的援手，有时候真能把一个人从绝境边缘拉回来。

陈丹终于回过神了，她抽噎着抬头，不停地冲大叔道谢，又不知道怎么表达感激，想给他转炒饭钱。

大叔笑了，赶紧摆手说："不用不用，都不容易，那是给孩子的，而且他们也没吃。"

"我真不知道怎么感谢您了，我儿子傻，我们……对不起！给大家添麻烦了！"

叔叔指指卉卉，又和陈丹说："别谢我了，谢谢这小姑娘吧，你别看她年纪小，她一直拉着你儿子不松手，她护着他呢！"

这话说完，陈丹又紧张起来，她这才意识到自己还连累别人家的孩子了，揪着衣角很不安。此前她只在伴星院遇见过卉卉，对这小姑娘的具体情况不了解，现下她也只能嗫嚅着和卉卉说谢谢："是阿姨的错，阿姨今天没看住昭昭，多亏有你。"

111

卉卉被人盯着有点紧张，眼神闪躲，不知道怎么回应别人突如其来的感谢。余萤正想帮她开口，但卉卉好像想到了什么，突然出声说："阿姨，昭昭不是傻子，他也在长大，只是慢了一点。"

小姑娘的声音不大，四平八稳，甚至都没什么起伏，但这话一出来，周围站着的大人都愣住了。

这些孩子在用自己的方式对抗这个复杂的世界。

这话让陈丹再次哭出了眼泪。

那一晚是个晴夜，星光闪烁，街道两侧依然有天竺桂的味道。

万幸一切平安，徐岷川帮忙把陈丹母子送回虹巷园。下车的时候，余萤想去和陈丹聊聊，但对方只有感谢的话，让她早点休息，然后抓着儿子就走了。

夜已深，徐岷川和余萤一起带卉卉回家，他一边开车，一边出声问余萤："昭昭的爸爸呢？"

"没见过，之前只有陈丹一个人带孩子，听说前阵子回来过，最近就不知道了。"她叹口气告诉他，"这事猜也能猜到，他肯定嫌弃昭昭的情况，抛下陈丹母子跑了。"

徐岷川点点头，扫一眼后视镜说："卉卉累了。"

小姑娘一直坐在车后座，现在后排没人了，她自己趴下已经睡着了。

余萤也没好到哪里去，她高度紧张跑了一天，这会儿靠在车窗上没劲说话。

徐岷川开出一段距离，一直在想什么，忽然开口和她说："不管陈丹隐瞒了什么事，你都不要追问了。"

余萤听见这话立时转脸看他："怎么了？"

"可能是我的职业病犯了。"徐岷川松松肩膀，声音也有点疲惫，"她今天开门之后每句话都对不上，但当时咱们找孩子要紧……可能只是她家的私事，那你也不用去掺和了。"

"你不知道养一个星娃有多难，我见过很多崩溃的家长，这对他们而言是一种慢性消耗。"余萤今天的脑子实在转不动了，她只想告诉他，陈丹说她把儿子骂跑不一定是在撒谎，因为人总会有突如其来的情绪，母亲也一样。尤其陈丹带着宋昭昭，她从早到晚根本没有自处的时间，一眼没看见就出现了今天的结果。

孤独症的孩子都有不同的行为障碍，他们需要父母长时间照顾，那种精神压力是外人无法想象的，无时无刻，无处不在。

徐岷川没有反驳，他在路口转弯的时候刚好看过来，分秒之间，他的眼神又和四年前在办公室看她的时候一样了，沉沉望不见底。

余萤没有再争辩。

夜里十点钟，他们终于开回到分局的家属院。

余萤后来也在车上睡着了，她被徐岷川叫醒的时候反应了几秒才迷迷糊糊地下车去找卉卉。

小姑娘被她一碰就醒了，但是明显非常困，于是头顺势倒在余萤身上，撒娇似的喊一声"小余老师"，赖在她身上不想动了。

余萤假装试着抱卉卉，然后很夸张地"哎哟"一声说："卉卉长大了，太沉了，小余老师抱不动……来，下来自己走吧。"

小姑娘还是不想动，懒洋洋的，像一只软软的猫咪。

余萤抱着她一阵后怕，万幸平安，给她拢拢头发，轻轻地哄。

徐岷川不出声，静静地看着她们两个人，原来月光可以模糊掉所有白日的波折，这世间不管还有多少坎坷，总有一刻值得人赴汤蹈火。

他有些出神，因而没有催促，一直盯着余萤的侧脸，不远处就是那丛灌木，藏着和她一样动人的萤火。

徐岷川走过去的时候，卉卉已经从车上下来了，正一只手牵着余萤，于是他觍着脸也冲她伸手。

小姑娘仰头看看他没有躲开，于是三个人一起回家。

可怜这温馨的画面只维持了十秒，因为他们刚要进楼门，身后突然有人大喊："徐队！"

徐岷川的汗毛都立起来了，这嗓门只可能是罗大爷。他不转身，只看余萤，她也被喊声吓醒了，停在原地根本不敢回头。

疏忽了，罗大爷不但晨练，还要夜跑。

两个人面面相觑，整个世界都被罗大爷喊到卡顿了一秒，然后徐岷川当机立断，他一把抱起卉卉，两个大人拔腿就往楼上跑。

他们冲回家里，徐岷川火速关上门，他把卉卉放在地上，小姑娘还没从困倦的状态里反应过来，甚至都没来得及反抗，而余萤则靠在门后喘气。

徐岷川一边笑一边问她："你跑什么？"

"你呢？"余萤不甘示弱，一句话顶回去，"这是你家，你跑什么？"

这感觉就和大学晚归被宿管抓包没什么区别，简直是人刻在骨子里的本能，要怪就只能怪罗大爷传闲话的功力太恐怖。

两个人站在客厅里狂笑，根本不敢开灯。

还是卉卉懂事，她太困了，只记得要去洗脸，于是自己摸黑走去厕所，留下他们两个大人杵在客厅犯傻。

余萤笑累了，她背靠着门坐在地上，旁边的徐岷川凑过来说："咱俩今晚还能解释吗？"

余萤琢磨自己也不是第一天认识罗大爷了，对分局那些人编排的谣言更有所耳闻，不明真相的群众都说她曾经哭哭啼啼地跑出徐岷川的办公室……所以她思考了一下说："还有解释的必要吗？"

"小余老师。"徐岷川大声开始笑，"你这样比平时可爱多了。"

余萤无奈，开始琢磨自己这一天到底造了什么孽。

"哦，对了，罗大爷看见我来你家不止一次了。"她告诉他一个沉痛的事实，"他昨天早上就见过我了。"

徐岷川揉着肩膀，痛下决心说："我不回分局了，派出所挺好的。"

她放弃挣扎，调侃他："我都没怕，你怕什么？"

"我？我背着把你骂哭的罪名都四年了，反正咱俩已经不清不楚了……"徐岷川掏出手机，屏幕的灯光正好照出他的轮廓，让他脸上的笑也清清楚楚，"这么多年了，能赏脸加个微信吗？"

余萤这才想起自己有他手机号的事，而徐岷川这人心思深，他先开口，无疑已经给她铺好台阶，再解释反而心虚，所以她镇定自若地加完好友，起身就要去开灯。

徐岷川突然在身后说："但是我和余灵珊之间的关系还是有必要解释的。"

"可我没有罗大爷那么闲。"余萤的动作一顿，她故意说得轻松，这玩笑实在开不下去了。

她把灯按开，明晃晃的现实分开两个人，不追问过往才是成年人之间最体面的相处。

"赶紧休息吧。"

大家确实都很累，很快一切安静下来。

余萤陪卉卉睡在次卧，她连梦都没做，一沾枕头就睡得昏昏沉沉，直到被闹钟吵醒。

她去厕所的时候听见徐岷川在对面的房间里打电话，一早上都没停，直到她给卉卉做好早饭，低头查看今天的课表，屋里的人才终于披着衣服出来了。

徐岷川头发还乱着，看也不看，随手抓起桌上的一块点心就咬。

卉卉此刻正端坐在餐桌旁，迅速放下勺子，眼神向徐岷川飘过去，表情十分意外地看了他一眼。

"那是卉卉的山药糕，她早上只吃这个。"余萤说完指指另一侧，她已经把他的那一份留出来了。

然而徐岷川一口已经咽下去了，他只好和卉卉大眼瞪小眼，然后把剩下的山药糕给她看，"还给你？"

"不用了。"卉卉不看他了，拉着椅子往旁边让一让，然后摇头很讲道理地说，"我吃饱了。"

"哦。"徐岷川一边嚼一边找水往下顺，他拿着杯子偷偷打量卉卉，又看看余萤，心里直犯愁，这一大一小都不好哄。

卉卉不肯放过他，扭头问余萤："徐叔叔现在的表情是什么意思？"

徐岷川呛住了，差点把那口山药糕喷出去。

余萤扫了他一眼，很有耐心地给卉卉解释说："尴尬。"

尴尬的徐队闷头把粥喝了，火速跑去上班。

五月的天北市快要入夏，晴天的日子已经很热了，但连续有雨，气温来来回回在二十五摄氏度徘徊，正是最舒服的时候。

卉卉的奶奶最终还是不肯做手术，她坚持保守治疗，然后在指标正常之后出院了，还把孙女接回家自己带。而这段时间，保安张维已经被刑事拘留，针对他的调查并没有预想中困难。警方很快就在他的宿舍里找到他过往使用过的旧手机，但这也导致徐岷川这段时间非常忙，他只在老人出院的时候抽出空去接送了一趟，就在那次见过余萤。

她当天还要赶回伴星院，干脆利落地把他房子的钥匙还给他，自己开车就走了，那之后他们再也没有联系。

两位当事人的相处过于冷静，而关于他俩的谣言却没遇到智者。

兴子毕竟也是分局的人，他第一时间从罗大爷那里获取到了惊天八卦，可怜他们川哥却继续熬通宵，吃他们乱点的便宜外卖，这日子过得好像没什么变化。

兴子十分不解，当他再一次看到徐岷川大夜里满身烟味地窝在办公室的时候，实在忍不住问他："哥，你不是和小余老师同居了吗？你不回家吗？"

那两天一直下雨，徐岷川奄奄一息地按着自己的肩膀，抄起靠垫就往他脸上砸："滚！"

兴子滚到门口，又退回来两步说："我是听罗大爷说的，原话。"

徐岷川连眼皮都不抬："明天开始你去找罗大爷报到，他嚷嚷退休好几年了，你正好去接他的班。"

"别啊！你是我哥，永远的哥，你在我就在。"兴子大惊失色，飞快地跑回来哄他，还狗腿子一般给他按摩捶背，最后没忍住问，"你是不是失恋了？"

"我有恋可失就好了！"徐岷川气得牙痒痒，想把他的嘴缝上。

"这不怪我，你自己照镜子看看。"兴子怕被揍，一边躲他一边说，"人家小余老师来的那几天，你又剪头发又打扮，连烟都不抽。别说我了，连派出所里这些不熟的同事都看出来了，你再看你现在……"

徐岷川没力气和他打，瘫在沙发上让他去给自己倒水，然后举着杯子琢磨，问兴子："你对余萤是什么印象？"

这是一道送命题。

兴子认真思忖，选择最庸俗的答案："温柔善良？"

徐岷差点拿水泼他，他赶紧认真地想想说："我没搞明白你到底喜不喜欢人家，说你喜欢吧，她当年主动去找你，你有什么话不能好好说啊，给人家一个女孩子活活骂哭了。说你不喜欢吧，你每次一见到她就能满血复活。"

这话戳到他川哥的痛处了，徐岷川立刻澄清道："我没骂她啊。"

兴子疑惑："那她怎么哭了？"

徐岷川更疑惑："我也想知道。"

兴子一脸难以置信，而后又伤感地拍拍他说："哥，你单身到这岁数是有原因的。"

徐岷川发愁了，他觉得余萤其实是个特别狠的姑娘，她永远都能说走就走。明明他哄着她加过好友，这年头随便加个客服都能聊两句了吧。但他在她眼里连客服都不如，她好像只想帮他照顾卉卉，把孩子送回家之后，她就干脆地离场。

余萤看上去是最和善的人，但她的心里有最清楚的边界。

他惆怅地靠在沙发上看向窗外……她是抓不住的月亮。

兴子对于他川哥的忧伤实在不太敏感，杵在一旁恍然大悟说："是不是因为你差点成她姐夫的事？"

徐岷川真想揍他了："你还是给我滚吧。"

这次兴子滚得很利落，临走时才扒着门框，没头没脑地扔一句："我可以滚，但你得追啊，追懂吗？不是光靠想，追是个具体的动词！你要行动起来！"

第七章
他的月亮

不管徐岷川有没有领悟到兴子的一片苦心,他的日常生活根本没给他机会行动。

第二天他接到分局技侦的通知,张维那个旧手机上的通信记录已经恢复出来了,但由于时间跨度较长,社交软件中的历史记录只能部分恢复,文字和图片的聊天记录都已经成功获取,但其中音频和视频内容无法找回了。

午后的审讯室有些憋闷,灯光下的尘埃清清楚楚。

这段时间张维在拘留所里一直睡不好,他的黑眼圈都快挂到嘴角了,本来样貌就显老,这下说他五十岁都有人信了。

徐岷川审讯的核心还是围绕那两个被拐儿童,而对面的人被铐着,活动余地有限,因此一直蔫头耷脑不看他,问什么都说不记得了。

徐岷川帮他数日子说:"是,好几年前的事,但我们也给足你时间好好想了。"

"**警察同志,你们也知道,我有个不能生养的妹妹,嫁出去也受欺负,老爹时不时就逼我寄钱回去……我偷东西真是因为缺钱才鬼迷心窍,但之前干过快递不犯法吧?我跑过上千户,不可能家家都记得啊。**"

"行。"徐岷川也不生气，他翻翻手边的资料拿出几张图片，"那看看这些，再想想？"

张维抬眼一看，手指用力捏在一起，很快喃喃说着："我……我真想不起来了。"

从四年前的春季开始，他和一个微信名是"9"的人联系频繁，并在三月至六月期间给对方发过几十张在街头拍摄的图片，全部都是附近居民区的小学生。分局的人筛选他们的往来聊天记录，找到那两名被拐儿童的照片，它们拍摄于孩子走失之前，显然都是偷拍。

在张维把照片发给"9"之后，由对方圈出这两个孩子，张维再分别把他们父母的信息发送过去，此后对方给他转账，三千块钱一份，共计六千块。

他泄露给对方的信息很零散，都是日常汇总下来的，包括家庭地址、父母名字、联系方式、上下班时间、朋友圈截图，甚至还有打听出来的父母的单位地址等。

"你发的照片中的这两个孩子，四年前先后在放学路上被拐。"徐岷川的声音平稳，没想渲染任何情绪，只是陈述客观事实，"这两个孩子本来可以好好上学，被拐后被层层转卖，长期遭受虐待，沦为边境走私团伙的犯罪工具，而这一切的起因，就是你挣的这六千块。"

张维的脚尖开始抖，手铐撞在椅子上发出声音，他又被自己弄出来的动静吓得一惊一乍，完全不敢抬头了。

"四年了，他们的父母每分每秒都活在愧疚中，不肯搬离原住址，一直没放弃，还在找儿子。"徐岷川不紧不慢地继续说，"幸运的是，今年年初，这两个孩子在跨省专案行动中被解救出来了。"

对面的人已经嘴角抽搐，脸都白了。

"也就是说，我们现在已经知道这两个孩子被拐的经过了，所以才能找到你头上。"徐岷川说完停了一下，盯着张维，陡然提高声音，猛然拍了一下桌子问他，"现在想起来了吗？！"

椅子上的人浑身剧烈发抖，恍然回神，不过两三分钟的时间，他的后背就已经全湿了。

"不是我拐的……真不是我！我就是拍拍照片发消息，没想到那人说给钱还真给了！我当时觉得这钱不挣白不挣啊！"他看向徐岷川，慌到脑子已经全乱了，"我没见过他，都是线上联系的，我弄这些就是为了挣点钱。"

他交代当时是有人想找一些小男孩,要能认字上过学,经常没大人接送的,他感觉蹊跷,但没多问,按对方的要求做就拿到钱了。

张维的历史通话记录都被打印出来了,他和"9"之间几乎都是语音通话,具体内容无从追查,而最后的沟通发生在第二个孩子走失报案后,时隔一个多月。张维在那年的六月底频繁和对方沟通,于六月三十日给对方打过最后一个语音通话,通话结束后"9"马上单方面把张维删除了。

徐岷川指指记录问他:"你最后这通语音和他说了什么?"

张维转转眼睛说:"我发现那两个娃娃都丢了,很害怕,想知道和他有没有关系,他特别生气,让我拿钱闭嘴,还把我删了,那之后我马上就换工作了!"

"害怕?他专门让你找没大人接的孩子你不怕,钱到手你怕了?"

张维说他一开始觉得事不关己,侥幸心理作祟,对方想干什么和他无关。但后来那段时间特别心虚,很怕被警察查到,可惜人心再深绕不过一个贪字,有鬼藏不住。四年之后,张维还是又为钱动了歪脑筋,伙同他人盗窃学校财物。

一切自有天意,跨省专案迟迟没能查清楚,就在徐岷川跑到东理河派出所带人蹲守的时候,张维自己撞到了枪口上。

大家又在局里开会,跨省特大拐卖专案有了重大突破。兴子一路跟着徐岷川来回跑,总算有点成果了,起码张维涉嫌专案是跑不了的。

晚饭时间,他们又回到东理河派出所。鉴于兴子点的外卖套餐已经吃无可吃,徐岷川特意把大毛找来,说今天给他报销,让他弄点好吃的,不要考虑预算。

大毛高高兴兴地答应了,让他放心,就按上次李所长过生日那天的标准来。没过多久,大毛和兴子偷偷摸摸地把晚饭拎到楼上的办公室,喊他们川哥吃春饼。

徐岷川仔细一看,他们三个大男人要吃饭,桌子上却只有五盒菜,三素一荤,外加一盘纯属凑数的炒辣椒丝,他实在没忍住问大毛:"你们李所长过生日就吃这个?"

大毛迫不及待地卷好一张春饼,正往嘴里塞,此刻一脸满足地猛点头。

一旁的兴子虽然有点失落,但这毕竟比他自己点那些二十九块九免配送费的套餐香多了，于是他也伸手抢。

徐岷川把那盘不打算吃的辣椒丝挪到一边，无话可说："当所长也不容易啊。"

"你这是对春饼的歧视！"大毛无法理解徐岷川的嫌弃，"你尝尝，好吃！"

"我对它没有歧视，对你有。"徐岷川叹了口气，慢悠悠地夹菜吃，可惜就这么几盘平平无奇的炒菜，让他卷饼他都嫌多余，"等把九叔抓了，哥一定带你们吃点好的。"

兴子的眼神里透着感动，手下却趁大毛不注意，慢慢把那唯一的荤菜往自己的方向挪了挪，他嘴上还在聊正事打掩护："咱查到的那个'9'应该就是九叔，但是这孙子太贼了，他和张维联系的那个手机号，还有绑定的银行卡全都是莲嫂名下的，根本不是天北市本地的号码。"

专案组也比对过张维和莲嫂那伙嫌疑人的过往信息，没找到相关联系，这条路也基本断了。

根据张维的交代，他最初只是接到一个电话，对方是男性，听声音挺沧桑的，感觉有四十多岁了，而且能确定是本地口音。对方知道张维是学校周边居民区的快递员，主动联系他，问他想不想挣外快。对方在电话里安排张维偷拍附近独自放学回家的小学生，通过微信发送，由他指定要买信息的具体对象，张维再负责给他查找该名儿童所有的相关家庭信息，一旦通过"审核"之后，每份消息给张维转账三千块。

徐岷川吃了两口土豆丝已经不饿了，他摸出一根烟，靠在小沙发上慢慢点着，然后继续看张维和"9"的聊天记录。

大毛冷哼一声说："张维说他一开始不清楚对方是干什么的，胡扯淡！"

由此基本能证实，张维就是九叔在虹巷区的信息来源，而固定片区的快递员电话很好找，这一带的居民区都是划区上学，学龄儿童基本全都分散在附近的三所小学就读。

兴子又说："九叔所谓的'审核'应该就是去孩子放学的路上踩点，但儿童走失会在学校的家长群里传开，短时间内很难再对同一所学校的孩子下手，九叔刻意筛选了不同校的两个目标。"他说到这里看向徐岷川，"咱们一开始误打误撞地想从学校查也没全错，但这么想的话，张维近年又去虹巷二小当保安的事还是不太对，他到现在都说只是偶然的机会，后来就想好好打工挣钱

121

了，进学校工作稳定。"

徐岷川显然也不信这套说法："你想想，如今各类平台对快递的监管很严格了，收件人信息都要做隐私保护，网点快递员的工作也正规化了。当时丢孩子的风头正好过去，虹巷二小又是没出过事的小学，怎么这么巧，张维原有的路子行不通，他就突然想去二小门口图安稳了？明摆着这个岗位可以更直接地从学校获取家长的信息和接放学的情况。"

"但我们现在不知道他此后有没有继续和九叔勾结，当年对方得手后就把张维删了，他在虹巷二小埋头干了挺久，确实没再和'9'这个号码联系过。"

徐岷川又看向那条记录，张维和"9"的最后通话仅有四十秒，看起来确实很像闹翻了，从此切断联系不再合作，但他越想越觉得这个语音通话很可疑。

"按张维的说法，他六月知道出事了，可他收了对方六千块，还敢在案发后多次联系对方？无论九叔当时承认还是否认，这对张维而言都没好处。"

对方的解释乍一听是在情理之中，但实际非常多余。

可惜语音通话的实际内容已经查不到了，兴子也很无奈，他又说："张维图财，所以我一开始怀疑他在事后开始威胁九叔，让对方多打封口费，所以九叔恼羞成怒把他删了。不过这个动机好像也说不通，因为消息就是从张维手上递出去的，他不敢威胁对方报警，因为他自己也择不干净……"

大毛点头接话："九叔后续也可能因为风声紧换号找他，这样就不好查了。"

兴子继续顺着这个思路往下想，开口说："那这通电话就表示暂时避风头，让他换个工作，之后再联系？但是根据咱们之前掌握的情况看，九叔在得手之后运送学龄儿童的难度和成本非常高。虽然他两次得手，可之后边境买家一直没能开出更合适的价码，所以张维就被他坑在虹巷二小一直蹲着了？"

现在确实不排除这种可能性。

徐岷川夹着烟坐起身，活动两下肩膀告诉他们清闲日子到头了："无论如何，都得继续从张维身上挖。"

忙归忙，人是铁饭是钢，这么一会儿工夫，兴子已经给自己卷了四张饼，此刻还意犹未尽。

他冲徐岷川伸手要烟盒，嘴里念叨着："我看张维胆子不大，他很怕坐牢，现在人都被拘了，如果他还知道关于九叔的其他线索，为什么不说？也许还能争取立功表现。"

"证明他们之间没那么简单，不论直接还是间接，张维没吐干净，他还有更怕警察查的事。"徐岷川盯着兴子油乎乎的手指，嫌他恶心，拍给他一张纸说，"咱还得继续找线索，这家伙属牙膏的，挤一截吐一截。"

兴子吃饱喝足，擦干净手又点上烟，忧伤地盯着那些通信记录发愁。

这个案子的时间跨度有四年之久，即使他们现在有派出所协查，海量的信息也很难在短时间内比对出结果。

大毛还在"奋战"最后的剩菜，而徐岷川继续看张维的聊天记录，他盯着其中一张图片突然不翻了，连烟头都忘捻了，一口气呛住咳了半天。

当年张维偷拍过的孩子有七八个，几十张照片几乎全在室外，大部分都在小区门口或单元门口，因为快递车一般都停放在那附近，没人关注他躲在车上玩手机。

只有最后那个孩子的照片例外，关于他的所有照片都是在室内，而且仔细看发送时间，他的照片都是在六月十日发过去的，那之后他和九叔陆续有过频繁的语音沟通记录。

兴子叼着烟探头，发现他在看的也是个小男孩，拍到的是孩子坐在家里玩小火车的各个角度，没发现什么特殊的地方。

徐岷川坐起身突然说："这孩子的照片不是张维拍的，肯定是别人发给他的。"

"你怎么知道？"大毛抽空过来扫一眼，嘴边叼着一根豆芽，眼神充满疑惑。

徐岷川像是突然想到了什么，眉头紧蹙，他几句话说不清，让他们赶紧吃，吃完一起去帮忙查记录。

"把张维的好友列表全都找出来。"

第二天市里下了小雨，余萤同样很忙。

她眼看天气不好，路上拥堵，没急着下班，又在伴星院改课件改到晚上十点。

这段时间余萤正常回家，余灵珊照旧窝在她自己的房间里，不是睡觉就是放那些摇滚碟片，看起来又和过往一样，几乎不理人。

余萤起初以为她姐姐会持续阴阳怪气，但对方的情绪异常稳定，好像在和徐岷川重逢之后就转性了，不胡闹也不作妖，更没有因为那天三个人在伴星院的微妙场面而迁怒余萤。

最奇怪的是，余灵珊也不再乱跑去找人了。

余萤偶尔赶上饭点回家，和姐姐一起吃晚饭，余灵珊只问她有没有新学员、工作累不累，聊天话题都过于寻常。她如释重负，但另一方面……她不知道那两人之间到底发生了什么，余灵珊突如其来的安稳让人不安。

眼下正是一年之中最好的节气，入夜小雨也停了，只剩轻风吹在脸上，很舒服，余萤不想直接回家，下楼坐在小院里透气。

有时候孤独是一种精神上的自由，让人能有时间好好看看这个世界，连花花草草都显得格外可爱，不用再顾虑那么多人情世故。

余萤在花园里摘了一捧紫露草，正在仔细清理，手机突然响了。她手上不干净，也没来得及细看，接通之后才听出是徐岷川，他似乎正在开车，手机里有细微的风声。

他问她："你回家了吗？"

余萤把花上的土抖干净，找纸巾擦手，和他说："正准备走，还在伴星院。"

徐岷川的口气平平淡淡，又说："有空见一面吗？"

余萤看看时间，想问他是不是有事，但街边已经有车开过来了，很快冲她轻按喇叭。她盯着那辆车放下手机，实在已经见怪不怪，她拿出自己的车钥匙冲开车的人晃一晃。

徐岷川的电话多余，因为不请自来才是他的一贯风格。他没下车，探身推开副驾的车门，然后又冲她喊："一起走吧。"

余萤本来想摘束花带回家，此刻也只好捧着它上车了。

徐岷川上次来就看见伴星院里那片小紫花挺别致，于是他看看花又看看她，笑笑说："送我的？"

余萤很大方，从善如流地点点头，顺手把花给他塞进车门边的储物格，然后才问："这么晚了，不会只是顺路送我吧？"

"那应该是我带束花。"他表情遗憾地说，"今天来不及了，先和我回趟所里。"

她没急着问，把车窗又降下一点，迎面而来的夜风凉爽。

这雨下得不大，但把这座温润的城市又洗出一片绿，徐岷川趁着等红灯的时候拿出手机，找到昨天兴子同步过来的信息和截图，都是张维过往的通信记录，他翻到其中一张截图，然后放大图片，指指上边的头像给余萤看："眼熟吗？"

余萤记得那个头像，那是一位身形臃肿的大姐正逆光站在枫树前的背影，无疑是一张赏红叶的游客照。这照片本身没什么稀奇的，十个阿姨出去玩，九个都能拍出来类似的照片，但问题在于，她此前见过这个头像。

余萤几乎脱口而出说："崔大姐？"

"你能确定是她吗？"

余萤马上翻出手机，找到过往曾经加过的账号，对比之后确认了："就是她。"她顺势往下看那份聊天记录，内容全部发生在四年前，她越看越震惊，追问道，"哪里来的？"

徐岷川飞快地看她一眼说："这是张维旧手机上的记录。"

"虹巷二小的那个保安？"余萤突然听见名字，都没反应过来，想了一会儿才把人对上，"他认识崔大姐？"

"不只是认识。"徐岷川加快往回开，示意她回所里再说。

从伴星院到派出所短短一段路，余萤试图回忆关于崔大姐的过往。

对方在她家里的时候踏实细心，因为他们的家庭环境特殊，有一个孤独症的孩子，方方面面都需要格外注意。再加上余灵珊这位太太很不好伺候，任性又爱拿人撒气，有时候连余萤都受不了，但崔大姐从来没有抱怨过，最令人放心的是，她很喜欢星驰。

起初他们都觉得干保姆的人很懂套路，对孩子总能装出一副笑脸，但后来朝夕相处，崔大姐对星驰的照顾实在让人挑不出毛病。

有一次余灵珊带星驰在院子里玩，临近中午，太阳出来太晒了，余灵珊想带他回房间，但星驰蹲在地上看蚂蚁，死活不肯走。他的脾气比同龄的孩子大，但凡有不如意的地方就会歇斯底里地哭闹，甚至出现攻击行为。

很快余灵珊的耐心耗尽了，她当天穿着优雅的细肩带长裙，躲在院里的防雨棚之下依旧觉得紫外线如同天敌，她管不动儿子，气得直接自己躲进屋了。

只有崔大姐追出去陪星驰，她给孩子拿了水壶，给他打好遮阳伞。

当天余萤去找他们的时候，星驰已经捡了一堆小石头，沉浸在自己的世界里一块一块往外丢，简单重复。崔大姐想拦住他，怕他砸伤自己，但星驰的行为无端被人打断，突然开始发脾气，拿起石头玩命追着打崔大姐，一块又一块，直到余萤阻止他的行为。

余灵珊听见院里的动静姗姗来迟，她根本懒得多问原因，自顾自倚在门边抱怨崔大姐，说她应该早点把孩子抱进去。

那天余萤能看出来，崔大姐很委屈，但她被星驰砸了半天一句重话都没说，被余灵珊无端责怪也不解释，手里的伞一直都稳稳地遮在孩子头上。

后来余灵珊失去孩子悲痛过度，又发现崔大姐不告而别，这两件事彻底刺激到她，让她向每一个探望的人哭诉，说家里的保姆很喜欢星驰，肯定是想把他抢走，所以星驰才会发生交通意外。

对外人而言，余灵珊的话大部分都是极端情绪下的疯话，但余萤能理解姐姐产生这种念头的原因，因为余灵珊心里很清楚，保姆在照顾星驰这件事上比她倾注了更多的耐心和时间，这会让一个母亲过度悔恨，质疑对方的初衷。

余萤试图开导余灵珊，也帮她请过心理医生，但收效甚微。而姐姐的执念汹涌，让余萤也开始怀疑当年的一切不是巧合，那是她最终去求徐岷川帮忙的原因。

他们已经失去星驰四年了，无论多难的回忆都要向时间妥协，如今连余灵珊都已经不再胡闹，有关崔大姐的线索却突然冒出来了。

晚上东理河辖区内有人打群架，派出所有出警，几辆警车开回来占满门口的空地，徐岷川不往里挤了，他把车停在路口，带着余萤往里走。

路灯遥遥，一条路也明明暗暗。

余萤自从听到"崔福娣"三个字之后心里格外忐忑，此刻抬头才发现派出所里灯火通明，而徐岷川一边走一边在活动肩膀，眼里都是血丝，不知道又熬了多久。

她没忍住和他说："你不用特意跑一趟，打个电话说是崔大姐的事，我还能不来？"

徐岷川听见这话转脸看她，余萤依旧穿着一件非常基础款的短袖上衣，头发在脑后绾起来，一路上被风吹乱的碎发落在脸侧。

"等我一下。"她扯下发圈套在手腕上，开始重新扎头发，有点不好意思地抬手冲他笑，飞快地说一句，"头发乱了，挡眼睛。"

徐岷川没接话，看着她扎起头发而露出来的一段脖颈，分不清是她皮肤太白还是深色的衣服衬得人太干净，总之这一刻什么都不急了，他可以停在她身边一直等……他心里的月亮又活过来了。

余萤很快把头发扎好了。

这下过雨的夜晚终究不一样，能让人连眼神都泛潮。

徐岷川脑子里忽然冒出兴子那些没头没脑的废话，"追是个具体的动词"，可惜这会儿的路灯很不讲究，今夜的环境也不允许他有什么发挥。

"我知道你肯定会来。"他又想起余萤刚才的话，他确实挺累的，但这一晚例外，因而脸上的笑意分外明显，接着她的话继续说，"但我不甘心。"

余萤显然没听懂，默不作声地看他一眼。

两人走到派出所门口，徐岷川双手插兜，踢了一脚挡路的石子，莫名伤感地说："我想试试。"

前后这些年，余萤找他的机会不多，不是去公安局就是来派出所，唯一相对正常的地方竟然是上一次在东理河医院……兴子为此给他下过结论，他这人肯定和浪漫有仇。

"我们每次见面好像总要有一个理由。"徐岷川侧过身，他微微抬眼，目光灼灼而至，"如果无缘无故呢？"

余萤说不出话，只得先往前走，又觉得自己的影子兜兜转转走不出他那双眼睛，而徐岷川在身后的声音明明比风还要轻，却每个字都能落在她的心跳上。

他说："就算没有崔福娣的事，我今天也想见见你。"说着他伸手拉住她。

余萤被他困在原地，什么都顾不上想了，正要找话当逃兵，刚好墙边突然闪出一个人影。

兴子抓着打火机，迎面冲他俩上下打量，似乎很满意，然后笑嘻嘻地说："对，他想你好几天了，我做证。"

徐岷川没白疼他，直接掏出一包大重九扔给兴子，然后哼着歌，旁若无人地拉着余萤上楼去办公室了。

"我们在调查张维的时候发现，他四年前和崔福娣有联系，而且给对方的备注是'姨'。"徐岷川半坐在桌角，拿过打印件给余萤看，"他承认崔福娣是他的表姨，嫁去邻省，算是亲戚，但之前并不熟。直到他来天北市打工，去劳动力人才市场找工作的时候遇见她，两个人才重新建立了联系。"

他让余萤帮忙回想，过往崔福娣在她家当保姆的时候，有没有提过张维。但余萤想了很久，摇头说："完全没听过，而且她来我家的时候孤身一人，丈夫因为癌症走了，她说自己留在城里打工，无牵无挂。"

余萤坐在徐岷川那个小沙发上翻看聊天记录，张维和崔福娣最初只发默认表情打招呼，几乎没什么沟通，慢慢才有了一些往来，从四年前的三月开始消息陆续增加。

但这两人显然都不擅长打字，所以几乎发的都是长语音。

最让她心惊的是，崔大姐在四年前六月十日的时候给张维拍了很多照片发过去，照片里都是星驰。

这突如其来的信息量太大了。

余萤很艰难地才能把那两个人联系在一起，她仔细想想，脸色都变了，抬头问徐岷川："张维身上还有别的案子？"

办公室的冷光灯明晃晃，而徐岷川的目光沉沉如夜："他涉嫌一起跨省拐卖儿童专案。"

余萤心里千头万绪，拿着那份记录说不出话。

徐岷川起身去找纸杯，告诉她："案子没查完，我能说的不多，但是能确定张维也牵涉其中。"他很快接来一杯温水递给余萤，"目前查到那个团伙曾经在虹巷区内寻找适龄儿童作为犯罪目标，而张维就是对方的信息来源。"

她拿着水杯无心喝："余灵珊的直觉没错，星驰出事果然和崔大姐有关。"

"你先别急，现在还不能证实这一点。"徐岷川坐到她身边，让她看上方的发送时间，又提醒她说，"当年余灵珊说保姆一直想抢走她的儿子，然后我问过你们家里的情况，是不是有段时间只有崔福娣带着星驰？"

"对，有个周末我们都不在家，你还给我姐解释了，如果保姆的动机成立，那她之前一个人带孩子的时候更方便，要跑早跑了。"余萤又看向那些照片，当时的星驰正在一层客厅玩他的小火车，他只有这样才能长时间安坐，所以余灵珊特意给他铺了一片很长的玩具轨道，导致星驰几乎天天坐着不动。

这些照片其实非常日常，拍摄者的角度应该就坐在沙发上，而从当时他们家里的环境也看不出其他线索。

时隔多年，余萤能记住的细节不多，但星驰意外夭折，家里人曾经反反复复和警察沟通过，所以她渐渐把前后的日期串联起来："我想起来了，那年夏天，姐夫和余灵珊有一周的时间都在外地，我在周末被学校安排去特校做义工了，应该就是六月十日前后……那几天家里确实没有其他人了。"

崔大姐独自照顾星驰三天，她在家偷偷拍下很多孩子的照片发给张维，目的不明。而后六月二十七日的时候，余灵珊独自带星驰外出，孩子在商场门口走失，无缘无故出现在半公里外的远福路。

当年能在监控范围里查到的情况，就是星驰确实是自己一个人离开商场门口的，从当时的情况来看，一个七岁的孩子等妈妈等得不耐烦，自己走失的可能性最大，但道路监控显示他最后是从远福一巷冲到远福路行车道上的。所谓的一巷只是两栋建筑物之间的夹缝通路，一条蜿蜒昏暗的小巷子，根本没有摄像头。

"具体的语音内容现在查不到了，张维说自己根本不认识星驰，可能是他表姨给他看她带的孩子……至于张维为什么会把这些照片发给我们在找的嫌疑人，他解释说当时消息太多，他发乱了。"徐岷川表情讽刺，拍拍沙发骂他纯属放屁，"他发现我们关注到星驰的照片之后非常紧张，肯定在撒谎。"

但警方确实还没有找到更多线索逼他松口。

"我过去就查过这个崔大姐，她和我们这次要端掉的犯罪团伙没有直接关联，而且星驰没上学，住在近郊，不符合对方筛选目标的条件，暂时还无法证明她和专案有关联。"

然而所有的事都这么巧，警方查九叔查出一个张维，查张维又查出一个崔福娣，星驰当天出事很可能和他们相关。

余萤听懂了，徐岷川私下找她过来，只是因为他个人过往对星驰的关注。现在缺乏实际证据，并不能正式并案调查。

她想想又问他："那张维知道崔大姐的下落吗？"

徐岷川摇头说："他现在死鸭子嘴硬，说他们只聊过老家的事。后来崔福娣渐渐不回他的消息了，他也把这人忘了，不清楚她的近况，但他们最后的联系停止于六月二十七日夜里，也就是当年星驰出事的那天。"

余萤坐不住了，他又让她看张维的好友列表，找找看有没有其他眼熟的人，包括那个"9"的微信名，但她根本没见过，也没找到其他可疑的对象。

时隔多年，余萤想到过往崔大姐的为人，种种前因矛盾，整件事拧在一起，怎么想都不合理："如果星驰出事和崔大姐有关，就像你说的，她明明有更好的机会，但如果和她无关，她为什么在那天出事之后就跑了？"

徐岷川把那些记录都收在一边："所有查不清楚的事归根结底就一个原因，有人没说实话，而且大多数情况下都不止一个人撒谎。"他顺势叮嘱她，"我们还会继续想办法审张维，今天的事你先别告诉余灵珊。"

余萤这才意识到徐岷川今天的选择也很奇怪，她姐姐才是星驰的母亲，如果徐岷川找到有关她家保姆的线索，于公于私，他最先联系的人应该是余灵珊。

他显然看出余萤的疑问，原本想开口，但停了一下没有继续解释原因。

他仰靠在沙发上盯着天花板，想想又问她："对了，余灵珊最近没欺负你吧？"

这下轮到余萤不想多说了，她含糊地解释："我姐脾气不好，谈不上什么欺负不欺负。"

"她不光脾气不好吧？气性上来六亲不认的，她在伴星院就和你动手了。"

余萤感觉他小题大做，根本没那么严重："她只是推我一下，平常不至于。"

"是，你亲姐，你真摔坏了也不怪她。"徐岷川想都没想就往下接话，"但是我怪啊，我一看她欺负你，我就不痛快。"

余萤今天的脑子实在不够用了："你等会儿……"明明是他不打招呼突然跑过去，还不会看眼色。

他侧过脸看她，没忍住开始笑："别装听不懂。"

余萤没辙了，她认输，以前怎么没发现徐岷川这么能撩啊，突然冒出两句话，直接就能把人砸蒙了。

几年过去，他瘦了太多，那些经年累月的疲惫似乎把他压得喘不过气。这人该正经的时候能正经出一脸世故，不正经的时候又无端露出几分痞气，等他真心想说点什么的时候，一双眼睛凭空就往人的心里钻。

"我一提余灵珊你就生气，我不找她了，你又问我。"徐岷川一脸无辜，然后靠近她说，"看在我这么多年都没忘了帮你查保姆的分上，你能给我一个机会，听听我的解释吗？"

余萤又被他卡在方寸之间逃无可逃，她总不能再次上演从他办公室跑出去的戏码，只能听他说。

"我不知道余灵珊都和你说过什么，但是我和她之间什么关系都没有。她是不是说我救过她？其实那事赶上谁都一样，那会儿大家都年轻，她在夜店里疯玩，一个女孩子喝多了让人围着灌，当天是个男的经过都看不下去，我也没有别的意思，而且你姐夫那几年一直都在追她，后来他们就结婚了，我还挺高兴的。"

以前徐岷川觉得余灵珊爱胡闹，她结婚之后就能收收心了，不管她对自己有什么想法，他只能装不知道。

那些过往的事根本没必要翻出来多说，因为李昶还是他的好哥们儿，如果徐岷川非要把话说开，只会让三个人难堪，所以他想着只要自己躲远点就没那么麻烦了，直到他发现余萤还在承受来自余灵珊的怨气，以至于从头到尾误会了这么多年。

"余灵珊只是我哥们儿的媳妇……哦，现在是前妻了，但这和我无关，和你也无关，你没必要为我去受她的闲气。"

余萤又抓过那杯水，咕咚咕咚往下咽，连带着一颗心飘飘荡荡落了地。

徐岷川伸开手，等着接她的空纸杯，他半哄半劝地和她说："所以小余老师，有时候你可以试着跳出你姐的话，你姐婚后一直因为孩子的问题和李昶有矛盾，我多少听说过。她又总提到我，想去找我，无非是想逃避她自己在现实中的选择。"

他示意她理智一点，不要被余灵珊过度影响："我希望你能明白，余灵珊是你的亲人，但有时候亲人说的话也不一定都是实话。"

如今的余萤也没和他生气，想想后问："你的意思是我姐撒谎了？"

"我认为星驰被撞确实是一个意外，因为当时肇事车辆是正常行驶，只承担次要责任。星驰是突然从路边跑出去的，司机来不及预判，而且对方和你们家没有任何交集，他不可能蓄意撞死一个小孩，给他自己惹那么大的麻烦。这点你同意吗？"

"但问题在于星驰不该出现在远福路上。"余萤对当年交通事故的认责没有异议，只能再次强调她对星驰的判断，"他当年只肯走商场门口那条东西直行的路，孤独症的孩子都非常刻板认死理，不接受更改路线。星驰也不会像同龄孩子有那么大的好奇心，所以即使他自己跑了，也不可能无缘无故钻进远福一巷。"

"我们不讨论星驰，他太小了，不可控，你仔细想想整件事的起因，是余灵珊把她只有七岁的儿子独自留在商场门口。"

"她当时很急，没想那么多，因为星驰确实进不了商场，太吵了，他闹起来只靠我姐一个人是控制不住的。"余萤不由自主又想到余灵珊事后自责的哭诉，她精心打扮带孩子出门，却没想到生理期突然提前，这让她在大街上异常窘迫，根本没法顾虑那么多，唯一的念头就是赶紧去找卫生间。

"好，在那之后，我们看过商场的监控，余灵珊从卫生间出去的时候，看见李昶带着女人逛商场且举止亲密，她恼羞成怒地去追他。"

这是当天余灵珊进商场之后完全没想到的突发事件，也是让她连孩子都没顾上的祸因。这些该死的巧合把她永远困在了那一天，此后星驰擅自离开商场门口，不知道为什么会走到远福路，还被车撞死了。她开始怨恨和这件事相关的每一个人，余萤非要让她带孩子出门锻炼，而李昶中途惹她分心，最终保姆崔大姐又突然不知所终。

余萤当然知道这一点，正如余灵珊所说，李昶在事后也承认了这件事，虽然那是个误会，他身边带的女人只是他的秘书，但无论如何，余灵珊早就怀疑李昶出轨了，所以她非常愤怒地追过去和他发生争执。

"我姐夫可以证明这一点，他们在商场里耽误很久，而后我姐突然想起星驰，再去找他的时候，他已经不在原地了，只有他玩的小火车扔在地上……"

"好，但是在此之前，余灵珊见到李昶之前的时间也不对，她明知道儿子在外边等自己，怎么还能在卫生间里磨蹭四十分钟？"

余萤心底那道摇摇欲坠的防线终于被捅破了，她回答不上来。

徐岷川的话还在继续："这么多年了，我不信你想不到，但你问过她吗？"

身边的人不敢再看他，摇头说："我不敢问。"

"我问了。"徐岷川不轻不重地继续说，"那天我送余灵珊回家，就问了这个问题，她没和我解释，但也不肯和我说话了。"

难怪余灵珊突然冷静下来，她不再闹，也不再强求徐岷川帮忙，甚至也不再揪着过去的事没完没了，因为答案很明显，他只用一个问题就揭穿了她心底最无法面对的自我。

余灵珊的人生满盘皆输，她的儿子确诊孤独症谱系，发育迟缓，成年后的生活都将是个未知数，他这一生无法自立，无法拥有普通人的一切。可惜无论余灵珊有多后悔，她都必须做一个母亲了。人人都觉得她应该牺牲一切，为母则刚，无论多难都要为孩子咬牙忍过去，但没人问问母亲自己的想法，当一个人的牺牲变成天经地义之后，甚至没人问她愿不愿意。

母亲也是人，人在情绪上头的时候难免做出冲动的行为，而悲剧的起因也大多如此。当天余灵珊应该是在自己最难堪的时候躲进了卫生间，内心挣扎了很久，有了一个大胆的设想，如果她能把这个孩子从自己的生活里删掉……余生能不能轻松一些？

她依旧年轻漂亮，往后还有无限可能，不该被困死在一个终生需要人照顾的孩子身上。

无论星驰离开商场之后发生过什么，起因都是他的母亲曾经有四十分钟想过放弃他。

徐岷川是个警察，时刻面对人性的阴暗面，他可以冷眼旁观找到症结，因此在四年前就想点醒余萤了，但她那会儿刚刚失去小外甥，根本承受不住这种残酷的推测。

此时此刻，余萤很清楚他的意思，眼眶微微泛红："星驰出事之后，我姐非常自责，她这些年的悲恸不可能是假的，她也不可能真心抛弃星驰，所以她一直都在自我折磨。"

"当然。"徐岷川从没怀疑过这一点，"人性太复杂了，我见过更多十恶不赦的犯罪分子，但余灵珊不是，她心态失衡地把孩子留在商场门口，事后又疯了一样去找。她肯定在清醒之后比任何人都后悔，她为自己的冲动付出代价了，甚至也为此做出种种过度补偿的行为，所以我不想再去刺激她。"

此时此刻，话都已经说开，他必须告诉余萤一个现实："星驰无行为能力，被独自留在商场门口继而走失，间接导致意外死亡，这个结果非常严重。如果当年追究下去，他母亲的行为很可能会涉嫌遗弃罪而被起诉，你难道真希望警方去调查你姐姐的主观动机，证实她有遗弃星驰的打算吗？"

这也是他这么多年无法和余萤明说的原因，他只能选择告诉她，当年的车祸只是一个意外。

"但我没否定你们对保姆的怀疑，崔福娣离开你家不违法，可她之后不正常地切断和所有人的联系，根据原有的信息都找不到她，意味着她想要刻意隐瞒行踪，她这么怕被人找到，怎么想都可疑。"

"我知道你这么多年一直都在想办法找新的线索。"余萤告诉他自己看到那块白板了，她渐渐控制不住眼泪，"谢谢你愿意相信我。"

徐岷川抿唇没接话，他其实也有私心，但是隔着太多人情是非，让他当年还没来得及开口就先看到了余萤的眼泪。

"我理解，孩子出事对家里人的打击太大了，余灵珊那四十分钟究竟是怎么想的已经不重要了，不管我的猜测对不对，我都不该对你们造成二次伤害。可没想到这么多年过去，余灵珊自毁还不够，她还想拉着你一起。"他眼看余萤的眼泪往下掉，叹了口气去拿来纸巾，又坐回到她身边。

徐岷川抬手扳过她的肩膀，慢慢给她擦眼泪，轻轻开口说："你姐也不能欺负你，谁都不能。"

余萤的眼泪瞬间控制不住了，她心底那些不能言说的情绪通通被他这句话扯出来，要把她的一颗心都浸软，把那些该死的围墙都淹没。

她早就发现了，徐岷川想勾人的时候，谁也扛不住。

偏偏就在这个时候外边有人敲门。

余萤火速抓过徐岷川手里的纸，低头收拾情绪，她身边的人捏捏手指的骨节，没好气地喊一嗓子："进！"

门开了，兴子和大毛一前一后地贴在门框上问他："川哥，夜宵吃不？要不要给小余老师也……啊？"他俩看着余萤傻眼了。

兴子满脸震惊，跳进来怒问徐岷川："她怎么又哭了！"

徐岷川恢复仰靠在沙发上的姿势，瞥见这两个不中用的傻子，一股无名火蹿上胸口，他气得直舔后槽牙："所里不是要加班吗，你俩干吗呢，没事干了？还夜宵，开窗户喝两口风顶顶。"

相比之下，深耕基层的大毛同志就显得游刃有余了，他根本不敢往里走，此刻已经假装什么都不知道，一边看手机一边往后退着说："哟，李所长找我，所里临时加班，要在家属群里打招呼，他让我给各位嫂子、弟妹发通知呢……我先下楼了啊。"

兴子可不尿，他把心一横，拿着纸巾盒凑到余萤面前赔笑脸说："别理他！大龄未婚，精神萎靡，脾气暴躁，而且审人审上瘾了。你看，他对我俩也没好气！"

余萤强行忍住笑，又拽过一张纸，低头不说话。

兴子心想这下完蛋了，今天真惹人家姑娘伤心了，于是他干脆一屁股挤在徐岷川身边坐下，强行把他和余萤分开了。

可怜的小沙发不堪重负，发出诡异的怪响。

徐岷川不肯换姿势，他瘫在沙发上把头一扭，目光凝重地看向兴子，而对方根本没意识到身后的眼刀，还要挤着和余萤说话："我替他给你道歉，不管他说什么惹你不高兴了，他都不是那个意思……川哥这些年也不容易，你来找他，他才有个人样。"

余萤终于忍不住抬头，她眼角还红着，但此刻已经笑出声："我知道是谁在局里传闲话了，你和罗大爷是什么关系？"

兴子呆呆地看着她，又扭头看看徐岷川，然后就被他川哥拎着领子强行拽起来了。

徐岷川冲他笑笑说："再不滚，今晚就拿你包饺子。"

"不好吧，你口味有点重了。"兴子冲他挤眉弄眼。

余萤主动要给他们点餐："我家的事一直麻烦分局的各位了，还有上次找卉卉，我都没机会感谢大家……兴子哥想吃什么？"

兴子立刻顺杆爬，迅速叛变，冲徐岷川比画说："看见没？人是我哄好的。"说完他十分不客气地给余萤报这里的地址，"随便点，一会儿我去拿，外边又掉雨点了。"

"你还真惯着他？"徐岷川过去抢余萤的手机，示意她大可不必，不能便宜这些家伙，"我不饿。"

她冲他温柔地笑笑，回他一句："我是请兴子和大毛的。"

兴子立刻爆发出惊天动地的笑声，被徐岷川连踢带踹地轰下楼了。

外边又下雨了，飘飘荡荡随风而落，天边云重，模模糊糊只有半轮月亮。

余萤和他们一起躲在办公室里偷偷吃了加餐，而后徐岷川开车把她送回家。

他开到她家楼下，又打量附近和她说："你们姐俩住在这里也挺好的，以前那栋别墅太空了。"

余萤点头，这段时间接连下雨，徐岷川左边的肩膀连带着手臂显然都不太能用上力，而且他瘦得太多，在暗处的时候显得侧脸棱角分明。

她没忍住问他："你多久没睡过整觉了？"

"不记得了。"他微微眯眼，歪头想了半天才说，"有时候也睡不着。"

"你再这么折腾下去是不行的，该生病了。"她知道他非要往死里扛的原因，肯定是因为他要查的案子还没进展，"如果你真想对得起胡罡替你豁出去的这条命，那就保重身体，替他多看看卉卉。"

他扯扯嘴角笑一下："担心我？"

余萤扭头要下车，他又拉住她，声音疲惫："兴子有句话说得挺对的，我只有去见你的时候才能打起精神。"

她怕他旧伤疼，只好由他抓着自己，又听他轻轻说："小余老师，你帮帮我。"

余萤不是第一次听见这话了，后知后觉他这么大人竟然在耍赖，于是有些哭笑不得地说："我不是医生。"

"那换个说法，你愿不愿意为了组织拯救一下我这个大龄未婚、脾气暴躁、还精神萎靡的同志？"他说着开始笑，晃晃手机问她，"对了，进群吗？分局也有家属群，连罗大爷的老伴都在里边。"

这下余萤不说话了，她抬头看向楼上，余灵珊的主卧房间还有灯光，对方今晚也没能早睡。

挡风玻璃上慢慢落出一片雨，很快又连周遭也看不清了。

"完了，兴子肯定开始乱传我又把你惹哭了。"徐岷川长长叹气，"只有你进群才能救我了。"

"这锅你自己背吧。"余萤飞快地拒绝，然后火速下车了，让他赶紧回去睡觉。

徐岷川给她找伞，一转头的工夫她已经跑进楼道了。

下雨的日子看不见星星，他的月亮口是心非，不肯照亮他。

徐岷川的肩膀疼得厉害，他熄火停车，然后降下车窗慢慢抽了一根烟，盯着楼上的灯光亮起。

手机有新消息，余萤给他发"晚安"。

徐岷川确实困了，夜风很凉，他吹了一会儿就觉得身上发冷，又看向车门储物格上那束紫露草，柔柔一片紫，明明花朵不大，可是个个都要昂着头，活脱脱的人间犟种。

他感觉这花好笑，对着它拍张照，画上一个傻傻的哭丧脸，又给余萤发过去问:"像不像你?"

楼上的灯瞬间熄灭了。

那一晚他总算睡了个好觉。

第八章

循序渐进

　　周六的时候，余萤特意没给自己安排工作，她打算休息一天，然后带余灵珊外出散散心。

　　她睡到自然醒，起来发现余灵珊反倒一大早就出门了。她发消息问，对方在很久之后才回复说去逛商场，换季要买点东西。

　　余萤只好改变计划在家大扫除，她擦地的时候经过余灵珊的房间，看一眼就浑身难受。

　　余灵珊骄纵的毛病严重，自己根本不会收拾东西，总把那一堆打口碟拿出来，导致如今床上、地上、梳妆台上全都铺满了。再加上她那些天天要换的衣服，还有瓶瓶罐罐的护肤品，每周家里请两次小时工都不够帮她打扫的，整个房间被折腾到凌乱不堪。

　　余萤实在看不下去了，于是又给她发信息说要帮她收拾房间。

　　对方根本不当回事，回复了一个字"嗯"。

　　余萤得到批准才进去整理她姐姐攒的那些老古董，很多碟盒外边都落灰了，她一张一张慢慢擦。余灵珊说这些都是徐岷川在很多年前送给她的，意义重大，因此余萤从来没有细看，更没心情求证。

如今她趁着收拾的机会才发现它们全部都是摇滚碟，每一张背面都有个字母"C"。她整理好之后把它们往柜子上放，没扶稳掉下去一盒，外壳正好摔开，掉出个东西。

那是一张窄窄的打开过的信纸，此刻直接飘在地上，不知道是原本就和它们一起送来的，还是过往余灵珊看过又顺手塞进盒子里了，总之如今信封已经没了，余灵珊肯定看过内容。

余萤顺势扫了两眼，没细看也知道那是封情书，而且语句错落，很明显还是一首手写的情诗。她赶紧叠起来，打算原样塞回去，第一反应是震惊：徐岷川年轻的时候竟然还会写诗……她暗自腹诽，突然又停下动作。

她不是故意偷看姐姐的信，但上边的字迹让她觉得不太对，她去过徐岷川家，他在次卧里放的那块白板上写满了字，而他的字迹显然和这张信纸上的完全不同。

余萤没有关注那首诗的内容，只看到最终的落款也是"C"，写情诗的和送碟的应该都是同一个人。

这么含蓄而又暗自热烈的追求只属于青春岁月。

她又想起自己在徐岷川的车上问过他，他根本不听摇滚乐，完全没兴趣，因此她盯着那些打口碟上的字母越想越觉得整件事都很奇怪。这看起来不像是徐岷川能送出的礼物，他那人一贯简单直接，可没这么浪漫的心思。

余灵珊也许很擅长情感绑架，但这些东西不可能是一天送来的，她总不能次次都骗自己。

余萤很快把房间都收拾好，直到中午，余灵珊一直都没回来。

余萤自己做了午饭，给徐岷川发微信问他今天忙不忙。

对方直接打回电话，眼看已经临近下午一点，他似乎刚刚才睡醒，在电话里的声音鼻音很重。

余萤又问他说："你在所里？"

"没啊。"他清清嗓子，但没什么效果，再开口的时候提着一口气，"在家。"

"你是不是病了？"

"没有，我八百年都没病过了。"徐岷川笑笑说，"就是之前连着通宵太累，我准备歇一天，在家睡过头了……你可算想起我来了。"

"我有件事想问你，余灵珊有很多打口碟，说是你以前送给她的，所以她特别宝贝。"余萤说到这里有点犹豫，但还是决定问出口，"真是你送的吗？"

徐岷川听完这话没出声，他好像也在想什么，片刻之后才回答说："是。"

余萤这才意识到自己一直希望这件事背后也有误会，她得到答案了，又有点无措，想要掩饰这突如其来的试探："哦，我今天帮她收拾屋子看见了，好奇而已。"

"然后呢？"

余萤反问他："什么然后？"

"那些碟确实是我送给余灵珊的，你就没别的想继续问问？"

他故意"钓鱼执法"，但她偏不上钩，平淡地说道："没了。"

徐岷川好像也没什么精神，因而没有揭穿她的心思，笑着说："余萤，你什么时候能说实话？"

她越听越感觉他声音不对，而后她又想起他白板上的那些图片，起身去厨房找保温盒，不和他多说："先挂了。"

余萤决定学习一下他不请自来的精神，她很快把饭菜都装好，又拿上必备的常见药品，开车去徐岷川家。

这位号称"八百年都没病过"的徐队，实际上已经重感冒了，而且发烧烧到头昏脑涨。

他给余萤开门的时候还在嘴硬，非常不真诚地说："你没上班啊？唉，你不该过来的……感冒传染，你们院里都是小孩。"

"今天周六。"余萤看出他是真睡晕了，说完指指自己戴着的口罩提醒他，她的生活能力比他强太多，又把带来的饭都放在桌上，回头问他，"你发烧了吗？"

徐岷川去开门的时候还能走路，虽然脚步有点飘，但此刻他一看余萤来了，好像突然病入膏肓，一头倒在沙发上动也不动，气若游丝地回答："不知道，没测，家里没体温计。"

余萤没空和他废话，拿出体温计递给他，又问："你也没吃药吧？"

"感冒还要吃药？喝点热水就好了。"他十分纳闷，抓过体温计仰头测，而后又直挺挺地趴下了，小声嘀咕，"我睡一天就行。"

体温计显示39.2℃。

余萤叹气说："你该吃退烧药了。"

徐岷川瞥见数字没什么反应，喉咙艰难地吞咽一下，扭脸看向余萤说："要不你过来摸摸我……真发烧了？"

余萤根本不上当，笑笑说："你这招用晚了，没体温计的时候才摸头。"

"哦。"徐岷川也不害臊，表情自然地说，"逗逗你。"

她打量他的脸色，有点担心地问："你烧这么高自己都没感觉？"

"我真没怎么生过病。"徐岷川继续趴着，勉强张嘴说，"以前在山里零下十摄氏度冻一宿也没事。"说完他摸索着拿过手机，点开查看消息，按开了兴子发来的语音。

很显然，对方没被他川哥传染，中气十足地说："你好点没啊，怎么过完年就开始月月感冒……啧啧，未老先衰可不是好兆头。"

余萤笑他："没怎么生过病？"

"这小子肯定和我有仇。"徐岷川不解释，恨恨地对着手机回一句，"死不了，等着拿你下酒呢！"

很快兴子又发来语音，憋着笑说："哎哟，听你这声音都不对了，太可怜了，孤家寡人，你忍忍啊，我一会儿弄完材料就去照顾你。"

"滚！你敢来我就……"徐岷川没说完先开始咳嗽，他趴着的姿势说话非常艰难，实在和对方贫不动了。

余萤干脆抢过他的手机，直接和兴子说："放心吧，你川哥现在有药有饭还有我，死不了。"

兴子接到这条语音后疑似震惊过度，久久没有回复。

徐岷川在余萤的安排下先吃了饭，然后回屋休息，之后再吃退烧药。

他往卧室走，一副浑身都疼的样子，而且他发烧显得脸色更加惨淡，声音也发虚，没想到他一米八五的身高竟然还有机会出演病弱剧本。

余萤实在有点看不过去了，和他客气道："我扶你？"

他很不客气，伸手等着，但余萤真要过去的时候，他又笑着自己往前躲两步说："算了，你别离我太近，传染。"

她发现他只是演技卓越，实际没有看上去那么难受，于是告诉他："半个小时之后我叫你吃药。"

这半小时格外漫长，因为徐岷川每隔五分钟就喊她一次。

多亏余萤干过特教，她不惜调动出自己的专业精神，对这位大龄病号保持无限耐心，最后她看向他的床头，那里已经放好了水杯、纸巾盒、体温计，还有退热贴……就差烟盒了，她找到烟盒，晃晃给他看："需要我对你这种不正常行为干预一下吗？你好好养病，病好了就能抽，这就是你的'强化物[①]'。"

徐岷川对烟盒一点兴趣都没有了，此刻他眼皮沉重，声音虚弱，整个人萎靡不振，连胡楂都格外明显，张口就说："你才是我的'强化物'。"

余萤不用照镜子都觉得自己脸红了，她比他更像发烧的人，她只好抱着胳膊靠在门边，忍不住问："你最近怎么了，是不是办案压力太大，所以跑去看了什么狗血小说？"

徐岷川拉着自己的被子，完美演绎"躺平"的真谛，然后才摇头说："这是兴子总结的套路。"

余萤不用猜也知道罪魁祸首跑不远，这么多年的流言蜚语全部都出自同一人。她赶紧趁着徐岷川"残血"的时候逼问他，那家伙到底有什么套路。

"首先，追是一个动词，要行动起来。"他哑着嗓子边说边笑，"其次，追还是一个过程，要循序渐进。"

果然，高烧容易让人丧失理智，余萤火速用退烧药让他闭嘴了。

之前她和卉卉在家里住的时候，徐岷川已经把他那块白板搬进主卧了，此刻正立在窗下。

余萤让他睡一会儿，她坐在窗边的地上翻看白板上的各种图片，很久没出声。

徐岷川总算安静了一会儿，但翻来覆去没睡着。他想到今天余萤来问唱片是谁送的，还去看监控截图，于是心里一动问她："你觉得李昶是个什么样的人？"

余萤只能回答他："他人很好，我姐结婚前几年其实很幸福，但是后来星驰和同龄的孩子差距越来越明显，上不了幼儿园，这让他们夫妻关系越闹越

[①] 强化物：指针对孤独症谱系儿童的爱好或兴趣而选取的奖励物，促使其做出某种行为或反应，随后或同时得到该强化物作为奖励，以帮助其更好地进行互动或完成指令。

僵，后来我姐很恨他，我也没法片面评价李昶的选择，但她变成今天这副样子，很大一部分原因是他。"

"那你自己对他的感觉呢？"

"我不知道怎么形容……但我们一家人住在一起，我能感受到生活里的点点滴滴，李昶不是纨绔子弟，也不是因为一时冲动才娶了我姐，他对她很包容，直到现在还记得她的生日。"她又想起徐岷川的话，"你也说过，他在大学的时候就喜欢我姐。"

徐岷川翻身看向她说："我认识李昶很多年，别的不敢说，但我能确定一点，他只爱过余灵珊。"

"那他为什么在我姐最绝望的时候离婚？"

"这我就不知道了。"他幽幽叹气，"余灵珊总是用我刺激李昶，我们也很久没联系了。"

余萤找到当时商场监控的截图，那时李昶和余灵珊确实在商场里吵架，所以某家奢侈品牌店铺门口的监控正好拍到这一幕。前后两张截图里他们都面对面而站，余灵珊似乎连姿势都没变过，而在半分钟后的截图里，李昶已经上前一步，看起来非常用力地抓着她的胳膊。

监控的角度正对余灵珊，所以拍不到李昶的表情，但看情况也能猜出他当时言辞激烈。

上一次余萤看到这些图片的时候没来得及细看，但此刻她观察那两个人的状态有些说不上来的别扭。

徐岷川趴在床边，喊她过去，他指指余萤手里的截图和她说："按照他们事后的说法，余灵珊突然发现李昶和别的女人逛商场，所以她追过去'捉奸'？但你看他俩的状态，监控里的余灵珊始终站在原地一动不动，表情漠然，而从肢体动作上来看，反而是李昶的情绪非常激动。"

余萤这才意识到徐岷川很可能早就看出不对劲了，所以他当年决定把这些截图都保留下来，她想想又说："但那是公共场所，我姐把事情闹大谁都不好看，姐夫应该很生气，所以要和她解释？"

"这种情况下解释、争吵、互相谩骂都有可能，但情绪更失控的肯定是你姐这一方才对，但你仔细看他们当时的状态，你不觉得李昶才是那个更激动的人吗？他这个姿势，很像在逼问余灵珊。"

余萤有点想不通："是，有点像是反过来了。"

"确实很奇怪。"徐岷川半边脸压在枕头上看她,"四年前我就问过李昶,我想知道当天他和余灵珊之间到底发生了什么事,但他说的和你知道的一样,他带秘书去买东西,被你姐误会了。"

他们全家人有很长时间沉浸在悲痛中,谁都没心力再纠结那些争吵的细枝末节了,而事到如今,余萤逐步回想,发现那天每件事都没有看上去那么简单。

余萤坐在地上把那些截图都摆开,抬头问他:"最近还有关于崔大姐的消息吗?"

徐岷川摇头,张维至今交代的东西都无关痛痒:"不过张维已经被移交分局专案组负责了,这几天我们想办法突审,现在还不能确定崔福娣把照片发给张维的原因。"

"崔大姐很少请假,我们不知道她还有亲戚也在天北市,所以……有没有可能查查她当天是不是和张维联系过,或者见过面?"

徐岷川点头,很快发给兴子,星驰是在那一年的六月二十七日出事的,他让兴子重点去核实那一天张维的动向。

"地上凉。"他看看她,环顾四下想给她找个坐垫,可惜他这卧室里连一个多余的枕头都没有,顺口冒出一句,"上床吧。"

她一愣,突然开始笑:"我能举报你吗?"

徐岷川破天荒地被自己的嘴害得老脸一红,认真解释:"我是说你可以坐床上看。"

"马上夏天了。"她看在徐岷川高烧的分上,只能委婉地提醒,"而且我确实不想被你传染。"

余萤说完躲开他,自己坐回到窗下,没过一会儿徐岷川的药劲上来,他总算是睡着了。

她帮他关上门,出去放好感冒药和体温计,想想又写了一张字条,提醒他吃药的时间和用量。

徐岷川这一觉只睡了二十分钟就被手机吵醒了,他被药拖着几乎进入昏睡状态,完全是条件反射惊醒的,抓过手机就接。

大毛一通电话打得小心翼翼,因为他听兴子说,他们川哥的后半辈子就看今天了,所以无论如何都要让他休息,天塌了也不许有人打扰,可惜今天不巧，派出所又有虹巷园的出警。

徐岷川听他说完情况就从床上爬起来了，他出去的时候看见余萤正好要走，他用眼神示意她等等。

余萤惊疑地上下打量徐岷川，感觉他这会儿连影子都在晃："你都这样了还要出去？"

他确实头重脚轻，找来水杯，一口气干掉一杯水才能定定神，然后和她说："虹巷园小区里有起车辆剐蹭事故，万幸没撞到人，但是车主又报警说被人打了，最后转到派出所，所里正在调解。"

"虹巷园？"余萤瞬间有种不好的预感。

徐岷川点头，重重叹气说："对，就是宋昭昭差点被车撞了。"

上次所里的人都知道他们认识那孩子，而且事后徐岷川格外交代大毛多留意虹巷园，所以对方思前想后，决定还是知会一声。

徐岷川眼看余萤的脸色都变了，让她别着急："人没事，没撞到……哦，这种小区内部的路也不能算正经道路，交警队去看过现场了，没大事，所以只是协调了一下，后续的民事纠纷全扔给派出所了。"

"他们现在在什么地方？"

"打人的和被打的都在医院。"

余萤立刻要走，徐岷川示意她等会儿，去洗了一把脸，总算清醒了。

她不让他去："退烧药都有镇静成分，你现在不能开车了。"

他嗓子疼得要冒烟，懒得多说话，直接找到车钥匙扔给她，拉着人一起下楼了。

余萤开车和徐岷川又去了东理河医院。

他们找到急诊大厅的时候，一群人正堵在门口，大毛拦着一个小伙子，那人高高瘦瘦，穿着板正的西装，脸上有两条细长的伤口。

"傻子打人就有理啊？"小伙子满脸愤怒，气急败坏地指着宋昭昭持续输出。

"哎，您冷静点！现在对方家属愿意给您承担医药费。"大毛连声在劝，"您老骂孩子就没必要了，都是街里街坊的，她儿子的情况您也都了解。"

"这是钱的事吗？孩子傻她倒是看好了啊！没事让他蹲马路上玩？幸亏我没撞到他，真撞到这事可就反过来了，他们家能讹死我！"那人嚷嚷没完，明

145

摆着今天的事让他又惊又怕，还特别窝火，"警察同志，不是我不讲理，我好好开车没问题吧？我拐弯减速了吧？这孩子蹲路中间，我就是为了躲他，还给人家路边的车都蹭了！把我吓个半死……我也没跑吧？好心好意下车去看他，结果他冲上来揍我！"

陈丹挡在她儿子身前，弯腰给对方道歉，而躲在妈妈身后的宋昭昭一只手抓着塑料袋，里边装着十几袋干脆面，另一只手则抱着自己的头，满脸眼泪鼻涕，还因为过度紧张时不时挤眉弄眼，不断做出要吐的动作，那样子更古怪了。

急诊大厅里依旧如同往日一样挤满人，然而门口又是警察又是傻大个儿的闹剧彻底吸引了所有人的注意。

"别在这里聊。"徐岷川马上喊大毛，让他们往外走，很快把人都领到对面路边的阴凉地说话，他也问清情况了，又让余萤先去稳定宋昭昭的情绪。

今天这位小伙子也在虹巷园的三号楼里租住，是个上班族，而且就住在宋昭昭家的隔壁单元，他今天周六加班，本来要去见客户。

事发之前，他顺路开出三号楼，打算向右拐弯，但路边那些歪着停的车辆造成视线盲区，等他车头转过去的时候才赫然看见车道上竟然蹲着一个人，就是宋昭昭，距离车头只有两米左右了，他吓得浑身冷汗，紧急刹车。多亏虹巷园社区里的路本身就窄，车速不快，最终没有撞到人。但他在情急之下拐弯角度太偏，和右侧停车发生轻微的剐蹭。他下车去查看宋昭昭的情况，但那孩子显然被吓出应激反应了，冲过来打他，把他的脸给抓伤了。

大毛满脸无奈，示意徐岷川看过去，小伙子脸上的伤其实没什么，毕竟宋昭昭身体不协调，所谓的攻击行为也是乱抓，非常没规律，但对方就为这点伤还特地来一趟医院，最后也只是简单地进行了消毒处理。

车主的情绪可以理解，这事摊上哪个开车的都窝火，所以大毛嘟囔着说："唉，就是气不过呗，他不肯私了，吵半天了。"

"凭什么活该我倒霉！"那人死揪着不放，"大白天让傻子在马路上玩？还打人，有人生没人管啊！"

陈丹眼睛通红，一直在试图道歉，她走近想和小伙子解释："您别生气，他……他是有残疾证的，根本不懂危险，零食撒了就想马上捡，您可怜可怜残障儿童。孩子也吓坏了，真不是故意的！"

"我不管他傻不傻，你们家长管不管？我为这事还放了客户鸽子。"小伙子一看她语气卑微，感觉自己更占理了，继续嚷道，"我今天没签成三百万元的单子！你赔我吗？"

他们持续在吵，大毛嘴皮子都快磨平了，实在劝累了，他一边扇风一边往树下挪，想等他们情绪平复再谈。

余萤跑去看宋昭昭的情况，他浑身都在抖，还死死抓着那袋干脆面，她试着想接过塑料袋，但宋昭昭此刻的情绪非常敏感，不肯松手。余萤没有重复动作，只告诉他和自己走就可以吃零食了，然后借机领他远离车主。

"昭昭？"她不断吸引他的注意力，抬手慢慢捂住自己的耳朵，宋昭昭被她引导进行模仿，隔离外界的谩骂和众人说话的声音，他很快发觉噪声没那么大了，混乱的思维像被按下了暂停键。

宋昭昭脸上的表情有所缓和，原本绷着的肩膀也慢慢松弛下来。

余萤抬眼看向徐岷川，无声做了个"安静"的口形，他很快明白了，咳嗽两声，向那小伙子示意自己也是警察，要和他聊聊，然后揽过对方的肩膀把人拉到一旁的树下。

小伙子满脸不耐烦，但徐岷川是自来熟："兄弟，你的情绪我能理解，开车遇见'鬼探头①'，谁赶上谁倒霉。"

对方一听这话，立刻表示同意："对，我招谁惹谁了，还要给人家修车。"

远处的余萤慢慢放开手，又喊宋昭昭的名字，示意他看向自己。昭昭眼神飘忽，委屈地蹲下身，抱着自己那袋干脆面开始哭。

她俯下身，保持和他视线平等的高度问："昭昭害怕吗？"

他点头，但无论再和他说什么，他都无法集中注意力。

徐岷川正在听小伙子的抱怨，有一搭无一搭地接话，余萤轻轻喊他，他很快对上她的眼神，扭头问大毛："交警那边都处理完了？"

"对，现在就是他们之间的民事纠纷了，可以私了，我觉得这点事都没必要回所里做笔录……陈丹已经出过医药费，但是对方还不谅解，又扯出什么误工费。"

---

① 鬼探头：行人或非机动车在有视野障碍、视线不佳的地方突然冲入机动车道，易造成交通事故，俗称"鬼探头"。

"我三百万元的单子本来能签合同了，但我今天没去成，还得再花时间请客吃饭！"小伙子嘴里时不时就要提到他的"三百万元"。

徐岷川劝导的话还没出口，一旁的陈丹却再也承受不起，她突然上前一步，脸色窘迫，拉住小伙子的胳膊直直就要往下跪："我们赔不起……我带儿子活得太难了，就算卖房子也凑不出三百万元啊！"

徐岷川反应极快，当下拽住陈丹，又沉声提醒："你儿子看着呢！"

这话如同一盆冷水，当头把陈丹泼醒了，让她没能跪下去。

今天是个大好晴日，午后的阳光刺眼，然而人间总有阳光照不见的角落。

陈丹冷不丁打了个寒战，回头看向宋昭昭，眼泪无声无息地开始往下流，仿佛这辈子再也直不起腰。

十几步之遥，她儿子也急了，瞬间爆发，大声哭闹起来。

余萤没想到陈丹会急到要给人下跪，她只能下意识地抱住宋昭昭，轻声安慰他，控制住他的肩膀不让他再看。

可惜宋昭昭这会儿已经不肯听从指令了，外界的压力持续增加，让他的情绪无法正确表达，他急到手脚开始乱挥，挣扎着要站起来。他毕竟是个又高又壮的男孩，力气上来余萤根本按不住，又被他狠狠撞到胳膊。

徐岷川立时看向她，走两步又停下，而一旁的大毛怕她再被误伤，抢先一步冲过去了。余萤不断摇头，不让大毛靠近自己，只说："我没事，这会儿别再刺激他。"

大毛想帮她把孩子强行制住，但身后的徐岷川马上喊："你回来，让小余老师自己处理。"

余萤静下心观察，宋昭昭出现攻击行为的本能是想要自我防御，他感到害怕就会开始打人，她必须找到他此刻害怕的原因，尽快解决他的需求，才能让他平复下来。然而宋昭昭的脑子一团乱，根本说不出话，此刻憋到满脸通红，乱挥着胳膊又不断试图向妈妈伸手，急切地跺脚。

"你担心妈妈？"余萤出声打断他，发现他一直都在分神关注陈丹，马上和他强调说，"如果昭昭不哭，妈妈就没事了。"

他拼命点头，又低头擦脸，不断重复说着："不哭，昭昭不哭，别欺负妈妈！"

余萤陪他慢慢往回走，让他靠近陈丹身边，陈丹很快拉住儿子的手，母子两人再次成为彼此的依靠。宋昭昭的脸色渐渐平复，他伸手圈在妈妈身前，做出一副要保护她的姿态，不再哭闹。

大家总算松了一口气。

大毛始终跟在余萤身后严阵以待，生怕事态恶化，但他除了强制手段之外根本不懂得应付这种孩子，急出一头汗，此刻才放心，偷偷冲余萤比个大拇指。

徐岷川看见宋昭昭被劝住，没有顾忌了，而且他今天的嗓子实在不太好，确实也没力气和人绕弯子，于是再开口的时候声音强硬起来，按住小伙子的肩膀和他说："你好好想想，今天这事出在小区里，气归气，但大家都是街里街坊的邻居，这点伤都没必要验，坚持闹去派出所有什么意义？"

小伙子已经满脸错愕，也被刚才陈丹突如其来的举动震住了，此刻再一听徐岷川的话，他愣了半天才找回理智说："我也不是这个意思……"

"这是医院，那么多人看热闹呢，你愿意私了最好，不愿意就和我们一起回派出所走流程。"徐岷川说着拍拍他的肩膀，一副公事公办的口气，"对了，你是干什么工作的？三百万元的合同挺厉害啊，做销售的？"

"是，我本来要签单子……唉，警察同志，我也不是非要逼她，谁让她儿子打人啊。"他这会儿才有空往四周看，脸上挂不住了。

"大家都能看出她儿子的情况，现在孩子的母亲已经给你道歉了，带你来医院，还要当街下跪。"徐岷川说到这里顿了一下，顺手把小伙子的领子拉正，然后示意他说，"但你是有体面的工作的，有不少客户吧？有这个时间都能多谈两单了。"

这话一落，迎面的步道上有人开始掏手机要拍照，徐岷川瞥见之后冲大毛指，大毛马上带人过去，让大家不要围观。

小伙子瞬间避开脸，又往后退两步。

徐岷川趁热打铁说："你看见了吧？一会儿就该让人拍下来蹭流量了，标题随便乱写，说你当街为难残障儿童，这不是更添堵吗？"

对方欲言又止，皱眉看向一旁的陈丹，发现对方还在低声抹泪，他愤愤地"哼"了一声。

"人情社会啊，她家这个情况，也没什么能赔你的。"徐岷川没再往下说，反正这事不过一口气，咽还是不咽，他自己掂量。

"晦气！"那小伙子终于有点受不了了，烦躁地摆手说，"行行行，让她管好孩子吧！"他冷静下来，也意识到自己这样追究下去没什么意义，很快决定私了。

临走的时候，派出所的民警又去和陈丹强调安全教育，徐岷川趁机往后踱步，低头凑过去问小伙子："你在虹巷园住几年了？"

"差不多五年了。"

"平时对陈丹家里的情况了解吗？"

他不太清楚徐岷川要问什么，只能如实回答："我就知道她有个傻儿子，附近邻居都知道这事。"

"那你见过她丈夫吗？"

"没有，她平时都是自己带儿子早出晚归的。"其实小伙子没想故意为难孤儿寡母，再加上这会儿气头已经过了，觉得陈丹也不容易。

徐岷川抬手挡住阳光，微微眯眼仔细打量陈丹，又换了一个问题："你有没有听说她家打算卖房？"

"这我就不知道了，我之前也不认识她，只是因为住得近，在路上经常碰见。"小伙子实在想不出这有什么关联。

"哦，没事，随便问问。"徐岷川让他过去配合民警确认出警完毕，没过多久大家都散了，大毛带人先回所里。

其余几个人沿着步道向医院大门的方向走，没多久已经明晃晃晒出一身汗。

余萤去旁边买了几瓶水，塞给陈丹和宋昭昭，然后又给徐岷川一瓶。她伸手的时候离得近，看见他这会儿在太阳底下脸色发白。大家都热，他却根本没出什么汗，连脚步都轻了。

她立刻和他说："你赶紧回去休息。"

徐岷川嗓子正冒火，拧开瓶盖灌水，实在没力气多说话，只能借着喝水的姿势看向前边的陈丹母子，示意自己不急。

陈丹也不想引人围观，这会儿最着急回家的人就是她。余萤想送他们，可她死活不肯，说有公共汽车直达。

余萤不想揭人伤疤，但宋昭昭几次出门乱跑，今天差点被车撞，危险逐步升级，她实在想不通陈丹最近是怎么回事，心不在焉，明显已经顾不上管孩子了。

她追过去试图给陈丹讲清楚:"干脆面是昭昭的强化物,您不能买这么多直接都给他,这样会破坏我们建立的奖励规则,他很快会对强化物失去兴趣的。而且他缺乏警觉意识,尤其是过马路的时候,最好不要让他手里拿东西……"

"不是妈妈,不是妈妈。"宋昭昭突然出声,一边说一边摇头。

余萤怔住,问他:"不是妈妈给你买的干脆面?"

他又点头,依旧重复。

"那是谁给昭昭的?"她顺着他的话问。

"爸爸,爸爸给昭昭买好吃的。"宋昭昭拍拍手又抬起胳膊,得意扬扬地给余萤展示那一塑料袋的宝贝零食。

余萤马上问陈丹:"他爸爸回家了?"

陈丹的脸色非常差,不断摇头但也不肯解释。

"我必须提醒一下,不管是您还是他爸爸,带昭昭出门都要小心,因为他不会判断小区里的路,没有红绿灯,拐弯和路口也不规律,他很难分辨来车的方向。"

这话说完,余萤似乎想起什么,比陈丹还要紧张,她半晌才摇头说:"这种情况太容易出意外了,孩子没有自控力,如果他真跑到路上被车撞了,您会后悔一辈子的……"

今天气温高,陈丹方才的情绪起伏太大,此刻事情过去,脸上又显出一种极端麻木的神情,她的头发已经全部黏在脖子上,明显浮肿的脸上露出一双灰扑扑的眼。

她沉默地听完余萤的话,似乎又在恍神,愣了一会儿才点头说:"是啊,他不懂的,他什么都不懂,给他买点吃的就当命根子。"她就像是被生活逼上岸的鱼,挣扎不了多久,于是连声音都奄奄一息,"几块钱的破零食,也只有他才不要命地去捡。"

余萤听出她的心灰意冷,不敢再多劝:"我陪您一起带昭昭回去吧?"

"不,不用了。"陈丹猛然回神,只想从今天的麻烦里脱身,于是她一把扯住宋昭昭,火急火燎地就走了。

徐岷川跟在他们身后一直没出声,此刻他也拉住余萤,冲她摇头。

很多时候外人能做的非常有限,在生活的苦难面前可以救人一时,但无法

151

救一世。

一捧水救不活晒干的鱼,她也只能看着那对母子走远。

余萤打算把徐岷川送回家,坐到车上后却心有余悸,没着急发动开走,平复一下心情和他说:"我想起星驰的事了,也是这样,当时都说是'鬼探头',孩子突然往路上乱跑,被车撞了,司机也根本反应不过来。"

徐岷川听着她这话说:"是啊,这情况确实类似,那些干脆面撒得真是时候。"他说着又不想回家了,打算去一趟分局。

余萤看他还要勉强,越想越来气,感觉自己身边这些人没一个省心的,正要说他,结果他蹦出几个字之后开始咳嗽,声音嘶哑,彻底把力气耗光了。

她想到自己以前发高烧的时候,一旦吃过药就丧失行动力,只能在床上躺一天把汗发出来,手脚发软站都站不住。然而徐岷川接个电话就跳起来了,刚才还在人前周旋了那么久,拉着人家小伙子硬是聊出一番人情世故,完全没让外人瞧出虚弱。

警察也是人,生病都难受,他无非就是靠那点心力死扛。

人与人之间很难说感同身受,各有各的辛苦,但余萤能理解他咬牙爬起来的那一刻的坚持。

直到此刻,车里就剩他们两个人了,徐岷川终于撑不住了,他吞咽了两下,似乎嗓子很疼,然后捏住眉心气都喘不匀,明摆着头晕目眩。

可惜今天方向盘在余萤手里,她不理他,干脆往他家的方向开,恶狠狠地警告:"你不好好休息病就好不了,那更耽误事!"

徐岷川确实有些虚弱,低头挨训无力争辩,他勉强抬眼看看她,抬抬嘴角没什么力气,表示自己接受安排。

余萤趁着堵车的时候伸手过去试他额头的温度,感觉皮肤微微发烫,应该还没完全退烧,她继续吓唬他说:"万一你高烧不退还得来医院。"说着她自己先笑,"这里的保安大爷都快认识咱俩了。"

真是流年不利啊……

副驾上的人眉头紧蹙,一脸受够了的表情,抬眼又看向她的胳膊说:"疼吗?"

她低头才发现右手臂上有块淤青,那是她安抚宋昭昭的时候不小心撞到的地方:"没事。"

"我发现你总有办法让那些孩子安静下来。"

"没那么难。"余萤回想刚才的情况，"昭昭十六岁了，但他的心智水平还是小朋友，你想想小孩在街上哭闹的原因是什么？无非就是他有需求却没被满足。"

这道理非常简单。

"我一开始以为他害怕被人骂，所以想切断他的应激源，但他持续失控，他怕的不只是来自别人对自己的指责。"

徐岷川理解她的意思了，单纯制止宋昭昭的行为无法解决他当时的需求，那孩子的恐惧感无法消除，所以他就会不停地哭闹，甚至出现攻击行为，那只是他的表达方式。

"我后来发现他害怕妈妈被人欺负。"余萤有些怅然，昭昭非常善良，他自己险些被车撞，但他真正担心的是陈丹。虽然他各项发育指标落后，很多事都学不会，但爱一个人的能力是与生俱来的。

毫无疑问，宋昭昭非常爱妈妈，所以余萤让他看到陈丹安全，让他感觉自己可以保护母亲之后，他才能真正地平静下来。

徐岷川若有所思地蜷起腿，他今天从余萤的做法上找到了灵感。

余萤看看他又说："其实成年人也一样，但我们更圆滑，不会撒泼打滚，我们可以使用更复杂的行为应对，比如说谎、逃避……都是为了掩盖自己内心的恐惧。"

"你这话倒是提醒我了。"他突然抬眼看向她，"我们始终撬不开张维的嘴，就是因为还没找到他真正害怕的事。"

对方的心理防线始终没被击溃，他和九叔非亲非故，却始终不肯交代相关线索，他怕的恐怕不只是涉嫌拐卖儿童这一个罪名。

余萤不知道案子的细节，但对方是涉案人员，于是简单概括她能想到的原因："贪生怕死？"

"是啊。"徐岷川的太阳穴开始抽着疼，那种疼痛开始顺着神经往下蔓延，直到他又开始觉得肩膀那里的旧伤不饶人，于是咬牙重重呼出一口气。

人毕竟是动物，永远逃不开这四个字。

当天余萤在徐岷川家一直待到晚上，因为他断断续续低烧，虽然后来看上去应该是睡沉了，但余萤担心他只是演技卓越，自己一走，他立刻就能翻身跑出去忙，于是多留了一会儿。

她看见他满屋子乱放的烟盒和打火机，偷偷把它们归拢在一起，全部藏在电视柜下的抽屉里，以防他感觉好一点就要起来作死。

直到天黑之后他也没醒，她才安心回家，结果在自家楼下遇到了也刚刚回来的余灵珊。

她在外边逛了一天，但两手空空，看起来十分疲惫，眼角泛红，似乎哭过，而且她今天出去又穿上了那条浅紫色的连衣裙。

余萤话在嘴边不敢多问，直到回家之后才说："你吃饭了吗？"

余灵珊点头，把鞋一甩进卧室了，余萤跟进去问她去了什么地方，怎么没买东西。

屋里的人梳了一会儿头发，抱着膝盖坐在床边说："我去了远福路，后来又回到了那家商场。"她看起来已经没力气调动任何激烈的情绪了，此时此刻只剩叹息，"我这四年都不敢去，只要我不去，它就没发生，我还能见到星驰……哪怕是在梦里。"

余萤能想象出她这一天经历的挣扎和悲痛，她很想告诉她关于崔大姐的线索，但又想起徐岷川的叮嘱，没有找到真相之前，再刺激余灵珊没有任何意义，因此她只能把所有的话都忍下。

余灵珊似乎也不太想继续聊这个话题，转身打量余萤，问她今天干什么去了。

余萤很快去客厅，找个借口回答："加班，出去见家长了。"

卧室里的人没再说什么，余灵珊换过衣服，穿上她的真丝睡裙去厨房拿酒杯，路过客厅的时候扫了一眼餐桌，桌子上有特意被人找出来的保温盒，还有明显被分出来的饭菜，她笑了一下说："见家长还用你给对方带饭？"

余萤中午没来得及收拾碗筷，此刻她听见余灵珊的讽刺，谈不上心虚，也懒得解释。

厨房里的人已经找到红酒，自顾自倒上一杯，然后她转着酒杯靠在墙边，一言不发地看余萤干活，看她把锅碗瓢盆都放进洗碗机，忽然又开口问："徐岷川怎么了，连饭都吃不上了？"

她说完抿一口酒，声音带笑："你和我撒谎只可能是因为他。"

余萤突然有些烦，她们姐妹俩从未分开过，但在彼此都成年之后，属于女人之间那种微妙的直觉又让她们各自划清界限。她姐姐的性格矫情乖戾，很多事揪着不放，刻薄又敏锐。而她明明应该对余灵珊的冷嘲热讽完全免疫，但此刻又忍不住生气："你别老话里有话，扯上他。"

余灵珊好像什么都想开了，笑吟吟地告诉她："徐岷川上次给我撂狠话了，是想警告我别再揪着过去的事不放。他无非想点我，你长大了，让我别影响你的人生，别干预你的选择……你不懂，我懂。"

余萤觉得匪夷所思，决定问清楚："我一直想问你，为什么把我当成假想敌？你、姐夫、徐岷川，你们三个人之间有什么误会都和我无关吧？"

余灵珊脸上的笑意渐渐淡了，她一直盯着余萤看，直到余萤洗完手要回房间，她才突然喊住她说："我早看出他喜欢你了。"

"谁，徐岷川？"余萤越发恼火，"你理智一点行吗！"

"很多年前，他第一次见你的时候。"余灵珊拿着酒杯坐到沙发上，一条腿抬起踩在茶几上，晃一晃脚尖又说，"李昶把徐岷川叫到家里玩，说他们警察太忙，好久没见，也想让他看看孩子。"

这话让余萤愣住，时间再往前推，她没能想起自己第一次见徐岷川是什么时候，家里的朋友她都见过，徐岷川恐怕也不例外，可惜早年她才十八九岁，刚考上大学，和他们玩不到一起去。

在生活这出悲剧还没有拉开序幕的时候，他们每个人的生活都没有这么糟。

星驰三岁的时候刚确诊，那时候一家人还抱有希望，余灵珊和李昶也没有闹僵，而他们和徐岷川还是可以坐下来谈天说地的老同学。

余灵珊慢慢喝酒，翻出那些回忆："那天你带着星驰在草坪上玩，我们离得远，坐在阳伞下边喝茶。"

那真的是很多年前了……天气很好，李昶和徐岷川打游戏打累了，于是叫上余灵珊，三个人坐到院子里一边晒太阳一边聊天。

余萤渐渐想起来，她当时并不认识徐岷川，之所以对他有印象是因为他当天给人一种很强的反差感。他的工作不能喝酒，就非要泡一壶茶，茶还不愿意喝好的，非让李昶给他翻出来最普通的花茶，然后他就坐在院子里一直自顾自地抽烟，整个人几乎都拢在一片烟雾之后。他说话利落干脆，完全是一副接地气的人民公仆的姿态，让人实在看不出他竟然能和李昶是发小，因为她姐夫是标准的少爷做派，吃穿都讲究，平日里也是个慢性子，更没有不良嗜好。

余萤记得后来草坪上太晒，她走回屋想去给星驰拿帽子，不得不经过他们三人身边，她才算正式和徐岷川打招呼。

"他一直盯着你看，看你带星驰数花瓣，看你带孩子跳蹦床，还问我你学什么专业的，说你很有耐心，性格好……后来你经过他的时候突然皱了一下眉，他立刻就把烟掐了。"余灵珊说到这里停住，她看出余萤的不解，"徐岷川那么我行我素的一个人，年轻的时候谁也管不住他。明明我最讨厌烟味，但他从来没有考虑过我的感受，他那天觉得大家都坐在室外无所谓，就因为你在意，哪怕只是他以为的……他直到离开都没再点烟。"

只有在余萤路过的时候，徐岷川才好像突然生出了廉耻心。

余灵珊抬头把酒都喝光，把空酒杯推去一旁，她趴在沙发上笑："那就是男人下意识的反应，他估计自己都不记得了，但我看到了，我一直记得他看你的眼神。"

他当天的动作，他看向余萤的样子，不过都是一些针尖大的事，但针尖大的事最扎人，从此它们牢牢扎进余灵珊心底，让她突然意识到，原来在偏爱面前，什么都不重要了，连相识的早晚也不重要，更无理可讲。

余灵珊以为自己在结婚的时候就认命了，她接受现实，因为她发现徐岷川那种人满脑子只想为事业奉献终身，他其实谁也不在乎。但最后她又意识到对方只是不在乎她，那种难以解释的失落感彻底打击到了她的自尊。

如今的余灵珊神色凄然，自嘲地说："徐岷川一直都在躲我，但他永远不会拒绝你。"

因为喜欢一个人的眼神是藏不住的。

"所以你非要让我去找他？"余萤终于想通余灵珊这么多年耿耿于怀的原因，"就因为这些破事？你是不是疯了？我管他是人是鬼，你觉得他重要，那是你的事，徐岷川想喜欢谁是他的事，通通和我无关！你竟然拿我当借口去试探他。"余萤觉得余灵珊偏执的想法和行为已经近乎病态了。

她明明白白地告诉余灵珊，不是所有人的人生都要围着徐岷川转。

"和你无关？"余灵珊刚才喝酒喝太快，此刻脸上微微泛红，眼神却冷淡下来，"罗大爷藏不住话，我早就知道你要过徐岷川的联系方式。你其实一直和他有联系吧，但是又怕我知道，真是辛苦你……在我面前演了这么多年戏。"

余萤这下意识到余灵珊往日动不动就和她阴阳怪气的根源了，此刻再解释什么都没意义。

"不装了？你比我强啊，比我温柔，比我性格好，对吗，小余老师？他甚至觉你比我爱星驰！"余灵珊变脸只在一瞬间，她突然坐起身盯着余萤，脸上的怨毒显然易见，"我就是疯了，我不在乎那个姓崔的去哪儿了，因为我儿子已经死了，他回不来了！但我就想去徐岷川的单位闹，我要让所有人都知道他差点是你姐夫……让所有人以为我和李昶离婚也是因为他！"

余灵珊开始歇斯底里，越说越不可理喻。她被生活耗尽希望，又不肯为自己的选择承担后果，因此只想拖着身边的人一起沉沦，这样大家都有错，大家都活该，谁也不能比她过得好。

余萤气急了，但对方突然提到崔大姐，让她找回理智追过去问："你一直怀疑崔大姐想抢星驰，为什么？她是不是和你说过什么？"

余灵珊的愤恨无法平息，她冲回到卧室，紧紧抱住自己那条紫色的连衣裙，而此刻余萤的话又让她的眼泪卡住了，她瞪着通红的眼睛抬头，脸上激烈的情绪如潮水般退去，眨眼之间换上了另一副表情。

这四年恍然成了一场梦，余灵珊说醒就醒了。

她一反常态，平静地看向余萤说："到此为止，不要再找崔大姐了。"

第九章
贪生怕死

徐岷川的身体底子其实不错，但他经年出差饮食不规律，免疫力下降，一到换季的时候就容易生病。这次他的重感冒很快就不再发烧，再加上他被余萤押送回家勒令补觉，总算把精神头补回来了。

周一的时候，他鼻子刚通气，人就爬起来赶回分局了。

他准备去技侦拿调查结果，一上楼先看见兴子了，对方抱着档案袋探头探脑，靠在楼梯的拐角处。

"你大早上挺闲啊？"

兴子也不反驳，晃晃手里的材料，他已经把徐岷川要查的信息都拿来了，然后伸手说："你总算回来了，赏根好烟呗。"

徐岷川插兜一翻，给他看自己口袋空空。

兴子表情愕然地说："你被人附身了就眨眨眼。"

他指指自己的嗓子，神情无比坦然地解释："小余老师把家里的烟都收走了，不让我抽。"

"她不会扔了吧？"兴子瞪大眼睛，一脸被雷劈的表情问，"所有的？"

"一条半吧。"徐岷川不记得了，随口一说，想想又觉得再加上零零散散的估计还不止。他起床之后在家里竟然一根烟都没找到,不好咳嗽着为这事去找余萤,只好假装无事发生。

兴子心疼不已,声音直发颤:"她知道她扔了多少钱吗?"

徐岷川一听这话不乐意了,揽过他的肩膀,认真教育他:"格局小了吧,那点钱能有你哥的健康重要吗?"

还是小余老师觉悟高。

兴子仔仔细细地上下看他,"啧啧"两声直摇头:"酸臭,恶心!"他说完感觉徐岷川今天看起来大病初愈,心情也不错,连脚步都轻快不少,明摆着生病还生出一种莫名的成就感。于是他凑过去问,"她周末都在你家呢?"

徐岷川不接话,此刻他点头摇头都能成为兴子传闲话的谈资,于是他保持沉默,揪着他一路往办公室走。

兴子跟着他还在碎碎念:"我劝你说循序渐进,没让你突飞猛进啊,你别把人吓到了啊,小余老师那么温柔的一个女孩子……"

"闭嘴忙正事。"徐岷川关上门就开始翻箱倒柜地找他过去那个保温杯,顺势打断兴子问,"前天让你查的结果呢?"

兴子赶紧回魂,他对星驰的事故也有印象,这几天都在顺着徐岷川怀疑的方向调查。他进办公室关上门,拿过文件给他看,那上边重点圈出来一个定位信息:"我仔细往前查张维和崔福娣的聊天记录,发现那年四月份的时候,崔福娣曾经给他发过一个定位,是个街边的便利店,位置就在劳动力人才市场隔壁,这可能是他们约见的地方。"

"能确定吗?"

"前后都是语音信息不能恢复了,没法直接证实。"兴子又给他翻找出后边整理出的记录,"但大概率是,他在收到这个定位后,同年的三月至六月先后在店里发生过四笔消费记录,从金额看应该就是一些水钱和烟钱,时间不规律,但基本上每个月都去,前三次的日期正好都是周二下午。只有六月二十七日例外,他和崔福娣当天确实联系了,我又查了张维那天的消费记录,他也在这个便利店买了东西。"

这会儿的办公室很闷,徐岷川年初就走了,他为揪出九叔去派出所蹲线索,已经有几个月没回来,如今屋子里实在不通风。他听着兴子的话点点头,走过去开窗,天气已经很热,但风一灌进来还是让他喉咙发紧,很快开始咳嗽。

他终于在窗边找到那个落满灰的保温杯了，之前他从来没用过，如今岁月不饶人，才发现它是保命神器。

兴子看他一通忙活给自己弄水喝，实在没忍住，问出那句他一直想问的话："你真发高烧了？不是演的？不是为了哄小余老师留下照顾你？"

他们确实曾经在大山里蹲点，在零下十摄氏度的环境里冻过一宿，第二天他们徐队爬起来开车，连个喷嚏都不打。可惜岁月不饶人，如今的徐岷川捧着保温杯被他气到嗓子直冒烟，"你去问问大毛，我那天39.2℃还和他出警了，看人都重影。"

"爱情真伟大。"兴子马上给他挪椅子，又跑去替他续上热水，嘴里也不闲着，"爱情让人弱不禁风。"

徐岷川喝水之后浑身舒服不少，开始琢磨张维的话。

对方曾说和表姨在人才市场相认，现在看起来招工会提供的职位都是家政、物流、安保、维修等相关行业，张维在这件事上也没必要撒谎。从辖区看，这家便利店在远福区，根本不是他日常负责派送的工作区域。

最关键的是，这家便利店的位置距离远福路只有一个路口，这意味着它离崔福娣当年工作的家庭更近，张维每个月都过去，大概率就是为了见他那位表姨。

徐岷川问兴子："六月二十七日当天，人才市场有招工会吗？"

"查过了，没有。"兴子翻翻记录又说，"而且他之前去的那几次也没有，我还找人才市场核实过，他们的招工会每半年一次，基本选在二三月和七八月份举办，保持有十几年没变过了。"

徐岷川拿过手机给余萤发信息，询问崔福娣当年的休息安排，余萤似乎没空看消息，她隔了十几分钟才回复说："她每周二休息一天。"

时间也能对上，崔福娣就在自己的休息日和张维见面。

兴子十分不解，盯着他们最后一次见面的日期说："崔福娣在本市没有其他亲戚，她休息的时候估计没什么能去的地方，所以和张维联系上之后，偶尔出去找他，这也正常。但如果是这样，她为什么在六月二十七日那天特意请假去？那是个周五。"

徐岷川抬眼看他说："说明那天是张维突然要找她，而且还很急，等不到她下周的休息日了。"

兴子拿笔和纸简单勾出人物关系："按照时间顺序来看，九叔先是找到张维，拐走两名学龄儿童。假设他们从此就开始合作，后来风声太紧，九叔没有再动手，而张维那边又和崔福娣勾结，准备诱拐李星驰？可从这几个人的来往通信记录上看，张维虽然发过照片，但李星驰可不是九叔的目标啊，那孩子有孤独症，还没上过学，更不在九叔熟悉的片区里居住……"他说完暗暗打量徐岷川的脸色，不得不提醒，"李星驰的交通事故确实是意外，当年交警队和远福派出所都在现场查过了，咱们现在想找张维和孩子保姆之间的事，其实是一种有罪推论。"

"星驰的死可能是意外，但意外发生之前一定有隐情，咱们必须往下查是因为这很可能关联到九叔。"徐岷川不置可否，示意他想想张维最后把星驰的照片发给九叔的动机，那绝不是偶然，而且张维在审讯中对于警方关注这一点的态度非常防备，他至今都在兜圈子编借口，"张维说自己和表姨根本不熟，他隐瞒了他们经常见面这件事，为什么？"

兴子一直都想不通张维的心态："他已经因为涉嫌拐卖儿童被刑拘了，按现有证据来看，他基本算是从犯。之后这四年他一直都在天北市工作，和莲嫂那伙人没接上头，那他再傻也该明白，如果他还知道关于九叔的任何线索都应该尽快坦白，争取从轻处理，这才是对他最有利的。"

"这里边肯定还有我们不知道的事，按照九叔的习惯，他们三个人不会直接合作，对方只可能和张维单线联系，所以这几个人之间的信息不对等，这是我们的主要突破口。"徐岷川转着椅子仰头思考，他在琢磨张维能有什么急事必须找崔福娣，想来想去只有一个可能性，"他和九叔在六月的时候沟通频繁，对方很可能在月底的时候和张维透露了自己的新动向或者提过新的要求，你去找技侦再查一下平台方给过来的记录，重点看微信号'9'绑定的那个手机号在当年六月二十七日前后的使用痕迹，任何细节都别放过。"

兴子答应下来，正要出去安排，又被徐岷川喊住了。

"你给我留根烟。"徐岷川忍了一上午，这会儿边说边打开抽屉，翻出自己过去扔下的打火机，还扒拉出两个烟盒，可惜都是空的。

兴子顺手掏兜，掏到一半听见他还在咳嗽，立刻假装自己也没有了，嬉皮笑脸地蹲着门框和他说："不行，小余老师的一片苦心不能白费。"

"白眼狼！"徐岷川滑着椅子追过去，打算直接搜他的身。

兴子躲开他的手，对他晓以利弊说："注意表现，她还没进家属群呢，你

161

这会儿病没好又弄一身烟味，作死啊。"

说完他火速把门关上了，生怕被徐岷川打击报复："多喝热水！"

感冒的后遗症就是无限咳嗽，徐岷川咳得头疼，后来去办提讯手续的时候人人都躲他远远的，说是最近有流感，生怕被他传染。他口干舌燥一直喝水，中午饭也没怎么吃，又四处找兴子，说要一起去看守所。

兴子人虽然瘦，但胃口好得很，他无比想念分局的食堂，临走前还抓了一个烧饼。

他很快从技侦跑回办公室，边啃边和徐岷川汇报："九叔日常肯定不用那个号码，几乎没留下什么痕迹，但是张维最后给他打语音那天……你看时间，六月三十日，他们通话之后两分钟，他扫码支付过一笔费用。"

"这里。"他咬住烧饼伸手给徐岷川翻，"这是个加油站。"

"位置呢？"徐岷川问他。

"嘿，位置就有意思了，它是天云高速出城方向的一个服务站。"兴子说完噎得难受，抢徐岷川杯子里的水喝，被他以小心传染的借口拒绝，他只好艰难吞咽，勉强开口，"巧了，我估计这老狐狸是接完那通语音正好赶上被人催着扫码，事赶事，他没来得及折腾换手机。"

徐岷川停下来把水杯塞给他，突然想通了说："我明白了，九叔要跑。"

兴子总算把烧饼都咽下去了，拍拍胸脯问："跑？"

徐岷川起身说："张维图财，两个孩子丢了，风声太紧，九叔没再给他机会挣钱，所以张维二十七号着急是因为九叔月底就要离开天北市了。"

兴子也明白了："你是说张维很可能为了挣钱想和九叔继续联手？但对方不会在天北市待太久了，三十号他就要跑！"

徐岷川的表情有些凝重，马上叫上兴子去提人。

张维被提讯之后态度敷衍，他已经被反反复复问过很多遍了，而且连日来人在看守所里吃不好睡不好，彻底抱着破罐子破摔的心思，态度十分消极。

"你和崔福娣是什么关系？"

"我都说过了，她是我表姨。"

"你经常和她见面吗？"

"没怎么见过，只是加过微信。"

徐岷川开始把崔福娣的事混在他的个人基础信息里，问他几句又停几句，而且故意摆出一副磨时间的样子，来来回回总是重复同样的几个问题。

张维越发不耐烦，渐渐开始越说越乱，脑子也不转了。

徐岷川的语气毫无波澜，仿佛车轱辘话例行公事，但又突然拿过一个地址给他看，随后不经意地抛出一个新问题："这家便利店在什么地方？"

对面的人掀了掀眼皮，眯起眼使劲看看那个地址，又不说话了。

兴子一直守在旁边做记录，此刻厉声提醒他："回答问题！"

"好像就在人才市场附近吧，我很久没去过，忘了。"

崔福娣发给他的定位还有消费记录已经白纸黑字被印出来，张维这半天下来又被耗得头脑昏沉，很快编不出新的借口了，只好承认说："哦，想起来了，我和她约在便利店见过几次……我有电动车，她住家给人干保姆，所以找了一个离她步行比较近的地方。"

按他的意思，崔福娣嫁人早，找他见面打听的都是些家长里短的琐事，问问他爹妈在老家的情况，还有他妹妹的事。因为她周二休息闲着也是闲着，偶尔约他，店里有一排供人吃饭休息的椅子，他们买瓶水就能坐下说话。

"我见我表姨不犯法吧？"张维开始烦躁，看起来非常想换个话题。

"只是和你核实一下情况，你自己之前说和崔福娣不熟，现在又说你们基本月月都见面。"徐岷川给他总结一下，"你最好再想想，除此之外还有什么没交代清楚，比如崔福娣现在在哪里？"

"我这几年根本没和她联系！"张维突然急了，猛然抬头说，"她只是我表姨，又不是我爹妈，她去哪儿了关我什么事！"

徐岷川看向兴子，两个人对了一下眼神，张维这个反应显然已经知道崔福娣不见了。

"四年前的六月二十七日，你和崔福娣曾经约在便利店见面……"徐岷川今天的嗓子长时间说话其实很勉强，他的声音更哑了，于是就在这话里有意无意地停了一下，而后咳嗽了两声，抬眼盯住张维。

这突如其来的停顿好像让张维非常焦虑，他整个人明显往后坐了坐，又挤挤眼睛，目光闪躲，开始四处打量。

徐岷川又重复了一遍日期，提醒对方那应该是他最后一次和崔福娣见面，而后又询问他们都说了什么，为什么见面。

张维盯着脚前的地面，回答不记得了。很快徐岷川又改变提问方式，但只要涉及当天的内容，张维都刻意回避。

徐岷川皱眉，看上去已经问烦了，让兴子去叫人进来守一会儿，他们两个出去喝口水。

这一天又快过去了，这里地处郊区，高大的树林隔开了行车道，但此刻远望能看到市里的高楼。

人间的路千万条，但走到这里的人都是末路了，西边余晖壮阔，他们很久都没空看夕阳，徐岷川的肩膀又开始疼，事到如今，那个害死胡罡的凶手竟依然在逃。

兴子走到窗口透气，他伸伸懒腰，感觉自己屁股都坐疼了，长吁短叹地开口说："这个张维可真行，他又不是累犯，按道理以他的心理素质不该扛这么久，无非仗着时间跨度长，他不想说就张口一句不记得了，几次下来都被问成滚刀肉了。"

徐岷川还在咳嗽，头也带着疼，于是他揉着太阳穴靠在窗边，慢悠悠地说："我那天被余萤提醒了，张维嘴硬是为了掩饰他内心的恐惧，但咱们一直都没掐准他真正的顾虑，所以让他始终存有侥幸心理。今天问下来很明显了，他就是担心自己真和九叔或是崔福娣扯上关系。"

"对，这家伙不说多聪明吧，但嘴特硬，一开始只承认盗窃，后来又说自己为挣钱卖了两份信息，到现在已经被刑事拘留了，咱们也找到了他的旧手机，这不明摆着他肯定和那两个人有关系吗。"

"他不想和九叔扯上关系可能有很多原因，他们之间的合作关系很脆弱，那就从崔福娣这边想……他表姨身上能有什么事让他特别害怕呢？"

兴子啪的一声拍拍玻璃，瞬间开悟："他知道表姨带的那个孩子死了！"

人永远贪生怕死，张维害怕的是被扯进人命官司里。

一旦想通这点，张维的心理防线就很容易攻破了。

徐岷川控制审讯节奏，他带兴子回去之后又和张维绕来绕去问了几个回合，而后给他看星驰事故现场的照片。

张维非常慌乱，几乎不敢细看。他自从问题围绕六月二十七日展开之后就像是被狠狠蜇到了，开始坐立不安，情绪焦虑，此刻又被人提醒那个孩子出事后死亡的事实，他开始不断清嗓子，开口想要水喝。

徐岷川让人给他倒了一杯水，就在张维捏着纸杯分神的时候，他放缓口气，故意说："崔福娣在这起事故之后就无故失踪，我们找不到她，只能找和她相关的线索，比如她的同乡、亲朋好友……"

"我不知道她去哪里了。"张维低头重复，手一晃，杯子里的水都溅出来了，"我那天确实见过崔福娣，但她家小孩出事了可和我没关系啊，真没关系！哦对了，我当时也不在现场，你们都查到我去便利店了对吧？"他非常怕警察误会自己和当天的那场车祸有关，急于解释，话越说越乱。

"不要紧张，没人说这场交通事故和你有关，但是现在和你有关的这两个人可都不简单啊。你当年贩卖信息，协助九叔拐卖儿童，那个九叔也是亡命徒，专案组追了三年多，他身上背着一条人命，而且……"

徐岷川按着自己的肩膀，后边的话根本没说完，因为张维瞬间崩溃了。

他浑身剧烈一抖，手里的纸杯没抓住直接甩在地上，吓得惶然不敢抬头，就记得开口拼命解释："我不知道！九叔的事我就更不知道了，他不肯和我见面的。"

兴子一看张维这模样感觉有戏，于是敲敲桌子让他冷静，徐岷川却不再继续问。他原本想用胡罡牺牲的事去点醒张维，让他清楚九叔流窜多省是个亡命徒，但那件事发生在九叔从天北市跑了之后，理论上张维应该不知道才对。

那让他这么怕的"人命"到底是什么？

徐岷川心里一沉，但脸上不动声色地继续盯死张维，只看得他更加心虚，吸吸鼻子嘟囔说："我和九叔只是微信联系，我就从他那里挣点小钱，没什么交情。真的，警察同志，你们想想，他干过什么……他，他那种人也不可能告诉我啊！"

徐岷川很快看一眼时间说："行，今天就先到这里，给你时间好好想。"说着他起身抬抬胳膊伸伸腿，还和身边的兴子开始聊，说今天挺闷，坐久了腰酸背痛。

警察办案是工作，天天如此，他们表现得十分淡定，甚至根本没把张维说不说实话当回事，最后只剩对面的人傻眼了。对他而言，每一次被提审可都关乎个人命运，因而他胸腔起伏，张着嘴一句话都说不出来。

徐岷川好像突然又想起对面有人，转身和张维说："哦，对了，我提醒你，你现在涉嫌参与一起跨省特大拐卖儿童案。根据《刑法》第二百四十条的规定，主犯情节特别严重可能会被判处死刑，至于你在其中到底如何量刑，这取决于你在共同犯罪中的参与程度。如果你还涉嫌其他犯罪行为，也会数罪并罚，我建议你好好想清利弊。"

张维被他说得又出了一头汗，瘫坐在椅子上颤巍巍地点头。

徐岷川很快打算离开看守所，兴子还有点不甘心。

徐岷川告诉他这会儿不能急于求成："张维贪得无厌，但他胆小，还干不出杀人越货的勾当，这会儿说什么都是情急之下的话，保不齐琢磨两天又要翻供，干脆让他提心吊胆地回去考虑，等他彻底想通了，才能真正配合咱们。"

他们一路回到市里，下午的时候手机都上交了，徐岷川在出去之后开到有信号的地方才看见余萤发来的消息。

她今天去派出所找他，但他没在，她留言说自己先回伴星院，等他忙完有空再联系。

兴子正在他车上吸烟，徐岷川放下手机就立刻开始剧烈咳嗽，咳到兴子坐立难安，瞥他一眼，飞快地把烟掐了。

徐岷川又按下所有车窗开始散味，兴子顶风而坐，不到五分钟就感觉脸皮快被吹飞了。

而开车的人一脸嫌弃，开始唉声叹气，明摆着喉咙疼头也疼，竟然还指指自己的鼻子说不舒服，闻不了烟味。

兴子气愤地质问他："哥，就咱俩，你和我演呢？"然而根据此人不正常的行为，很容易推断出他的动机，兴子反应过来又说，"你是不是要去找小余老师？"

徐岷川点点头，态度和善，和他商量："所以你看你是在地铁口下呢，还是直接在前边的路边下？"

"我可不是大毛，你休想欺负我！你要么给我送回分局，要么给我送到所里，不然我就告诉小余老师你今天咳嗽了一天还找我要烟……"兴子想想感觉这还不够，又加一句，"你敢给我扔马路上，我就不帮你拉人进分局的那个家属群！"

周一的晚高峰来势汹汹，一进市区就有些堵，但徐岷川还是妥协了。

他老老实实把兴子送到东理河派出所，临走的时候，掐着他的后脖领子让他交出了家属群的二维码。

晚上七点的时候，天刚刚擦黑，余萤和几位老师提前完成工作，她让雯心开自己的车走，帮她送卉卉回家。

她留在二楼收教具，想起宋昭昭今天没来伴星院，他妈妈早上帮孩子请过假，说是病了，要在家休息两天。此刻她有空闲下来，发消息给陈丹，告诉她最近流感挺严重，不少人都病了，又问昭昭是不是也感冒了，家里有没有药。

陈丹一直没回复。

很快余萤听见楼下的门铃响了，她让徐岷川上楼。他上来后四处打量，她就坐在训练室里喊他："这里。"

徐岷川是第一次进入伴星院楼里，这栋小楼从外边看没多大，但里边的空间安排合理，一点都不局促，二楼的走廊两侧分布有六间教室和训练室，尽头处还有办公室和休息室，而且整体布置的颜色以蓝绿色为主。

他顺着余萤的声音去找她，训练室的地上铺着厚厚一层防护垫，她坐在地上抬头看他，徐岷川今天脸色正常，不发烧也没那么难受了，而且整个人干干净净地收拾过，看上去已经恢复大半。

余萤放心了，给他指指前后的几个房间，简单介绍一下。

他发现她在的那间训练室里是黄绿色调，于是好奇地问她："孤独症的孩子是不是男孩比较多？"

"对，确诊谱系的男孩是女孩的三到四倍。"

"难怪，我看你们很少有红色或者粉色的装饰。"

余萤拿过收纳箱，开始收地上训练用的积木，想想说："他们普遍比较喜欢冷色调，但如果都是蓝灰色系就会让环境过于压抑了，影响孩子的身心健康，所以我们机构里都是用蓝绿黄三个颜色做平衡。"她说完仰头看他，笑着说，"徐队观察很仔细啊。"

"那星驰喜欢什么颜色？"他随口问她，走了两步看见一旁有给孩子们准备的卡通桌椅，于是走过去坐在一个绿色的小青蛙椅子上，低头帮余萤捡教具。

她低头说："紫色。"说完看看自己手里的积木，"紫色的玩具、紫色的小火车、紫色的手链，也特别喜欢妈妈紫色的裙子。"

徐岷川帮她把地上的东西全都装到收纳箱里，然后才开口："根据现在掌握的情况来看，我怀疑……只是我的个人猜测，崔福娣当年很有可能想把星驰拐走。"

他告诉余萤，张维和拐卖儿童团伙的主犯九叔有关联，而崔福娣在星驰走失当天还和张维见过面，只是现在查下来的情况有些复杂。

"按照他们见面的时间来看，车祸发生时那两个人不在现场，他们应该和车祸没有直接关系。"

"所以你的意思是，星驰那天出意外反而打断了他们原本的计划？"余萤此前就猜到崔大姐有可能想偷偷带走星驰，现在徐岷川查实她确实联系过张维，意图不轨，可前后也不对，"我不理解崔大姐的想法，如果她照顾的孩子丢了，家里人报警，首先就要怀疑保姆，而且她可以拐走星驰直接跑，为什么要去找张维？他也是她的亲戚，这么干多此一举吧。"

徐岷川同样想过，所以他没反驳，抓过一旁的弹力球捏来捏去，开口说："所以我猜你家应该还发生过某些事，但你可能不知道。"

余萤越想越发愁："我从余灵珊那里问不出什么了，她被我惹急了，现在又死活不让我找崔大姐。"

徐岷川捏着那个球慢慢想，换一个角度问："那崔福娣在你家的时候，她对星驰有没有表现出特别喜欢、特别同情，或者特别可怜他的态度？"

余萤点头，对方确实非常照顾星驰，但没有让她觉出不正常，她只能说："孤独症的孩子很难带，但她一直都对星驰非常有耐心，我能看出她真心对他，所以……"她很犹豫，但还是和他说实话，"我想找到崔大姐也是这个原因，我想不通，我不信她真想害星驰。"

"那我可不可以这么理解，余灵珊作为母亲，照顾一个孤独症的儿子非常吃力，但崔大姐作为保姆，却对孩子照顾有加。"

余萤感觉他这么总结下来也没错，于是点头说："是。"

椅子上的人陷入沉思，很久没说话，手里来回捏那个弹力球。他高高瘦瘦，坐在那个迷你小椅子上的样子十分滑稽，余萤很快就把这间训练室收拾好，招呼他去办公室，她走过他身边的时候，凳子上的人又向她伸手。

"怎么了？"

"拉我一把。"徐岷川的咳嗽说来就来，直不起腰了，"今天审讯坐了一天，骨头都疼，起不来。"

余萤满脸怀疑地打量他，在她的地盘上来这套可不好使，于是她笑笑退后一步说："徐岷川小朋友，如果你自己站起来，老师就告诉你家里那条烟藏在什么地方。"

他开始大声笑，咳也咳不动了，站起来示意自己表现超好。

余萤却开始反悔，只给他倒了一杯温水，然后说："现在不能告诉你，等你什么时候不咳了再说。"

徐岷川认命了，和她进办公室去喝温水润嗓子。

余萤又从抽屉里找出一盒清咽润肺含片递给他，他接过去心想自己这病可能演过头了。而后他看见墙边有个置物架，上边还放着药箱，他生怕余萤再找点什么药来让他吃，赶紧打断她的思路问："你今天去所里找我了？"

"嗯。"余萤坐在桌边，胳膊撑在桌上想了一会儿才说，"我上午去见我姐夫了，我总感觉他的状态也不对。"

"李昶这几年应该过得还不错吧，我听说今年他公司的两个地产项目都顺利开工了。"

"我和余灵珊吵了一架，感觉有些事还是应该问问姐夫，但是我去了发现李昶……他很可怜。"

这话让徐岷川实打实感到惊讶了："可怜？"

无论年轻时的爱恋有多轰轰烈烈，事实是李昶和余灵珊的家庭生活并不幸福，而他最终做出选择，狠心结束掉那段彼此折磨的婚姻，不惜在儿子夭折后痛快地选择离婚。从李昶的角度来看，他应该是彻底想通了才对。

但事实并非如此。

余萤今天去只是临时起意，早上八点多她给李昶打电话的时候只想约个方便的时间见面，但李昶的态度很随意，直接就说他今天不出门，都在自己家，然后给余萤一个别墅区的地址，欢迎她过去。

她不太清楚他的近况，怕他家里不方便，但李昶似乎毫不在意。

他和余灵珊离婚的时候谁也不想再住过往那栋婚房了，离婚后他还在近郊住，但重新买了一个独栋。余萤找过去，发现房子面积小很多，还有一层是专门留给司机和保姆的，他好像根本无心在生活上再浪费更多心力。

以前他们住在一起的时候，李昶一年四季都会让人装饰花园，修整草坪，也很重视客厅和前院进门处的布置，每到逢年过节的时候，他都会找人重新设计，是个很热爱生活的男人。但如今他自己的房子里空荡荡，而且看起来还是最初的精装，连窗帘也是开发商统一标配的暗金色，厚厚的绒布审美十分有限，他甚至也没让人装修改一改。

最让余萤惊讶的是，前后不到四年时间，李昶的头发竟然白了一多半，而他没有做任何掩饰，整个人显得莫名老成，完全不像个三十多岁的人。

余萤去的时候，李昶才从楼上下来，他家里请的阿姨似乎都不习惯有人到访，直到看出他要见客人，才想起把四下的窗帘都打开，而后又泡茶招待余萤，很快不再打扰。

李昶依然是儒雅的样子，戴着一副无框眼镜，冲她笑，说她如今看起来成熟不少。他像个上年纪的人一样感叹起日子过得真快，而后很快问她："你姐姐还好吗？"

余萤和他说了家里现在的近况，也告诉她余灵珊这几年依然对过去的事没有释怀，但起码一切平安，她们住在一起互相照顾，生活上没有问题。

全程李昶都表情温和地认真听，而后自己坐在窗边开始抽雪茄。

余萤记得他过去根本没有抽烟的习惯，因此看向他问："你现在还是一个人吗？"

他似乎笑笑才说："是啊，你姐是不是以为我会马上再婚，和谁？我之前那个女秘书？"他说完直接讽刺地笑出声，又回头看向余萤，没什么顾忌地直接和她聊起来，"你也见过她吧，你觉得可能吗？"

他当年的秘书在余灵珊心里一直是他的出轨对象，余萤实在没法回答这个尴尬的问题。只不过按照人之常情来说，李昶结婚太早，所以他和余灵珊离婚的时候才三十岁出头，以他这么优秀的个人条件，是不是真和秘书在一起不重要，反正这几年的时间完全够他告别过去，再婚生子开始新生活了。

但他显然没有。

余萤有些说不出的难过，却不知道是为了谁。

她坐在客厅的沙发上看李昶，她还是习惯于叫他姐夫，这感觉就像回到过去了——她早早爬起来要去上课，看见姐夫下楼，和他打个招呼，他会问她今天几点的课，要不要顺路让司机一起送她……所有的一切似乎都没变，但他们那个家说散就散了。

李昶坐在窗边，不说话的时候让人觉得他的状态非常压抑，脸上的笑或是嘲讽，哪怕是刚才尽力拿出来的热情都是一种掩饰，他本人就像这个买来就直接住的房子一样，只有一副看起来还不错的空架子。

余萤意识到她的难过从何而来了,因为有些创伤无法靠时间治愈,有些人也早早就把自己掏空了,往后再过一天还是过一年,对他们而言都没有区别了,他们开始不停地用伤疤筑墙,牢牢把自己圈死在往昔,这种自我隔离的孤独感令人无力,让外人连劝慰的话都说不出口。

同样的四年时间,余灵珊找到了另外一种更激进的应对方式,她依旧抱有恨意,只要提到李昶就开始责怪谩骂,说他是个渣男,儿子死了就离婚,抛弃她去找新人了。余萤知道那些话多少都有怨恨过度的夸张成分,但她怎么也没想到李昶会是如今这么无望的样子,因此她想问的话迟迟说不出口,很怕这么多年之后再惹他伤心。

最终还是李昶先开口:"你过来找我肯定有事吧,你姐……还是家里有难处?"

她赶紧解释不是,她只是有些疑问,过了很多年还是想不通,她想问他当年星驰走失那一天,他在商场里到底和余灵珊说过什么,为什么他会情绪激动,而且上去抓着余灵珊质问。

这话一说出来,李昶很久都没回答。

他坐在窗边抽完大半根雪茄之后,才回头和她说:"你姐怀疑我和秘书的关系,我当时也被她惹急了,所以和她吵起来了。"

"但是……"

"没什么新鲜的,她以为那天能抓到我的把柄,非要不分场合就在商场里闹,惹得一群人围观,我在气头上也没控制住脾气。"

余萤看他这个态度,知道自己实在问不出什么,只好说自己还有工作不多留了。

李昶起身送她,走到门口的时候,他突然又和余萤说:"这么多年过去,人总要向前看,别再找崔大姐了。"

此时此刻,余萤想到他最后那句话,如实告诉徐岷川,她觉得那句话不只是为了给余灵珊宽心,更像是在对她说的,可李昶的所有话都和当年大家在事后知道的一样。

最关键的是,余灵珊也不再闹,他们好像都不再关心崔福娣去哪里了。

余萤只能确定一件事:"我姐确实有事瞒着我,而且李昶也知道。"

徐岷川拆开那盒含片,丢一片进嘴里,听见这话反而笑了:"行,那就有希望。"

余萤不明所以。

"我是真不想招惹余灵珊了，但李昶那边就好办多了。"他让她别着急，他找机会再去和李昶聊聊。

余萤总有种不好的预感，但又不知道从何说起。

徐岷川今天上来的时候看见她的车没在，这会儿直接说要送她回家，让她关注下时间，都快到八点了："你给自己打工就别加班了。"

余萤和他下楼，一边走一边看手机说："我本来约好去看房子，但是今天算了。"

"你要搬出来吗？"他回头看她，"也好，省得余灵珊总是找你麻烦。"

余萤想到徐岷川感冒刚好一点，他应该早点回去休息，所以她决定今天先不去看房，打电话给约好的中介改时间。

道路两侧不能长时间停车，他们走得很快。刚好十几米外有个环卫清洁工，是个男人，正在低头清理路边的垃圾桶。他们往外走的时候，那人刚好回身看过来，很快视线回避，又转身了。

徐岷川上车的时候顺势往后打量，看见对方左手捏着烟头，一身橙色环卫工装，帽子口罩防护严实，此刻压低身子继续工作，正拿夹子在垃圾桶里鼓捣。

晚高峰的市区最容易拥堵，这会儿还出来清运作业多少有点成心添堵。

徐岷川透过后视镜习惯性地向后方的道路上看，两个方向正是车渐渐多起来的时候，没见到垃圾清运车，他指指街边问余萤："你们这一带平常什么时候清垃圾？"

她正在等人接电话，摇头表示不知道："没注意过，都是夜里吧。"

徐岷川的职业病又犯了，他打量一圈周遭，这地段虽然住宅多，但是伴星院临街不算僻静，他也没再继续问。

很快他就听着余萤和中介沟通完了，恰到好处地开口和她说："你找房子？我正好想当二房东。"

她看都没看他，直接拒绝："我可不和你当室友。"

"不当室友也行啊，我没问题，这不纯粹看你吗。"他一听这话乐了，飞快地翻出兴子截图的二维码忽悠她说，"快，扫一下。"

他们的车开到大路口，速度缓慢，好巧不巧路过一片建筑工地，右侧几百米长的一段围墙上都是属地派出所喷涂的反诈宣传,赫然一行字:"警惕冒充公检法诈骗,不轻信、不转账、不扫码。"

余萤根本不上当,指指最后三个字给他看。

徐岷川无声无息地用意念骂街,又正色道:"说真的,我自己租那房子太浪费,而且家属院离伴星院也很近啊。"

她脑子里浮现出徐岷川家里的样子,他那些还没拆封的家电,连基础家具都缺失的次卧,她认真思考正常人想要长期居住的可能性,实在有点为难地说:"我只打算短期租房,之后看好位置就买个房子,先付首付还是可以的。"她说完看看自己,又看看他,有些疑惑地问,"你怎么会觉得我想合租,我看上去很穷吗?"

徐岷川生平难得遇见他说不过的人,反正余萤绝对算一个,她就是成心和他绕弯子,怎么撩都不为所动。

"独居多没意思。"他声音骤然放低,似乎又要咳嗽,"喀,你想,万一赶上免疫力低下生病的时候,多个人不就多个照应嘛。"

"那我觉得兴子能担此重任。"她想想这事十分靠谱,还认真给他谋划起来,"你那里两个小房间,正好给你们两个单身汉合租,挺好。"

"我看起来很穷吗?"徐岷川比她还疑惑,他看看自己的车,又看看自己藏在袖口里的表,"也不是非得租房子,我如果不是单身汉了,不就能买个大房子了吗!我这岁数的人,谁没有一套学区房啊!"

余萤心想大可不必,这是不是有点跳步了:"不,你别冲动。"

徐岷川那股风风火火的"直男"劲上来真是镇不住,他张口又要说什么,她赶紧找个别的话题打断他,顺路向两边看看问:"你吃晚饭了吗?"

"我晚上都不怎么吃……"他这会儿下意识说完才反应过来,"哦,你是不是也没吃呢?"

照他这么聊下去,他这辈子都不用买学区房了。

余萤忍住笑直接给他指方向,带他去一家粥铺吃晚饭。

而后几天,天北市的气温越来越高,接连都是晴天,整座城市彻底入夏。

这里的云层低,日照适宜,六月养出一城草木盛然,盛放的花树开出最浓艳的街景,连东理河那一片的老房子也凭空有了格调,蜿蜒的旧街巷永远是游人的最爱。

余萤说是要搬出去住,但一直也没空去看房,因为赶上伴星院要办开放日,她忙着和各方沟通筹备,回去的时间都很晚。

她想明白了,人忙于搞事业就没空矫情了,余灵珊的问题就是没有想做的事,也找不到生活的意义。自从天气热了之后,她白天倒经常出去闲逛,晚上回家偶尔见到余萤几乎不说话。

她这样的沉默也算一种退让了,何况余萤确实忙到没有时间去哄她。

开放日那天,伴星院楼下的小院子里很热闹,学员们的家长都被邀请过来和孩子一起做游戏,楼上楼下布置一新,墙壁上还钉上很多小画框,同步在做孤独症儿童的公益画展。

一上午院子里满满当当都是人,雯心在院门外负责接待。

他们的小院漂亮,不少游人路过拍照,正好吸引几拨外来的访客进去看孩子们的画展,余萤和老师们耐心讲解,希望有更多的人可以关注到孤独症儿童这一特殊群体。

临近中午的时候,家长和孩子们玩累了陆续离开,街上路过的人也少了,伴星院内外又安静下来,只有卉卉还在院子里写生。她摆开蜡笔对着院子里的紫露草画画,正好可以等老师忙完再送她回家。

余萤把雯心留下,两个人一起上楼干活,她们终于有时间把过去学员们的画全部搬下来,把大尺寸的画都放置在临街的位置作为展示。两个人搬完画架,累得胳膊酸疼,一边活动一边挨个看,伴星院的学员从三岁到十几岁不等,很多孩子年纪稍大就离开机构了,还有的孩子现在依旧在院里进行康复干预,而她们对每幅画的来处都有印象。

余萤看向卉卉的一幅蜡笔画,画面简单却很有意思,它有大片留白,正中是一个深色的圆,巧妙又童趣地点缀着银白的线条,让它看上去就像是一片抽象而流动的夜,刚刚好映衬出其中一轮格外圆满的月。

她和雯心说:"我看到这幅画才想起来,我其实很多年前就见过卉卉了。"

雯心只听她大概说起过:"是不是她爸爸还在的时候?"

"对,在她爸爸的单位门口。"余萤想到这里回头看卉卉,当年那个把罗大爷逼到没脾气的小女孩已然长大,卉卉从小就和其他小朋友不一样,她过分自我,性格固执,不说话不看人,只知道在传达室门口乱跳,拼命要去抓月亮，谁劝也不肯停，是余萤让她安静下来，有了属于她自己的月亮。

后来院里的老师引导孩子们画画，进行色彩疗愈，当时这画给出的题目是"梦"，余萤看到她的画才想起过往，那个不经意的举动不过是自己日常路过的善意，却让孩子做过一场好梦。

此刻的卉卉戴着耳机隔离开外界的干扰，正认认真真趴在小桌子上画画，她个子长高了，变得漂亮了，头发也更长了，她兜兜转转又绕回到余萤身边，原来人世间总有奇妙的缘分。

雯心看着卉卉忽然想到什么，表情有些兴奋地和余萤说："卉卉对细节的观察力非常强，我之前送她回家的时候发现她认人也很厉害！"她说着往街边看，此刻人行道上只有路人经过，但她指指远处的垃圾桶说，"前两天晚上的时候有个环卫工人在那边，卉卉说她见过那个叔叔。"

余萤笑了，他们平日里都没空观察街边的人："是吗，她认识？"

"我问了，她根本不认识，只说见过他的眼睛，我还问在哪里，她说在她家以前的房子楼下。你想想，那肯定是她搬家之前的事了，好多年前了吧……可能就是她小时候的邻居之类的，我猜她习惯通过碎片化的细节来进行记忆。"

余萤得知这一点也很高兴，卉卉的智商属于中上等水平，她只在社会交往和交流方面存在障碍，所以她感受不到正常人会受到的外界干扰，可以将注意力全部集中在自己关注的事物上，因此总能记住常人忽略的细节。她显然在通过这种方式去感知世界，从而显现出优于常人的记忆力。

"她确实很接近于学者综合征了，以后我们可以系统地帮她训练这种细节记忆能力，联系一下相关课程的老师合作，这样她将来长大了，也许能找到某种行业需要她这种能力，她就可以慢慢融入社会了。"

像卉卉这样高功能孤独症的儿童在成年之后最有希望回归正常生活。

雯心瞬间不觉得累了，她站了一上午，此刻又干劲满满地跑上楼要重新做课程计划。

余萤看看手机，喊住她问："今天陈丹来过吗？"

"没有，昭昭不是病了吗，一直没来。"雯心说完才想起这都好几天了，一直没见到他们娘俩，不由得也有些担心，"他妈妈今天没和你联系吗？"

余萤摇头，今天有开放日，她提前给陈丹发过信息，告诉她今天院里有很多活动，宋昭昭可以来和小朋友一起玩。但陈丹不知道怎么回事，自从给宋昭昭请假之后就再也没有回复消息，而此刻余萤打电话过去还是关机。

　　宋昭昭前几次出门乱跑还险些出事，余萤一想到他妈妈的状态就觉得不放心：“我去他家看看吧。”

第十章
永不可追

余萤先把卉卉送回家,正好赶上中午饭点,卉卉奶奶非要留她吃饭,等她从平房区再开回市里的时候已经是下午两点多,路上的车并不多。

她一路去往虹巷园,路上收到徐岷川发来的消息,他知道今天是伴星院的开放日,本来说好过去一趟,但没想到他上午又跑看守所,实在没来得及。

徐岷川看过余萤的朋友圈,她今天发了很多张孩子们的画,他特意给她单独圈出一张,说要买下那张画。

余萤发现他想要的就是卉卉画的那张《梦》,觉得他还挺有眼光,给他回复说:"这张是我自留的。"

他可能也在路上,过一会儿没头没脑地说一句:"我替罡子谢谢你。"而后又给她转钱过来,顺带补一句,"义卖捐款。"

余萤点了收款,然后把那张画的电子图片给他发过去。

前方不远快到虹巷园了,那附近的路都不好开,她没再看手机。

余萤费了一番功夫,终于在三号楼附近找到停车位,她这回过来已经有印象了,很快进楼道,看见陈丹家里的大门竟然没关严,幽幽开着一条缝。

一双大码的卡通拖鞋正好卡在门边，鞋头有个青绿的恐龙犄角支棱着伸出来，在老旧的楼道里显得十分可笑。她敲门，里边没动静，又喊陈丹，也没人应声，她只好把门推开，突然听见里边好像有人关灯，啪的一声轻响。

有人在家。

她径自走进去，这种老房子一层的采光有限，她上次来的时候已经领教过了，而且家里的玻璃前后黑黢黢的，根本没人清理，此刻虽然是午后，可房间里依旧昏暗。

陈丹家里远比她想象中还要拥挤，进门全是鞋和杂物，还有两个日常工作用的路障锥桶杵在门后。余萤没看清，不小心踢到它们，感觉里边装着沙子沉甸甸的，而门后也没能幸免，两套环卫工工服皱巴巴地挂在一起。

看起来他们家其实没有正经的客厅，只能用过道当作吃饭的地方，而北向那一侧的厨房根本不通风，弥漫出呛人的油烟味。她绕过餐桌往里走，没两步又踢到东西，低头一看才发现地上全是碎片，都是被人摔碎的餐具，还有好几个四分五裂的杯子，两把折叠椅也倒在地上，四处都是撒落的烟灰，简直一地狼藉，显然刚刚有人发生过激烈争执。

陈丹家里出事了，她不可能自己发疯把东西都砸烂。

余萤十分担心，又喊昭昭，没听见动静，这屋子似乎根本没有主人，只有她一个误入的人自说自话，异常安静。她怕踩到地上的碎片，打开手机照亮，看清墙边有一个暗黄漆的小边柜，柜门已经被外力砸掉，里边的东西滚落一地。她用手机灯光晃过去看，有两个碎开的相框，最上边那张类似全家福，然而人数不太对。

余萤迈过去仔细看，照片上的陈丹是坐着的，宋昭昭似乎只有五六岁的样子，还是个幼童，咧嘴笑着站在妈妈身后，孩子的父亲或许就是拍摄者，因而没有出镜。但陈丹手里一左一右还抱着两个襁褓，看不清楚孩子的脸，但那显然应该是两个婴儿。

照片里的陈丹在微笑，细看之下又显得非常勉强。

余萤不记得宋昭昭还有兄弟姐妹，越想越奇怪，她蹲在地上捡起照片，忽然听见身后的房间有动静，靠左侧的房门突然开了。

陈丹整个人显得非常慌乱，一只手还捂着脸，遮遮掩掩。

"你在家怎么不出声？"余萤让她开灯，大白天把家里弄这么黑，又是酒味又是烟味，实在让人难受。

陈丹面色紧张，根本不理她的话，大声吼："出去！谁让你进来的，这是我家！"

余萤没想到她会是这个态度，被她吼得一愣，抬眼又看见陈丹的鼻血竟然顺着嘴角往下流："你怎么了？"

陈丹随手一抹，眼里闪出泪光，她突然抓住余萤声音放低，几乎只剩口形在说："走……快走！别管我！"

说完陈丹使劲推她，两个人一拉扯，余萤发现对方的脸颊上还有一片乌青，明显被人打过。

余萤急了，问她："谁打你？你丈夫？"

"不是！"陈丹倒吸一口气，似乎还想遮掩，但鼻血都抹花了，她不管不顾，只想把余萤往外推。

余萤又追问宋昭昭去哪里了，仓皇之间没看清地面，直接被地上的椅子腿绊倒，这一摔扑起满地烟灰，倒把她摔醒了。她抬头看向陈丹说："他爸爸是不是经常打你？所以你才会轰孩子出门。"

这话一出来，陈丹满脸恐惧，突然让她噤声。她伸着胳膊想拉余萤，衣袖被抻开，露出手腕和一节小臂，上面遍布淤青，全是被打的痕迹。难怪她总是夏天也要穿长衣长裤。

"你不要怕，先报警。"余萤被地上的碎瓷片扎到手，她觉得疼，又顾不上看，只想劝陈丹冷静下来赶紧找警察，遇到家暴绝不能心存侥幸，然而一起身又愣住了。

陈丹身后的房门无声无息地被人打开，里边拉着窗帘，白日里也不见光，那片黑暗在逼仄的小房子里莫名瘆人，此刻里边又冒出一个男人。

那应该就是陈丹的丈夫，中年男人身材壮实，在家也戴着帽子，而且帽檐压得异常低，几乎看不清脸。

对方出来就去扯陈丹，很快掐住她的脖子咒骂："你还敢招人来！第几次了！我说什么来着……你再找外人来，老子打断你的腿！"

陈丹拼命摇头，张口要说什么，却先被他狠狠扇了一个耳光，整个人被摔在墙上。她在外人面前挨揍，连歇斯底里的勇气都没了，只记得捂住自己的头瞬间失声，但男人又揪着她的头往墙上撞，逼得陈丹几秒之后才嘶哑地发出哭声。

"你放开她！"余萤情急之下拿出手机对着那个男人拍，警告他，"家暴也犯法！我现在开录像了，你动手的过程全都会被拍下来当证据。"

对方被光亮闪到眼睛，显得异常暴躁，很快转向余萤张口就骂："又是你！多管闲事的臭婊子！我打自己的老婆，关你屁事！滚！"他满身酒气，明显喝多了，帽檐下的一双眼睛通红，开始踢地上挡路的杂物，不知道又把什么踩碎了，突如其来的动静在黑漆漆的房间里格外迫人。

这些无能的人渣披着人皮却不干人事，把老婆当成私产，动辄打骂，而且这种情况明摆着持续很久了。

余萤心里急，脑子却十分清醒，这男人酒后施暴现在被她撞破，不可能再有理智了，因此她格外防备，继续举着手机往大门的方向退，扬声提醒陈丹："快报警啊！"

墙边的女人已经止住鼻血，听见余萤的话颓然摇头，也不知道是不是太害怕了，迟迟不肯动。

余萤又气又急，很快退到门口，推开大门开始打110。

一门之隔，这房子内外恍若两重天，外界的光线突如其来，满屋粉尘滚起来令人窒息。午后的楼道安安静静，对面102的防盗门外还有快递，一直没人拿回去，显然邻居家今天也没人。

屋里的男人看清余萤的动作，发现她还真在报警，立刻压低帽檐冲过来要抢她的手机，嘴里不干不净地继续骂："好好的老师不当，非要找麻烦！"

余萤有所提防，报警电话一接通，她马上强调自己在虹巷园，而后重复自己的姓名让对方听清，她想先离开他们家之后详细说情况，但身后的男人早就看出她要跑的动作了，拦腰把她往门里拽。

她提防归提防，但被人大力拖住还是吓到心跳都停了半拍，本能地想要挣脱，慌乱之下直接撞在门边，手机脱手摔出去，通话中断。她只能抓紧门框不肯和对方进屋，大声冲楼道喊话求救。

男人一把捂住她的嘴，随后胳膊发力圈住她的腰，将她整个人都往后拖，不过眨眼之间，余萤已经被他摔回到门内。她意识到对方虽然看起来不算年轻了，但似乎对强制别人的动作非常熟稔，而且手劲极狠。

她豁出去和对方扭打，胳膊肘顶过去撞开对方头上的帽子，总算看清他的长相了。陈丹的丈夫是个光头，一张路人脸，五官平常，眼角耷拉低垂，要不是此刻凶光毕现，他混在人堆里堪称是老实面相。而他发现帽子掉了动作一顿，很快表情更加狰狞，脸上松垮的皮肉油腻腻地挤在一起发狠。

余萤拼命回身挣扎，随着他的动作，她忽然看见他脑后有两条歪歪扭扭的疤。

对方的力气太大，两只手就能把余萤抓起来，她还在踢打，而屋里的陈丹这会儿仿佛突然清醒过来，踉跄着向他们走过来，嘴里一直压抑地喊："别！不行！"

余萤被捂住嘴，对方手上烟油混着劣质酒精留下的恶心气味令人作呕，她急到勉强出声提醒陈丹，又冲她比画，让她快点去报警。然而门缝外仅存的光线十分微弱，她好不容易才看清对面女人的目光。

陈丹眼神发直，嘴里喃喃说着："不行，不能报警！"

余萤手脚发凉，震惊到不敢相信眼前的一切，她为了救陈丹正被她的丈夫强制拖起来威胁，但陈丹冲过来竟然不是为了帮她。

她眼睁睁看着陈丹脸上都是抹开的血迹，弯腰在墙边摸索，很快对方举起了那个灌满沙子十分沉重的锥桶，猛然冲她砸过来。

随着余萤一通突然中断的报警电话被转到东理河派出所之后，所有的事串在一起如同脱轨的列车，轰然击碎平静的表象。

徐岷川给余萤发最后那条消息的时候，已经开车回到市里了，昨晚兴子和他通宵，今天又跑郊区，兴子从看守所出来之后就抱着一堆材料窝在副驾上睡着了。

他开车进入虹巷区，一直没收到余萤的回复，想到今天的审讯结果，决定给她打电话，想问她下午有没有时间去一趟分局。

但余萤的手机关机了。

徐岷川觉得奇怪，除了他们这种职业，现在很少有人会在白天关机了，而且余萤的工作沟通很频繁，她随身都带着充电宝，车里也能充电。他立刻给伴星院的座机打电话，接电话的是余萤的同事，正在院里值班，说余萤中午去送学员回家了，现在还没回来。

"几点走的？"

"十二点吧，哦，对了，小余老师说下午还要去我们另一位学员家里……您是？您可以留言给我，也可以直接打她的手机。"

徐岷川没空解释，加重语气问："另外那个学员叫什么名字？"

接电话的小老师显得很迷茫，又被他近乎审话的口吻震住了，只好老老实实地回答："宋昭昭。"

徐岷川握着方向盘的手不由自主地收紧，很快挂断电话，立刻换车道准备拐弯，要往虹巷园的方向开。前后不过半分钟，手机铃声又急匆匆响起来，直接把兴子吵醒了，他不明所以地揉着眼睛感叹："你业务挺繁忙啊。"

"川哥！"大毛那边全是人声，正忙于出警，边跑边吼，"虹巷园有警情，是余萤报的警！"

"她说什么情况了吗？"

"她就说人在虹巷园，还报了名字……然后电话就中断了。"那之后报警中心回拨重新联系，但余萤的手机一直关机。

徐岷川明白了，她当时肯定遇到情况紧急了，根本来不及多说，她担心报警电话随时可能断，所以首先报出虹巷园和名字，一旦警情转到东理河派出所，所里人必然马上出警，也会联系徐岷川。

"快去！"他立即和大毛确认宋昭昭家的具体地址，"我也在路上。"说着他一脚踩住油门，车速猛然提上去。

兴子迷糊之间直接被安全带勒回座椅，他坐徐岷川的车这么久了，还从没在市区感受过这么强烈的推背感，立时脸色也变了。

距离那通报警电话挂断之后不到二十分钟，所里的治安警和徐岷川几乎一前一后同时赶到虹巷园。

社区里的路实在太窄了，徐岷川直接把车扔在靠近大门的位置，带着兴子一路往里跑，他到三号楼之前看见余萤的车还在路边，立刻带人去宋昭昭家里。

陈丹依旧蓬头垢面，满脸是泪，今天看上去不想遮遮掩掩了，当着警察的面暴露自己浑身的伤处开始哭诉，她指着满地被打烂的东西，说自己被丈夫宋山根打了，小余老师刚才来家里探望，要帮她报警。

徐岷川四下打量着问她："余萤人呢？"

"我家信号不太好，她说去外边打电话，让我在家等，没回来，可能已经走了吧。"

徐岷川推开陈丹往屋里走，余萤确实不在，这房子两居室，一共才六七十平方米，也没什么地方能藏人。

他又去卧室看了一圈，两个小房间都朝南，和厨房那一面的窗户南北相对，床边扔着酒瓶，烟灰都直接掸在地上，老式荞麦皮的枕头，上边躺过人的痕迹很明显，但此刻床板上空荡荡，被褥不知道为什么都没拿出来。

他出去问陈丹："你丈夫和儿子去哪里了？"

陈丹哭累了，脸上已然看不出什么情绪，呆愣愣地回答他："宋山根中午喝完酒就和我动手，打完人摔门走了，我不知道他平时都去什么地方鬼混。每次都是突然回来，又突然跑了，根本不和我说。后来我在家收拾，小余老师突然过来了，哦，还有昭昭……那孩子估计被他爸吓坏了，中午躲出去玩了，我没顾上他。"她说完想一想，还和警察补充说，"没事的，等他饿了自己就会回家找吃的。"

大毛扫她的身份证，没发现陈丹有什么案底记录，又让她提供丈夫宋山根的联系方式，她竟然摇头，满脸辛酸地说："我不知道怎么找他，十几年了，他从来没把这里当成家，回来的次数一只手都能数过来，我们娘俩就当没他这个人。"

徐岷川的目光锁死她，加重语气，重复一遍刚才的问题："说实话，余莹呢？"

陈丹低头不看他，马上重复说："小余老师刚才说信号不好，出去帮我报警，也就不到半小时之前吧，一直没回来。"她说完偷偷瞥一眼徐岷川，"都是实话。"

"一个挨打的人看见警察来了，需要平复情绪，捋清前因后果，然后才能慢慢说。"他目光尖锐，厉声告诉她，"你这些话一句接一句，编得不带喘气的，为了包庇谁？宋山根？你应该知道警察只要想查，很快就能找到他。"

陈丹被他说得浑身一抖，她为了给他们看伤已经把袖子挽起来，此刻又抱着自己的胳膊拼命摇头，试图证明自己什么都不知道："他打完我就跑了……真的！他想走的时候我根本找不到人，我也不知道小余老师去哪里了。"

徐岷川的目光越过陈丹，又看向她身后的大门，门后挂着两套环卫工工服，从大小上看明显是一男一女的衣服："你说你丈夫是货运司机，他不干环卫吧，那多出来那套衣服给谁穿的？"

陈丹的脸色很窘迫，她好像真的不知道怎么解释这件事才好，因而纠结半天才开口："宋山根前两天让我找来一套大号的，不知道他要干什么用。我就记得他晚上出门拿走过，后来又给我扔回来了。"

徐岷川迅速想到前几天在伴星院门口见过的环卫工人，明明正值晚高峰，不该有路边清运。他的目光越发凝重，这个宋山根此前就已经不怀好意，鬼鬼祟祟，目的不明。

他很久都没意识到自己的心跳声了，但此时此刻余萤不知所终，他不敢细想，只觉得胸腔起伏，凭空压着一团火直直往上烧。

很快所里的民警从门外跑进来，手上拿着余萤的手机，说是在她的车旁边找到的，就掉在轮胎和路边的夹缝里。她的手机还在，人却不见了，附近也没有路人看见异常情况。

"这手机估计是被人扔回去的，不然她都走到车边了，只要上车锁门就能把报警电话打完。"徐岷川压着情绪，面色冷静，马上让兴子带所里的民警一起去园区里找人。这地方各栋楼的单元门口没有监控，只在行车道少数位置和社区大门安装了摄像头，他又派人去找物业。

他自己拿着余萤的手机重新开机，屏幕提示输入密码，他没再乱动，忽然发现她的屏幕背景很眼熟。原来余萤看到他楼下的那一簇灌木了，也拍到他藏起来的萤火，而后当作壁纸，草木之间点点微光，它们并不起眼，却能在这条孤单的夜路上汇成星河。

徐岷川又想起余萤每次笑起来的样子，忽然发现自己的手指都在抖……他怎么也想不到有一天出现场会是关于她。他们干刑警的习惯在现场做最坏的打算，然而他今天完全不敢联想余萤会不会已经出事了。

"虹巷园就这么大点地方，先找找。"身边的大毛看出他的脸色不对，但大毛毕竟在派出所工作，日常出警不是夫妻打架就是邻里纠纷，生活中能接触到的恶性案件其实并不多，因此大毛心态稳，忍不住宽慰他。

徐岷川冲他摇头，无论如何，先把人找到。

所幸今天出警的速度非常快，前后没过去多久，时间才过下午三点。

光天化日之下，这么短的时间之内，一个大活人在居民区里不可能凭空消失，而余萤停车的位置在出入小区的必经之路，那里随时可能有人路过。

无论发生过什么，这点时间都不够对方从容善后。

徐岷川猜测余萤大概率还在三号楼附近，他又留在屋里观察，走到南向的卧室里看，窗户上的玻璃脏到几乎没有透明度了，还被人用几张旧报纸从里糊上。

"这家人真邪门，尤其是那个宋山根。"大毛跟进来，房间不通风，酒味熏得人直捂鼻子，"一直偷偷摸摸，邻居都说没见过。"

这房子里的人见不得光，徐岷川上次就看出陈丹家里还有人躲着，又是烟又是酒，大概率还藏着一个男人。他当时怀疑陈丹找相好的男人来家里幽会，所以才遮遮掩掩地把儿子赶走，但那是她自己的私事，他不想和余萤多说，但是现在看起来根本没那么简单。

她家里藏的人就是她丈夫。

"宋山根打老婆骂孩子躲警察，身上肯定不干净。"他说着去推窗户，虽然它看起来脏兮兮没人动，但一直也没关死，一推就开，南面窗外正对着那个巨大的自行车车棚，相隔不过几十米。

他往外看的时候刚好发现车棚附近闪过一个人影，高高壮壮，走路歪着肩膀，那姿势肯定是宋昭昭，他马上隔窗喊他，但孩子被突如其来的声音吓坏了，晃一下瞬间跑了。

徐岷川留下大毛继续询问陈丹，自己追出去绕到三号楼后，又从他家窗口看出去的方向一路找，宋昭昭不知道躲到哪里去了，怎么喊都不肯出来。

徐岷川绕着自行车车棚走了一圈，忽然想起上次陈丹找儿子的时候带他们去过的"秘密基地"。他左右看看，车棚几乎和居民楼的楼体等宽，被分割得乱七八糟，但他记得不上锁的位置就一间，很快找到那扇小铁门。然而今天连它也打不开了，上边的门闩歪歪扭扭，已经被一把最常见的小挂锁从外边锁住了。

这么看宋昭昭肯定不会在里边，徐岷川急着要找他问话，走出两步，鬼使神差又退了回去。他突然想到那孩子刚才就在附近转，是不是也发现他的"秘密基地"被锁了，所以进不去？

宋昭昭每天都在院里玩，证明这扇小铁门有可能是今天才被人锁起来的，连他都不知道。

徐岷川越想越觉得可疑，某种潜意识里的直觉让他盯着铁门检查起来，铁门很薄，也就一人多宽，是早年那种个人加装的铁皮制品，简易粗糙，上下露着缝隙。他顺着门缝往里看，和上次一样，里边堆满杂物，脏到分辨不出颜色，让人想不通这么一堆破烂有什么可锁的。很快他的余光又被角落里的东西吸引，那好像是一大卷带花色的织物，大概近期才放进去，所以还算干净，此刻在陈年杂物里分外显眼。

他换了个角度凑近看，然而门板的缝隙太小，只能勉强分辨出那好像是一大卷褥子……徐岷川的心里骤然揪紧，想起陈丹卧室里那个古怪的空床板。

这一床厚厚的褥子正好能裹住一个人。

他迅速向铁门里喊余萤，里边毫无动静，他开始踹铁门，门被锁着，虽然摇摇欲坠，但一时也没能打开。这声响太大，不知道宋昭昭又从哪里钻出来了，正顺着墙根往这处跑，手臂没规律地乱挥，玩命指着铁门要说话。

"昭昭！谁锁的门？"

宋昭昭表情焦急，头上都是汗，他平时能说的长句子就不多，这会儿只记得不停地喊："开门，开门！"

徐岷川顾不上安抚他的情绪，接连发问："你有没有看见小余老师？"

宋昭昭不知道听没听懂，反正看上去确实更急了，跺脚开始蹦，而后又冲徐岷川不断重复说："开门！"很快，他想起什么似的，模仿起徐岷川刚才的动作，也开始往门上踹。

这孩子智力发育低下，但十几岁的年纪已经很壮了，力气也大，徐岷川马上示意他和自己一起踹门。

万幸这个"秘密基地"里存放的只是破烂，门板纯属是个样子货，徐岷川不用再去找人调破门器了，他们两人当下踹了几脚，门闩焊接的位置已然从门板上崩开，挂锁直接砸在地上。

徐岷川冲进去扒开那卷褥子，里边果然藏着一个人。

余萤从头到脚都被卷在褥子里，倚靠在乱七八糟的杂物堆上。她的脸色异常苍白，离开那袭脏乎乎的褥子之后人就直接往下栽，徐岷川稳稳地接住她喊："余萤！"

怀里的人没有任何反应。

片刻间，大毛听见动静出来了，兴子也从远处往回跑，四下渐渐又有街坊推开窗户看热闹，大家都觉得新鲜，楼下那个破车棚八百年没人去，今天竟然有好几个警察围过去了。

然而对徐岷川而言，他什么都没听见。

他很快发现余萤没有意识，脑子里嗡的一声像被魇住了，僵持在原地不敢动，而后理智逼着他伸出手，检查她的鼻息又试探脉搏，直到确认她只是晕过去之后，他才感觉自己后背发凉。

从他冲进小黑屋再到抱住余萤，前后半分钟，已经一身冷汗。

很快徐岷川把余萤拦腰抱出去，又回身让大毛把陈丹和宋昭昭全部带走。他一边喊话，一边感觉到自己的心跳声兀地顺着呼吸无限放大，让他如释重负，那团火总算烧到头了。

"伤，你有伤！"兴子跟着他跑，这里车多进不来，他们勉强开进一辆警车接应，还只能卡在拐弯的路口。兴子冲去给他开车门，眼看他抱着余萤不松手跑了半天，急到只想帮他，"松手！我来我来……你把人给我！"

徐岷川没听见似的根本不理他，他坚持先把余萤放到车后座上，而后一松劲才发现自己的胳膊连着肩膀整条筋都在抽搐，手都抬不起来了，只要一动就钻心地疼，这感觉逼得他整个人撞在车门上直咬牙。

他看向三号楼，冷静下来想到陈丹是女性，不可能短时间内把另一个成年人扛出门还藏起来。这显然是宋山根干的。但今天他们出警太快，对方的行为非常仓促，没时间把余萤带走，也没来得及处理家里的烂摊子。不管对方原本如何打算，这会儿应该跑不远。

"赶紧去找宋山根，查所有能找到的监控！"

余萤是在医院里醒过来的，她被砸出轻微脑震荡，胳膊有拖拽造成的擦伤，手上扎到一些碎玻璃，但是好在除此之外没有其他伤了。

徐岷川带她在医院做清创，然后她被安排在急诊病房观察休息，前后不过半个小时，她已经醒过来了。

余萤一动，他立刻喊她。

周遭的声音熟悉，余萤的意识逐渐清晰，很快觉得自己像是突然断片了，因而睁眼还停留在倒地之前的意识里，突然喊了一声："陈丹！"

徐岷川伸手按住她的肩膀，怕她乱动。

她感觉头晕，看不清楚周遭，耳鸣也很严重，于是伸手去抓他，重重喘气。

"没事了。"徐岷川起身把周围的帘子都拉上，隔开病房里的其他患者，他坐在她床边看看，突然有点担心地问，"我是谁？"

"徐岷川。"余萤总算看清他了，艰难地冲他笑，"我都记得呢，没失忆。"而后她晕乎乎地还要自证，和他说前因后果，"陈丹被家暴，我要报警，她丈夫不让，然后我就突然被她砸晕了……"

"好好，我知道了，你别急。"徐岷川告诉她陈丹的丈夫叫作宋山根，他已经从家里跑了，"现在派出所在查，我们一定把他抓回来。"

"不是他,砸我的人是陈丹!"

徐岷川有些意外,因为他推测余萤去的时候宋山根还在家,她撞破了他对陈丹施暴,当场报警,因此遭到宋山根的威胁,情急之下被他打晕藏起来了。但如果最后动手的人是陈丹,这事就有点难办了……事已至此,他告诉她先别乱想:"陈丹已经被所里带走了,等你好一点再做笔录。"

余萤非要起身,他只能伸手扶,结果她一坐起来头更晕,胳膊撑在床上直打晃。

他叹气,眼看她脸上毫无血色,又开始心疼。平日里余萤总是一副干练的模样,此刻头发全散开了,衬出一张尖尖的脸,还没有巴掌大。她一直倒贴去帮忙照顾宋昭昭,还被他父母欺负,徐岷川一想到这事就来气,忽然伸手把她结结实实抱在怀里。

这下他心里才能踏实一点。

余萤不敢乱动,半天都没出声。

她还在耳鸣,感官也很迟钝,但因为被抱住,周身不由自主地慢慢放松下来,那股拧在心底要自保的劲直到此刻才能真正松掉,又开始不自觉地后怕,她摸索着抓住徐岷川的胳膊,蜷缩在他怀里一阵一阵倒抽气。

"害怕是吗?我也怕了。"他轻拍她的后背,让她放松,低低开口说,"我赶到虹巷园却没找到你,脑子里冒出一堆乱七八糟的猜测……又开始后悔。"

她心里温温热热的,一汪眼泪装不住,又要往上涌。

"我有件事还没和你说。"他不想浪费时间,一句一句告诉她,"我很久之前就喜欢你。"

其实说实话很简单,只要别把自己的脸皮太当回事,只要绕开那些人与人之间的墙就行了。徐岷川想开了,人生苦短,明天和意外不知道哪一个先来,没时间相互试探了。

"一开始我也没意识到,后来你去分局找我,哭着跑了。那天之后我突然发现,只要关于你的事,我全都记得,从第一次见到你,再到后来每次你和余灵珊去找我,点点滴滴。"

当你发现自己喜欢一个人的时候,早已在心底想念对方千万遍。

"后来这四年,罡子牺牲了,家属被人报复,我们这群人豁出命去都不被理解,这种感觉越想越无望,所以有一阵我干什么都往前冲,不想回来了……

兴子特别担心,问我难道就没有一个想见的人吗?"

"我脑子里突然就冒出你在分局门口的样子。"他说到这里拿出手机,找到卉卉那张画给她看,"那天我也在。"

无论这世界有多少不为人知的恶,余萤让他看到了人性最本能的善,如同萤火,在那些漆黑无边的夜里,它就是唯一的光。

那之后徐岷川怀揣着他的月亮,一点一点逼自己爬起来,他是有归途的,他想回来见见她。

一帘之隔,病房里还有其他两床急诊留观的病人,间或有人走动。

徐岷川一股脑说完才想笑,这场合真是绝了,他们两个人又回到东理河医院了。医生说余萤这种情况不会晕太久,也没必要住院,所以他们此刻只能躲在急诊病房的一圈隔帘里。

他问她:"你就没什么话想和我说?"

余萤说不出口。

他好心帮她回忆:"你要走我的手机号,但是四年都不肯和我联系。你明明很在意我给余灵珊送打口碟的事,但是也不问我原因。"

他特意点点她的手机,让她自己看,那是他楼下的小秘密。

余萤在他怀里笑,声音发颤,全都压在他的胸口。

"小余老师,口是心非的小朋友要怎么惩罚啊。"他好不容易把她哄笑,又给她倒了一杯温水。

她喝水压下反胃的感觉,总算觉得意识清楚了,忍不住挑重点说:"你都承认是你送的了,我还有什么可问的。"

"我像摇滚文青吗?"徐岷川无法苟同,不知道她为什么不肯再多琢磨琢磨,于是嘴里的话没完没了,"我明明一身正气啊!哪有空去收集那些玩意儿送女孩,我要有这心,至于到现在都没混上个家属吗?"

好巧不巧,余萤的水喝得太快了,在他怀里一脸想吐的表情。

徐岷川唉声叹气,给她拿垃圾桶:"你也不用这么大反应。"

她头晕,一直隐隐恶心,只是干哕,但很想笑,最后对着垃圾桶,又气得拧他的胳膊,让他闭嘴。

他又接温水给她漱口,把她的嘴角都擦干净之后说:"打口碟确实是我送的,但我就负责跑腿。"

余萤侧过头靠在他的肩膀上，总算没那么晕了，她低声问他："是李昶吗？我看到署名'C'，还有一封信。"

"是，你别看你姐夫是个富二代，年轻的时候心思可细腻了，他打听出你姐喜欢摇滚碟，四处给她找。"徐岷川不得不翻出旧事告诉她，余灵珊是李昶同校的学妹，他早一年毕业，在校时就一直想认识她，但没找到机会，后来因为徐岷川偶然救下余灵珊，先和她认识了，李昶就一直请徐岷川帮他送东西。

暗恋是所有青春故事的永恒主题，而且务必要遮遮掩掩，欲拒还迎，拉扯试探，好像那才是真正的浪漫。

可惜对徐岷川而言，他没有那么多弯弯绕绕的小心思，他觉得李昶的行为非常让他困惑。

"我当时和余灵珊说清楚了，我每次都说别误会，是我朋友喜欢她，托我给她送东西。"

余萤有些无语，不得已问他："你听说过'无中生友'吗？"

当年的余灵珊是远近闻名的校花，年纪轻轻就是万人迷，她肯定以为是徐岷川想追她，只是不好意思坦白。

徐岷川根本没想到这一层，他无语半晌才说："随便吧，反正后来他们俩还是认识了，很快就在一起了，谁还在意这些小事啊。"

余萤有些不理解李昶的心思："他们离婚之后余灵珊很伤心，李昶为什么不和她说清楚？"

徐岷川摇头，他们都是外人，很难理解对方这些年走过来的心路历程，直到星驰出事后，李昶在离婚那一年才和徐岷川提起这件事。

"他说最后再请我帮他一个忙。"徐岷川很多年都不理解，直到他自己有喜欢的人之后，才能渐渐理解对方的心情，"他说如果余灵珊愿意误会，那就让她误会下去吧，只要没对我造成困扰，希望我不要再去找她解释了，就让她以为那些东西是我送的……这样她就不会扔掉了。"

所以徐岷川才说，无论如何，李昶真的爱过余灵珊。

"我答应他了，小事而已，没必要刺激你姐。"他说得轻巧，但当年他可没想到余灵珊会把自己当成借口胡闹四年，动辄跑到分局去找他，不过这也无所谓，不至于构成困扰，他只有一点担心，"但我不希望你误会。"

余萤轻轻叹气，想到那些落灰的碟片，还有那首情诗，心里一阵酸楚。

李昶知道余灵珊会恨他，会扔掉所有和他有关的东西，而他们是一步一步被厄运折磨到面目全非，变成一对被世事分开的怨侣。李昶应该很绝望，自知和余灵珊无缘走到最后，只希望她可以留下那些碟片，无论以何种方式。

因为那是李昶曾经的小心翼翼，他的求而不得，他的赤诚爱恋，是他青春岁月里一颗没被世事磋磨的真心，一生一次，永不可追。

"那他更不该和我姐离婚了……"她的话没说完，因为他们身边的帘子被人不打招呼直接拉开了。

余萤在徐岷川怀里坐起身，等到她看清来人，一句话都说不出来了。

没人知道余灵珊是什么时候过来的，她直勾勾地盯着他们看，目光复杂，看不出到底是愤懑还是讶异。

她今天出来的时候很匆忙，没有化妆，贴身穿着在家的真丝睡裙，外边胡乱套着一件薄风衣，整个人依旧单薄纤细，哪怕素着一张脸从家里跑出来，也依旧漂亮。

她显然什么都听见了，也什么都看见了。很快，她的目光移到徐岷川手上，看他始终握着余萤，而后她低头整理风衣，似乎在强行控制声音和余萤说："派出所联系我，说你被人打了，人在医院，我就过来了。"

"我没事，报警了。"

"是啊，警察就在这儿陪你呢。"余灵珊在笑，但眼神没变，于是那个笑只能刚刚好卡在嘴角，"我忘了，你长大了，不用我担心……抱歉，我打扰你们了吗？"

帘子大敞，另外两床家属已经感觉到气氛不对了，立时有人把椅子转个方向，暗中看过来。

徐岷川看向余萤，她还是不舒服，于是他起身把周围的帘子拉上，隔开外人的视线。他告诉余灵珊今天的情况，让她放心，医生已经交代过，轻微脑震荡可以自行休息恢复。

余灵珊看向他，眼底蓦然翻腾起无法克制的激烈情绪，几次张口都说不出话，因而压抑过度，变成实打实的讽刺："徐岷川，你惦记我妹妹多久了？当年你假惺惺地隔三岔五地去我家玩，就为了见她吧。"

徐岷川面上不动声色，但心里暗道不好，余灵珊那股疯劲又上来了，今天余萤的状态可受不了她姐的折腾，因此他不得不提醒她："你冷静一点啊，咱们有话出去说，这里是医院。"

说完他想走，试图让余灵珊和自己单独出去聊。

余萤立刻伸手拉住他，不让他走，然后挡在他面前，隔开余灵珊看向他的怨毒的目光。

从头到尾，都是心魔作孽。

余萤此刻还是头晕，说得很慢，但声音清楚："姐，这么多年过去了，你肯定知道打口碟是谁送的。你答应嫁给姐夫的时候，是因为你很清楚他有多爱你。后来你过得不好，可以自欺欺人，但我还记得……你刚刚生下星驰的时候，你们那么幸福，那时候的真情不可能是假的。"

二十三岁的余灵珊还没有失去一切，芳华正好，如果她不爱一个人，不可能为他早早赌上自己的后半生，和他结婚生子。她曾经是命运的宠儿，在最好的年纪就遇到最爱她的人，可惜生活的断崖让人无处可逃。

余灵珊站在原地听完她的话，没有打断，她开始静静打量余萤，这个总是跟在她身后的妹妹。她们并不像，余萤没有她引以为傲的容貌，而且性格沉静，也不张扬。但余灵珊很清楚，余萤比她勇敢。

她的妹妹没有逃避创伤，即使亲人离开，即使深刻理解那些孩子承受的生存压力，也依旧愿意面对相似的不幸。除非亲历，外人很难想象这一切需要多大的勇气。

余灵珊扪心自问，她做不到。

"我们都是你的借口，对吗？"事已至此，余萤二十多年来第一次选择和姐姐针锋相对，她说，"我愿意承受是因为我是你的亲人，但徐岷川不是。"

徐岷川也没想到余萤今天会把话说开，不由得愣住了。

但病床上的人一步都不让，余萤继续说："星驰出事，他知道我们非常痛苦，不想再有人难堪，这是他留给朋友的体面，不应该被你拿来当枪使。"

余灵珊的表情变了，情绪渐渐失控，冷冷地开口问："这些话你早就想和我说了吧？"

"姐，我确实长大了，你有你的家庭，我有我的爱人。"余萤迎着她的目光，明明白白地告诉她，"请你不要再找徐岷川了。"

这话一说完，余灵珊直接开始笑，她手下一直在用力，指甲突然断了，但她看都没看，笑得异常痛快，转身就走了。

那一圈可怜的病床隔帘再次被大力拉开，露出另外两床家属的震惊表情，大家的目光迅速躲闪，倒水的倒水，去买饭的买饭，假装什么也没听见。

病房门口也有人，偷偷摸摸地探出两个脑袋。

兴子带着所里人一起来医院了，根本就不敢迈进来，此刻他眼看余灵珊往外走，下意识开始躲，生怕那股怒火殃及池鱼。而后整个急诊病房内外异常安静，大家又惊讶地看向门口的警察。

还是徐岷川先回神，他想笑，又假装淡定，让余萤躺好，然后四下看看，挨个把那些好事群众的目光接住，再依次瞪回去，最后有些不自然地清清嗓子说："真没看出来啊……小余老师脾气这么大。"

余萤这番话说得很勉强，头晕目眩，只能躺下闭眼，然而她毕竟还有理智，安静没几分钟就又开始操心了。她挣扎着要坐起来："不行，现在余灵珊乱跑没人能拦住她了，我不该刺激她。"

"你别动。"徐岷川直接把她按回去，扭头示意兴子赶紧滚进来，"警察来了，你先做笔录，我找人盯着你姐，不会出事的。"

说着他直接拿手机给李昶打电话，接通之后长长叹气说："哥们儿，我尽力了……我和余灵珊说清楚了，所以她现在情绪不太稳定，突然跑了，我和余萤都没拦住，最好能有个人去找她。"

李昶很久都没接话，但对面传来一阵琐碎的动静，他已经起身了。

徐岷川看向余萤，按开扬声器。

她想来想去，告诉他余灵珊可能生气回家了，但如果人不在家就麻烦了，她也不知道她姐姐这会儿情绪上头会跑去什么地方。

电话另一端的人已经听出此刻余萤正和徐岷川在一起，他好像已经清楚余灵珊为什么会失控了，连原因都没问。

余萤突然想到李昶早早花白的头发，在这一刻彻底明白过来，对方自始至终深爱余灵珊，他不可能抛妻弃子，他们一家人这么多年都在彼此误会，不断叠加给对方二次伤害。

她心底涌起一股难以言喻的悲凉，轻声喊了一句："姐夫，对不起。"

"不怪你啊，别急。"李昶的口气还和过往一模一样，而且态度异常平静，似乎早就想到会有这么一天了，又好像他过去四年都是在等这一天。

他说："我知道你姐姐会去什么地方，我会去找她……谢谢你们。"

第十一章
跌落云海

　　当天晚上余萤的症状减轻，没出现其他后遗症，医生让她回去休养，叮嘱她必须多休息，头晕会慢慢缓解。徐岷川简单地给她总结说人的脑袋被打了，需要重启自我恢复，催她赶紧回去睡觉。

　　他送余萤回她家，余灵珊果然不在，其间李昶打过一通电话给他们报平安，告诉余萤不用再担心她姐姐。

　　她问余灵珊去哪里了，答案并不令人意外。

　　"远福路。"

　　后来李昶又让徐岷川接电话，没多说什么，只是突然问："你们一定要找到崔大姐吗？"

　　徐岷川看向余萤，她进房间去收拾东西了，他走到楼道里回答："对，因为星驰很可能不是偶然跑到远福路的，这件事和我现在查的案子有关。"

　　"好。"李昶重重叹了口气，相约抽空见一面。

　　余萤脑震荡，徐岷川实在不放心她一个人住，于是逼着她拿换洗的衣服，坚持把她接回自己家。

这一天确实太累了，余萤很快睡着，而且一觉睡到后半夜，直到她不小心压到自己胳膊上的伤口，觉得疼才醒过来。

她坐起来发现头晕好多了，下床去喝水。对面主卧的房间里还有灯光，徐岷川好像在她睡着之后去过一趟派出所，此刻人已经回来了，但又没好好休息。

她过去敲门，徐岷川出来端详她的脸色，总算松了口气，又问她："饿吗？"

余萤除了中午那顿饭之外什么都没吃，还一直反胃，如今到了夜里缓过来，确实有点饿了，她看看时间说："凌晨四点，外卖都不送了吧？"

"肯定不能让你吃外卖。"说着他去冰箱里拿出好几个保温盒，都是做好的家常菜，加热之后，整个房间里弥漫出一股罕见的饭菜香味。

自从上次徐岷川生病之后，他就在主卧的窗边铺了一大块羊毛地毯，还有两个靠垫，终于让这房间里有了一点生活气息。余萤把饭拿进去靠窗坐下，老房子的窗户很高，窗台低矮，两个人正好可以凑在上边一起吃夜宵。

他指指那盒香芹炒肉，让她尝："这是我们王阿姨的拿手菜，分局上下都惦记这口呢……特别下饭。"

"王阿姨？"余萤一边吃一边点头，胃口瞬间打开了。

徐岷川淡定地回答："哦，王阿姨就是罗大爷的老伴。"

余萤嘴里的香芹瞬间不香了，她这一觉刚睡醒，但她和徐岷川的事显然已经尽人皆知。她不由自主地往楼下瞟，总担心罗大爷不知道什么时候突然冒出来。

徐岷川今天陪着余萤才能踏踏实实吃顿饭，给她夹菜，又说："王阿姨听说你受伤了，看在你的面子上才肯露一手，我没这么好命。"

他笑了，说傍晚他带着余萤刚进家属院就被罗大爷看见了，老爷子二话不说扭头去找老伴买菜。

"帮我谢谢他们。"余萤有点无奈，但心里一阵暖意，低头赶紧多吃两口。

此刻天还没有亮，万籁俱寂，人间的喧闹也偃旗息鼓，光线消融，人看久了，能被这昏暗的天地直接拖进梦里。

"这个时间天最黑。"徐岷川熬过太多通宵，见过数不清的夜，他指指窗外说，"晴夜能看见月亮。"

可惜今天云层重，影影绰绰，连星星都看不清。

195

他摊手撑在地上，厚着脸皮和她说："小余老师，我也想要月亮。"

余萤隔窗给他指，虽然没有月亮，但极远处有几点微光闪烁，这城市里的日子太匆忙，连星星都蒙着灰。

"月亮偷懒了，我们把它留给卉卉吧。"她俯身在玻璃上哈气，透出一片雾，她又在那几颗星星的位置轻点，示意他看，"但是小余老师可以把星星送给你。"

夜色如晦，她为他擦亮那些跌落云海的星。

徐岷川向后仰身看，昏暗的天地之间忽然只剩下她擦出的那些星星，他看了很久都没说话。直到雾气散开，他又看向余萤，看她穿着淡粉色的家居服，刚好也有小星星的点缀，此刻人就坐在窗边冲他笑，眼角弯弯，头发梳起来之后，领口又露出颈侧那一段白皙的皮肤……

他想起自己之前偶遇她的时候，没来由地冒出一个念头，他们早该相见，人海茫茫，他的星星和月亮一直都在。

此时此刻，徐岷川感觉今天被砸晕的人是他，于是他忽然起身抱起余萤，让她坐在窗台上，低头开始吻她。

他想把过往错失的每个春天都揉进胸腔里，而后点燃一颗心，烧来给她看。

余萤手边还放着那些保温盒，突然被他抱起来，"嗯"了一声，结果下一秒什么都没说出来。

她又有了那种耳鸣的错觉，紧接着心跳的声音无限放大。她很清楚地望见他的眼睛，看着自己被牢牢锁在他的眸子里……因而不由自主地浑身发烫，猛然揪住他的衣领，这动作好像更刺激到徐岷川了，他更用力地把她贴近自己按在胸口。

窗台小小一方，实在没想到自己今天要担此重任，两个人耳鬓厮磨，突然碰掉了旁边的筷子。

她好半天才能喘过一口气，从耳后到眼尾都飘着一抹红，半天才回过神，指指他那块新买的羊毛地毯，很是心疼地说："有油。"

他低声笑，今夜连风都甜到发腻，他可没空管地毯的死活。

第二天徐岷川带余萤一起去派出所。

从所里人不经意看向余萤的表情来看，大家不但知道她不幸被人故意伤害砸晕了，还知道她晕倒之后被徐队抱回家了。这是迄今为止最接近真相的流言，散布者直接掐掉了他们在医院发生的那一段……不得不说，功德无量。

陈丹自从被带进派出所之后一直非常焦虑，因为她的儿子无行为能力，不能留他一个人在家，所以也被一起带来所里暂留在会议室了。

她几乎隔一会儿就要问一遍宋昭昭的情况，求民警帮她好好看住孩子。

她这样的心态也藏不住事。

所里安排女警过去劝了两次，陈丹的态度逐步松懈，她一开始兜兜转转地说自己被家暴，很怕宋山根。后来警察告诉她不用再担心儿子，余萤已经出院，帮她把孩子的情绪稳定下来了，陈丹又开始无比悔恨，拼命地想和余萤道歉，态度总算有所转变，愿意配合了。

她和警察交代，宋山根从昭昭五六岁开始就不回家了，已经有十年之久。他嫌弃陈丹生了傻子，借着跑长途挣钱的借口彻底跑了，根本不管他们的死活，她日常也没有途径和他联系。宋山根每隔三四年才回来一次，待不了几天，整日躲在屋里抽烟喝酒，看见宋昭昭犯傻就生气。

起初，宋山根酒后当孩子的面和她动手，那会儿宋昭昭年纪还小不记事，后来他长大了，陈丹每次挨打都让他出去玩，宋山根就把所有怒气都撒在她一个人身上。据她所说，宋山根有近四年没回家了，这一次他突然回来之后几乎不出门，非要逼她卖房，肯定是为了拿钱跑。她怀疑他很可能在外边欠了赌债，所以坚决不同意，一旦失去房子，她做环卫工人那点工资根本无法让她带宋昭昭租房，连基本生活也维持不了。因此宋山根拿不到钱，赖在家里不肯走，他这次回来竟然住了将近两个月，威逼利诱陈丹卖房。这也是此前宋昭昭为什么几次三番被陈丹赶出去的原因。

她哭着说她不想让儿子看见自己挨打的样子，而且有次晚上宋昭昭自己跑回伴星院了，余萤知道后非常担心她家的情况，陈丹再也不敢让昭昭去麻烦老师。没想到昭昭又差点走失，而后接连发生类似的情况。

根据余萤的笔录，她听见宋山根当时指责陈丹"招来外人"，警察问她这是什么意思。

陈丹的态度犹豫，说不清楚具体原因，但猜测他是担心暴露自家的住址，会惹人追债。

"那你为什么怕人报警？"

"我怕她报警会刺激宋山根，那他疯了会打我更狠。"她只说害怕对方报复在自己身上，失去理智才把余萤砸晕了。

"你为什么事后说不知道余萤去哪里了？"

"我真不知道啊！他把人弄出去了，再也没回来。"

余萤晕倒之后，陈丹说自己已经完全吓傻了，是宋山根帮她把人藏在褥子里抱出去的。他临走时还恐吓她，让她编话和警察说不清楚余萤的去向，威胁她如果敢坦白就全家一起死。她实在不知道他在外边惹过什么事，万一他被抓进去，高利贷找不到他的人，肯定会追到她家，她只能先按他说的做。

除此之外，陈丹在所里交代的情况和余萤描述的前后冲突基本吻合，最可疑的人还是宋山根，派出所在那之后找了一天半，他依然下落不明。

当天前后大门的监控都没拍到宋山根离开小区，虹巷园的围墙简陋，他很可能是在僻静的地方直接翻墙跑的，而后又查到他名下天北市的手机号，早就已经欠费停机。警察继续调查宋山根的过往经历，发现他曾经在一家长途货运公司当司机，但那家公司在六年前就已经注销了，而后陈丹提供了他后来所在的货运公司的名称，查下去却根本不存在。

对方留给陈丹的其他信息也都是胡编的，他仿佛是个彻头彻尾的无赖骗子，没钱的时候才回家，打媳妇骂儿子，卖房换钱，眼看没能得逞还惹出了事，一走了之。

眼下徐岷川和大毛一起去楼上的办公室，大毛给他看了从昨天到今天陈丹的笔录。

一切如他们担心的那样："陈丹不追究宋山根了，现在一问就哭，逃避心理作祟，觉得让他彻底滚蛋也好，这样她未来几年都不用担心。她特别害怕被宋山根打击报复，根本不想找他。"

"这两口子没那么简单，如果真像陈丹说的，宋山根只是个无赖，那人是陈丹砸晕的，他扔下她自己跑就行了，不可能有胆子把余萤藏起来。而且陈丹再害怕也知道余萤是她儿子的老师，当时她明明有希望报警获救，却在那个时候帮着施暴的人袭击老师，这合理吗？"

"不合理，但是现在当事人陈丹不肯追究了，这就只是家庭内部纠纷，很难办……她哀求我们放她和儿子一条生路，别再找宋山根了，这样他们娘俩才能维持现状活下去。"

事实很清楚，宋山根到目前为止只对陈丹动过手，最后袭击余萤的人也不是他,而从当天的情况来看还够不上非法拘禁。

"宋山根把余萤藏起来这个动机你想过吗?外人很难注意到他家后边有个小黑屋,如果不是我刚好看见宋昭昭在附近,派出所的人根本找不到余萤,而且所里是因为前几次的事才对他家格外关注,宋山根不知道这些情况。"

那个小黑屋的位置没有外人知道,徐岷川也是上一次找孩子的时候才偶然从陈丹那里得知的,所以宋山根做的这一切,看起来只是心虚害怕,表面潦草,但实际上余萤迅速获救才是个巧合。

大毛顺着徐岷川的话想:"所以你觉得在宋山根的原计划里,他只是因为时间来不及才把余萤藏在三号楼附近,打算先躲开第一拨警察。他教唆陈丹告诉咱们余萤报完警已经走了,这样当天派出所的人不明情况,去了只是处理家暴,陈丹还不肯追究,那事后都不用调解,没准当场就能糊弄过去。"他说完咽咽口水,有些后怕,抬眼往楼下会议室的方向看,余萤正在照看宋昭昭,"那等警察走了之后……"

徐岷川翻来覆去地看陈丹的口供,又对比所里目前能找到的关于宋山根的信息。

他在户籍上登记的照片没有更新过,还是早年年轻的时候,面相看上去非常普通,那会儿的头发中长,蓬乱且邋遢。余萤说他在屋里也一直戴帽子,如今是个光头,脑后还有两条很明显的疤,然而即使是这个特征,目前在系统里也没能比对出有案底的人。

大毛没有更好的办法,一会儿他们就要放人走了。

"现在针对宋山根不能立案,陈丹这边打人没跑,但也达不到刑事标准,顶多走个治安处罚。"

虽然他们都觉得虹巷园里的事没挖干净,可惜目前没有找到其他证据,而且余萤已经签过谅解书,她同意和陈丹和解。如果她坚持追究,陈丹会被行政拘留,而宋山根目前下落不明,他们的儿子宋昭昭就会失去监护人的照顾,根本无法维持日常的生活。

一切好像都很无奈,他们也只能接受这种结果。

"货运司机。"徐岷川没松口,他拿着宋山根的个人信息继续看,"陈丹说他常年在外边跑长途,那他十年前应该就在外省,去查查他最初在的这家公司当年的运输线路。"

大毛抱着材料挠头,有点疑惑:"那个老东家都倒了,宋山根这么看就是

199

个无业游民，吃喝嫖赌，四处躲债，还编出这么多假工作，连自己的媳妇都骗，查这个也找不到他。"

"一个混子没这么谨慎，他就算吃喝嫖赌也得留下痕迹吧？现在的情况是，他如果真欠了高利贷，那老家在天北市，陈丹母子俩早该被人骚扰了，连她都找不到他，证明这人不但另有住处，名下那辆车八成也是套牌，他可能怕的只有警察。"徐岷川怀疑对方一离开天北市就可以利用其他假身份生活，很快他又去翻陈丹的家庭信息，虹巷园的房子落户在十年前，户主是陈丹，房产登记只有她一个人的名字，"他家的房子十年前大概是什么价位？"

"那边的建筑年代太早了，一直都是老破小，也不算学区房，十年前也就二十多万元吧。"

"就算二十万元，陈丹十年前没工作，不可能有那么多积蓄，那就是宋山根出的钱……一个货车司机能挣那么多？"

而且按宋山根的品行来看，他绝对不是出钱买房却只写老婆名字的好男人。

"这笔钱肯定来路不明，他从那会儿开始就怕人查了。"

关于宋山根的事全部经不起推敲。

话正说着，徐岷川的目光落在余萤画的一张示意图上，她大致勾出了宋山根脑后的伤疤。

他拿着纸转了个角度，突然问大毛："你看这疤，像不像个'九'？"

大毛盯着那道疤的形状说不出话了，目光陡然一紧，马上安排人去查。

时间过得太快，转眼又到了下午，陈丹在楼下走完流程，已经要带宋昭昭回去了。

她去会议室里找儿子，几乎不敢看余萤，紧贴在墙根下和她鞠躬道歉。

陈丹满身都是遭受家暴留下的伤处，哭到形容枯槁，那副样子让人看着都绝望。

哀其不幸，怒其不争，余萤本来有很多话，但一看到她的模样都不知道该如何开口了。事情已经发展今天这个地步，她谈不上生气，思来想去，只想问她："他动手打你肯定不是第一次了，你还要忍？"

家暴只有零次和无数次，陈丹应该早点离婚，彻底和宋山根撇清关系。

"我根本找不到他，离都没机会离。"

余萤告诉她现在早有应对这种人的法律途径了，哪怕宋山根耍浑玩消失，陈丹也可以直接起诉判离，只要她下定决心脱离苦海，总有办法解决。

"没有离不了的婚，只看你有没有决心，哪怕为了昭昭，你也要自救啊！"

这话好像比那些拳打脚踢的威胁还要致命，彻底刺伤了陈丹，让她满腔的悲愤和辛酸一股脑涌上来。她抬眼看向儿子，他什么都不懂，正在低头掏兜，不知道又翻出一串什么东西，自顾自开始玩。

"房子是宋山根之前挣钱买的，他虽然嫌我生了一个傻子，但好歹给了我们容身之处。"陈丹啜嚅着说，"我知道，你很难理解……但这些年要是没有这个房子，我们娘俩真连饭都吃不上了。"

像他们这样的人，相比生存的困境，忍气吞声更容易。

与此同时，徐岷川还在楼上的办公室，余萤突然上楼找他。

大毛收好桌上的文件，非常自然地冲她喊了一声："嫂子好，嫂子辛苦了。"然后火速走了。

可惜余萤笑不出来，一语不发，冲徐岷川伸开手，她手心紧紧攥着一串紫色的小手链。他打眼看过去就是小孩玩的东西，珠子棱角圆润，圈口很小，成年人戴不了，而且还有些泛黄，应该有些年头了。

"这是星驰的手链，是我和他一起编的。"她转一转给他看，上边有三个带字母的珠子，特意拼出"LXC"。她又给他看珠子之间的缝隙，绳子上有间隔染色的部分，那是因为她本来把紫露草也编在一起，后来花都枯了，只剩下一串珠子，绳子上因此留有特殊的染色痕迹，所以她认识，绝对没错。

徐岷川惊讶地问她："你在哪里找到的？"

"刚才陈丹找我说话，昭昭无聊从兜里掏出来玩的，我们经常用串珠游戏训练孩子们的专注力，所以他喜欢拨弄这些小珠子，应该把它当成玩具了。"余萤唇角发颤，但在极力控制情绪，"他说是在家里翻到的，我看陈丹的反应，她根本不知道这是什么东西，也不记得是从哪儿来的。"

徐岷川又问："星驰出事那天戴没戴？"

"应该戴了，他特别喜欢，没摘过，后来……我们收拾遗物的时候，没见过这串手链。"她逼着自己把话说完，这么一个小玩意儿，没人知道丢到什么地方去了，四年之后忽然看见它，她才发现这一切很关键，"星驰的东西出现在宋昭昭家里,让我突然想起一件事。"

她告诉徐岷川,她在陈丹家里看到了一张老照片,然而她昨天什么都没想明白就被人砸晕了,再醒过来的时候也忘了,直到刚才宋昭昭玩这串手链的时候,她脑子里突然冒出那张照片。

"可能是十年前了,陈丹抱着两个婴儿,可她明明没有其他孩子。"余萤的脑子有些乱,"说不上来,我不知道它们有什么关系,但是……那两个孩子去哪儿了?"

徐岷川突然起身冲出去,急匆匆冲楼下的大毛喊:"先别放陈丹!"他回身看向余萤,苦笑着摇头说,"一般我们遇到这种情况,都会先问孩子是从哪里来的。"

十有八九不是他们自己生的。

他很快又把大毛和两个协警喊上来,告诉他们马上让陈丹提供家里的老照片,他们这两口子躲躲藏藏,真正隐瞒的事还没查清楚。

余萤留在办公室里想明白了,大家都知道宋山根怪罪陈丹给他生了一个傻儿子,所以他很可能早年打算再抱养孩子,但从现在的情况来看,那两个婴儿根本没有留在他们家。

"宋山根买房的钱来路不明。"徐岷川很快走回来关上门,他按着桌子思索,对方四十多岁,老家在天北市,人却常年在外省跑,偏偏今年年初突然回来了,时间对得上,而且他还有货运经历,家里藏过婴儿,即使目前没有实际证据,但宋山根的种种经历无疑十分符合九叔的特征。

这样想下去,他再回身的时候脸色微变:"根据张维的交代,星驰出事当天,我们在找的嫌疑人九叔就在远福路附近蹲点。"

前后数年,一场突如其来的意外,一个跨省特大专案,一个始终在逃的嫌疑人,所有支离破碎的线索藏在人海中。

昨天徐岷川原本想让余萤去一趟分局,就是为了这件事。

此前,警方已经和张维挑明九叔是个亡命之徒,利用张维和对方不稳定的合作关系故意晾了他几天,张维越琢磨越害怕,疑神疑鬼,最后心理防线崩溃,生怕自己卷入当年星驰的意外里。

他主动交代了四年前那几个月先后发生的事。

张维和九叔勾结的起因并没有撒谎,他们彼此并不相识,是九叔主动找到他，利益诱惑之下让张维上钩。后续和徐岷川怀疑的一致，张维起初只是怀疑对方目的不良，为钱铤而走险，但被他卖掉信息的两个孩子先后走失，他猜出九叔是人贩子。

张维并不无辜，但他最初心存侥幸，对方要干什么和他无关，然而事情闹大之后，他意识到如果九叔真出事，他恐怕脱不了干系。所以他经历过一系列内心挣扎，先是提心吊胆，而后每天还要为了生计累死累活送快递，其间屡次被客户投诉，种种数不清的日常烦恼积攒在一起，不断在他心里发酵，反倒让他开始不甘心了。

他觉得自己挣少了。

当年儿童走失案件后续追查难度太大，两户家庭所在的属地派出所没有查出结果，张维在风头过去之后渐渐觉得自己特别亏。前思后想，那个九叔的目标如此明确，背后的利益链条肯定十分庞大，但他作为关键的信息源，同样承担着风险，却只挣到六千块。

这不公平。

张维说他当时出去下馆子喝了两顿酒，往老家寄走两千块，再交完房租，账户余额又剩下三位数了。他不甘心，很快去联系九叔，主动要求继续帮对方提供信息，但九叔拒绝了，态度冷漠，只让他等消息，有机会再安排他"挣外快"。

他并不知道九叔那边也在等合适的买家需求，所以他迟迟没能等到挣钱的机会，刚好就在那段时间，他遇到了表姨崔福娣。

徐岷川告诉余萤，当年崔福娣和张维聊过很多家里人的情况，得知张维妹妹嫁人之后无法生育，一直被丈夫嫌弃。起初崔福娣只是表示很难过，但等到再见面的时候，她突然开始试探张维，问他想不想给妹妹抱养一个孩子。

这话张维没当回事，纯粹以为他表姨是在有钱人家当保姆太闲了，异想天开。他和崔福娣说根本没戏，他们老家还是落后的农村，重男轻女，真想抱养孩子只有别人家不要的女孩，他妹夫没兴趣给别人养闺女。

但后来崔福娣几次和他商量，这事的走向也完全超出了张维的预计。

余萤听到这里脸色越发不好，徐岷川没再着急往下说，给她倒了一杯水。

他没想到虹巷园的事突如其来，余萤被袭击受伤，这会儿提起这些旧事过于沉重。然而真相已经藏了四年，余萤也等了四年，她很爱星驰，在失去他之后依然愿意为和他相似的孩子奉献余生,她不该被蒙在鼓里。

余萤看出徐岷川有顾虑,随着他的话,她的心越来越沉,透不过气,但她想知道崔福娣究竟干过什么,所以喝了一口水,示意他说:"我没事,你说吧。"

"崔福娣确实想带走星驰,但过程不像你之前猜想的那么简单。"

张维交代说他一开始也不能理解,因为表姨竟然想把她照顾的小男孩送到乡下去养,还说孩子的父母愿意出生活费。

余萤听到这里已经坐不住了,那种头晕的感觉又回来了,她打断徐岷川说:"不可能!我们从没想过抛弃星驰。"

徐岷川示意她不要急,他说张维一开始也不信,所以那之后崔福娣才不得不和他解释具体情况。

在对方的描述里,崔福娣工作的人家条件很好,女主人的老公有产业,平日里是有头有脸的企业家,但她生的孩子不太正常。大城市里竞争激烈,她儿子这辈子恐怕都要让人瞧不起,现在连学都上不了,无疑让主人一家非常困扰。随着孩子慢慢长大,女主人的压力更大,已经有抑郁倾向,再这样下去日子都别想过了,所以被逼无奈才想把孩子送走。

崔福娣说过,她是在遇到张维之后才逐渐产生明确的想法,因为她发现这样不但能解决张维妹妹一家没孩子的问题,而且如果孩子父母出生活费的话,还能间接改善张维全家人的生活。

崔福娣说她很喜欢那个小男孩,但自己的丈夫去世得早,夫家在农村也没人了,她不能放心把孩子交给其他人。至于张维,怎么说他们都是亲戚,算是知根知底,不至于好心办坏事。

在张维的回忆里,当年崔福娣还很高兴,她根本不懂法,只觉得这样合计出来的办法一举两得,可以成全两个家庭。

张维说她形容过那孩子的问题:"七岁了,小问题,就是不爱说话,不爱看人,但是身体没残疾,城里那些大医院却非要给他诊断出一个什么行为障碍,说得特别严重,还让他去办残疾证。"然而在崔福娣看来,星驰只是反应迟钝,没那么聪明而已,她认为是城里的富人养孩子太精细了,作出来的病。

张维当然不懂星驰有什么问题,反正他也无所谓,因为他在听到这个消息后,很快盘算出了另一个计划。

一切都是为了钱,张维在那个阶段正愁没法取得九叔的信任,从而深度参与他的"大买卖",所以他直接从崔福娣手里要来星驰的照片,谎称要给妹妹看,实际上发给了九叔,但对方没选中。他干脆主动和九叔沟通,想牵线搭桥帮九叔干一票。

根据他的交代,九叔在六月初就说过打算离开天北市了,而且一开始不想搭理张维,直到张维说可以协助对方带走一个男孩,事成之后让九叔分他一半获利。

张维掉进钱眼了,算盘打得挺好,甚至还想两边通吃,他嘴上说同意帮崔福娣,惦记着孩子父母能给的生活费,另一边火速联系九叔,打算合伙拐卖儿童。他编借口说自己妹妹身体不便,不能长途跨省,所以找来老家的一位大哥来接孩子。这不是什么光彩的事,不好大张旗鼓,所以他一直都是私下沟通,想让崔福娣先透露给他主人家的具体地址,或者等她带孩子出门的时候通知他。

他这些奇怪的要求让崔福娣有所警觉了,所以她始终没有松口透露住家的地址,只在聊天的时候被张维套话,说那个孩子需要锻炼身体,经常去公园跳绳。于是张维了解到他们日常会走的路线,很快就把这消息告诉给九叔。

时至今日,余莹听到这里震惊到说不出话:"所以崔大姐也被骗了。"

"目前来看是的,张维没有撒谎的必要,他的话应该可信。"徐岷川坐在她身边,"张维说他表姨一直不松口让他接孩子,把他气死了,但表姨说必须和孩子的父亲商量好,而对方迟迟不同意。"

徐岷川因此得知,李昶也是当年的知情人。

余莹立时想起来,那年他们夫妻之间争执频繁,家里一度闹得不可开交,她一回家就听到他们在楼上关着门吵架。她不好掺和姐姐和姐夫之间的矛盾,还想过要搬回学校宿舍住。

她无法想象,那场悲剧不是突如其来,而是在一早就埋下过祸根。

"如果坚持对星驰进行干预,他是有希望去上学的,我一直都在帮他,不可能同意把他送给别人养……姐夫也不会同意。"余莹低头捂住脸,声音哽咽,"这也违法啊。"

徐岷川微微用力握住她的手,示意她放松,又和她说:"对,崔福娣虽然文化程度不高,不懂法,但她明事理,知道自己不能偷偷摸摸干这种事,就算要把星驰送走,也必须和主人家商量清楚。她只是帮忙,不想惹是非。"

所以崔福娣犹豫了很久,很快就到月底了,张维火急火燎地约她见面,生怕自己错过一个挣大钱的机会。

"警方已经证实,九叔在外省控制着一整个拐卖团伙,他要跑了,临走时捡个现成的买卖不干白不干。所以他和张维沟通,催他尽快,约好六月二十七日去附近蹲点,让他把崔福娣约出来,三人合作把孩子拐走。"

张维随后千方百计地哄骗表姨提前来见自己,导致崔福娣那天不得不请假。但张维没想到,她是独自去的,还告诉他,最终孩子的父母没有达成一致,于是她左思右想,不能偷偷做主,否则万一人家的父母反悔,她可负不起那么大的责任。

张维立刻和她翻脸,他气恼自己的整个计划泡汤了,于是那天下午两个人就在便利店外边吵了半天。

崔福娣拒绝参与张维的计划之后就走了,他自己蹲在路边给九叔打电话,正想解释这一票可能干不成了,可九叔莫名其妙先急了。

张维说九叔一直在附近蹲点,熟悉周围的环境,正好遇到张维发的照片上的那个孩子。他还质问张维为什么不说清楚,说那孩子也是个傻子,听不懂人话,根本抱不住,突然跑出去被车撞了。

徐岷川在审讯时觉得这话有问题,重点追问"也是傻子"是什么意思,张维说他不知道,但他当时听到的时候也纳闷,所以直到现在都有印象,他确定九叔就是这么说的。

除此之外,九叔当时的态度恼羞成怒,开始狗咬狗,怪张维找的事晦气。而张维毫无经验光想挣钱,导致整件事弄巧成拙,竟然闹出一起交通事故,九叔吓唬他说警察肯定会调查事故现场,之后风声更紧。

张维在六月二十七日当天还不清楚事情的轻重,只听说孩子被撞,不敢多问细节,很快骑车想跑,离开的时候才发现不远处已经封路了。

相隔一个路口就是远福路。

最悲哀的是,张维从头至尾都不认识星驰,如同此前那两个无辜的孩子一样,他之所以协助九叔,归根结底只是为了钱,也因为他不认识那些孩子,所以丝毫没有负罪感。

"他说自己穷怕了,当时没想那么多。"轻飘飘的一句话,就这样前后断送了三个家庭。

余萤听不下去了,她撑起身走到窗边透气,眼泪滚在眼眶里。

其余更多的细节涉案,徐岷川没有再和她说。

当年远福路上一起"鬼探头"的交通事故后续被公开，希望引人警醒，张维也是在之后才确认那个孩子死了。

他不清楚孩子的死亡原因和九叔有没有直接关联，安慰自己反正他什么都没干。然而人命关天的事，他还是心里有鬼，思前想后睡不着，生怕那起交通意外最终会扯到自己身上。没两天他又发现表姨也联系不上了，他开始担心是因为孩子的父母在追查这起意外，于是又在六月三十日给九叔打了一通语音，那四十多秒的时间里他特意用崔福娣失联的事试探九叔的口风，问他后续怎么办。

九叔那边环境嘈杂，口气冷漠地让张维换个工作，最好能找一个和学校相关的工作先干着，暂时不要和他再联系，而后就把张维删了。

今时今日，这座城市的夏天分毫未变，人间光景依旧，不管有多少无法开解的悲痛深埋心底，人终究还要被时间拉扯着向前走。

余萤用了很长时间来消化这些事实，而后她逼着自己清清楚楚地说出来："余灵珊一直想要遗弃星驰。"真到这个时候，她也不想哭了，只觉得悲哀，一切症结都出在没有人真正考虑过星驰的感受，连他的母亲也没有。

她看向徐岷川说："那当年崔大姐突然离开的原因可能也和我们之前想的不一样。"

"是，张维不知道她的下落，但我知道怎么找到她了。"他给余萤拿纸擦眼泪，抱抱她的肩膀，"这几个人的过往肯定都会查清楚，你先保证养好身体。"

她还惦记着楼下的宋昭昭，陈丹还要继续接受问询，他没地方可去。

徐岷川眼看她说话的声音都发飘，拉着她劝："小余老师，你教过卉卉，帮助别人的前提是先保证自己的安全。"说着他指指她的头，"多睡觉，重启治百病。"

余萤无可反驳，她在窗边站了一会儿已经开始出虚汗，头晕的感觉虽然不严重，但还没完全恢复："好，我先回家。"

"你放心，宋昭昭在哪儿都没有在派出所安全，肯定不会再出事了。"

余萤离开之后，针对陈丹的问话过程还在继续。

她一生不顺，早早被生活的苦难压弯了腰，所以她本来不是嘴硬的人，但在她提供了家里的照片之后，她似乎意识到一切都完了，因此不肯再开口。

她盯着那张老照片，表情麻木地枯坐，好像当下陡然长出几根难啃的骨头，硬生生撑住一张蜡黄的脸，就那么僵持在所里，足足有一个小时的时间都在出神，任谁来问话都一动不动。

大毛被她那副样子弄得有点担心，跑出去问徐岷川："哥，她刚才还好好的，别突然受刺激抽个羊角风什么的，就麻烦了。"

"人带回来的时候你们不都问过了吗，没癫痫病史。"徐岷川让他不要瞎紧张，"你看她的眼神，一直在看以前的自己呢。"

"现在难办，买房的钱如果真是赃款，那她更不想让咱们找宋山根了。说来说去，陈丹钻牛角尖了，不管出过什么事，她一心就想带儿子继续过，假装什么都没发生，玩命保住这套房。"

这几乎就和审张维一样了，原有的角度攻不破，无非就是因为说谎的人还有余地，必须掐准对方心里真正的恐惧。

"除了房子呢？"徐岷川在审讯室外踱步想，"她生活困难，害怕流落街头，但这太表面了，要想想她真正害怕的是什么。"

"宋昭昭。"大毛学会抢答了，"她更在意她的儿子。"

徐岷川也在往宋昭昭身上想，他脑子里冷不丁冒出一件事，突然看向大毛说："我去试试。"

审讯室有人进去，陈丹连目光都没动，还在发愣，谁也不看。

徐岷川敲敲桌子提醒她，她抬了下眼皮，目光从照片上挪开，看他一眼，但依旧没说话。

他直接开口："我有件事想和你核实一下，关于宋昭昭。"

陈丹盯住他，表情渐渐变得警惕。

"上次他在虹巷园里差点被车撞，你肯定记得吧。"他拉过椅子往前坐坐，仿佛很有耐心，要和她慢慢说，"那种情况就是交警队最头疼的'鬼探头'，根据警方调查你丈夫所掌握的情况来看，他可能想要人为制造一场意外。"

她没听懂，干涸的眼珠动一动，很快目光突然变了，开口问："人为？"

"我记得那天昭昭说是宋山根带他出门的，对吗？"徐岷川一步一步问她，"你提出来的，还是宋山根主动提的？"

"他自己拉着昭昭出去了,没和我说。"此刻陈丹已经没有那么严防死守,被他引导着开始回忆,"然后他先回家了,和我说儿子在外边玩呢。"

"宋山根平时对昭昭是什么态度你很清楚,他为什么突然带他一起出门,还给他买最喜欢吃的零食?然后宋昭昭就蹲在路中间,差点被车撞了。"

陈丹鬓角边上隐隐渗出汗,她的表情非常恐慌,想了半天又说:"那不就是个意外吗?"

"是意外,但如果这个意外会让你失去宋昭昭呢?你自己一个人怎么活都行,你还会忍气吞声不卖房吗?"

陈丹几乎在瞬间就流下了眼泪,但她的情绪并不激烈,很快又近乎木然,她不是没想过,正因为想过、猜测过,所以此刻脸上的绝望大于震惊:"如果昭昭没了,我也没必要活了。"

徐岷川没接话,他定定地看向她,沉默的意思却很明显,如果陈丹真活不下去了,那对宋山根而言,恐怕更痛快。

"你丈夫突然带儿子去买零食,塑料袋好巧不巧就掉在路中间了,他恐怕就是为了制造一场意外……至于你丈夫干不干得出来,我相信这点你比我们了解。"

陈丹的眼泪突如其来,无以为继,很快就干了,两道泪痕混着汗卡在脸颊上。

"你应该明白自己现在要做什么,你必须配合警方尽快提供线索,只有我们找到宋山根,你儿子才能真正地平安活下去。"

陈丹愣愣地看向那张照片,又过了一会儿,她好像才终于鼓足勇气,逼着自己抬手,指指那两个孩子说:"十年前,他说昭昭没救了,傻病治不了,不让我再花钱,然后给我抱回来两个孩子,说是从医院捡来的弃婴让我养。但是没出两个月他就跑了,还把两个孩子也带走了,我再也没见过。"她摇头自嘲,"哪可能捡孩子还捡两个……我怀疑是他偷来的,但这事太大了,我不敢问。而且这两个孩子也就刚断奶,一岁多的样子,很可怜,我想先把他们养大再作打算,所以那会儿趁他心情好的时候,让他帮我们拍了这张照片。"

徐岷川马上让她回忆当时的日期、孩子的特征和前后可能暴露孩子来源的信息,然后安排民警去比对十年前的立案信息。

她盯着照片突然又笑了,那笑声卡在喉咙深处,一点一点往外钻,让她近乎自语地说:"我也是故意的,我当时就想留个底,那王八蛋哄我的时候愿意给我买房，不高兴的时候动手打我……他恨昭昭是个傻子，万一他哪天真要对儿子下手了，我得把这照片拿出来。"

她没想到真能等到这一天，笑声绝望。

人性太复杂了，越是看上去无望的人，越有狠绝的秘密。

陈丹知道宋昭昭永远不会理解她的痛苦和眼泪，她困在死水一般的生活中挣扎，依然想以身做饵，只为给他留一条活路。

"无论你有天大的理由和难处，你这些年的知情不报对宋山根而言无异于包庇纵容，你所谓的忍耐，间接毁掉了几十个孩子的一生。"徐岷川没再多说，因为陈丹坐在他面前已经完全垮掉了，她痛不欲生，已然在忏悔。

后来时间晚了，所里有人来送晚饭，陈丹一口都没动，她抖着双手恳求民警，能不能把她这份也给宋昭昭送去。

徐岷川破例让她在人少的时候，隔着走廊远远看了一眼儿子。

第十二章
万物可喜

当晚案件已经转至分局，警方根据陈丹提供的时间范围，查到十年前虹巷区曾有两起婴儿被偷的案件，地点都是在田营社区里。

十年前的"老大难"里边更乱，两个婴儿被偷立案之后也很难排查到嫌疑人。同时经查，宋山根曾经工作过的那家货运公司早年的运输线路固定，和莲嫂那伙人的活动轨迹基本一致，专案组高度怀疑宋山根就是他们一直要找的九叔。

警方连夜通缉宋山根，同时高速公路交警协同缉查布控，防止宋山根再次外逃。再到天亮的时候，基本确定人已经被扣在天北市了，一时半会儿跑不了。

根据陈丹的供述，他名下有一辆自卸货车，但很可能是非法途径弄来的报废车翻新，一直都在违法套牌行驶，围绕车辆排查始终查不到他本人的行驶信息。这个九叔非常狡猾，如果他在市区另有藏身之处，那么短时间内无法把人揪出来，就连他老婆陈丹也根本不清楚他到底有几个窝，更不知道他在外省已经和情人共同生活十年了。

派出所很快挨家挨户地去走访他们附近的邻居，没人认识她丈夫。

然而无论宋山根怎么躲，随着莲嫂被抓，张维和陈丹也接连被警方带走，他很清楚这把火已经烧到自己头上了。

眼看又是六月初，夏日冗长，永远都有拥挤的新绿，气温刚好维持在二十多摄氏度。这城市宜居，吸引了太多来自远方的游人，热热闹闹，又是一年好光景。

徐岷川抽空去找了一趟李昶，他此前就想去见见老朋友，但因为专案有重大突破一直没有时间。直到天彻底暖和了，他们避开城区人多的地方，一起回到大学时最爱去的北山骑车。

两人在下午的时候见面，只聊了近况，而后就一口气骑行两个多小时，最后到北山山顶的林子里休息。

从年少到如今，徐岷川总是赢的那个人，此刻他坐在凉亭里的石凳上摸出烟盒，转来转去，却一直都没抽。

李昶过去抽走一根，自己点上抽，上下看他，眼神里带着询问。

徐岷川摇头说："哦，戒了。"

"这是我这几年听过最意外的消息了。"李昶揶揄笑话他。

徐岷川有理有据地给他解释："余萤闻不惯。"

"行，徐队会做人了，是谁当年把我家熏成大烟囱还毫无愧疚的……你知道吗，余灵珊说你当年看余萤的眼神就不清白，她这点真说对了。"

徐岷川开始笑，手里按着打火机一阵一阵响。

对面的人掸掸烟灰，认真地说："我提醒你啊，我拿余萤当妹妹，我妹要是以后受什么委屈……"他说着上半身不动，只有手指往前指一指，"我把你从这儿推下去。"

这瞬间又像是回到年轻的时候了，少爷多金偏偏还是痴情种，可惜英年早婚，他们当年的学校都在大学城，那附近好几所高校的女生都扼腕叹息。

徐岷川一坐下就懒得动，踢起地上的石子去崩他，一抬眼忽然看见李昶半白的头发，觉得心里不是滋味。他们认识太多年了，他深知李昶的脾气永远和这城市的天气一样，说热不热，说冷不冷。

但有时候人的情绪过分稳定，也是另一种自毁。

他突然很希望李昶能有个出口，就像对方年轻的时候搜罗的那些摇滚碟，于是他把自己那包大重九给他扔过去："凑合抽吧，少爷，没你那么多讲究。"

李昶其实抽两口就感觉有点勉强了，但他还是把那盒烟揣进兜里，然后靠在一旁的柱子上往远处看，忽然问徐岷川："崔福娣涉案吗？"

石凳上的人思考了一会儿才点头说："现在不光是余灵珊的事了，崔福娣的表侄涉嫌拐卖儿童专案，我需要她配合警方调查。但如果能证实她本人并不清楚对方的真正意图，而且她后续没有实际参与，那她不会获刑。"

"好。"李昶掐了烟，不再犹豫，"我马上安排她回天北市。"

"我想到应该是你把她送走了，崔福娣无缘无故离开你们家，每个人都想找到她，只有你不着急，而且对方这些年在音信全无的状态下很难重新打工，她肯定有稳定的生活来源。"徐岷川证实了自己的猜想。

对面的人低头看手机，他没有否认，但他无意干扰警方办案，送走崔福娣的原因只是因为当年星驰意外死亡，他不希望再有人和余灵珊对峙，闹得两败俱伤。

说起当年的事来，李昶已经可以做到心平气和了，他承认说："我给过崔大姐一笔钱，让她找个乡下躲五年，这五年不要被任何人找到。当年我们太痛苦了，所以我想着五年后无论如何大家都能走出来了，余灵珊也不会再闹，那时候崔大姐说什么都不再重要了。"

可惜人是情感动物，如果心里的死结解不开，永远都不可能真正释怀。

徐岷川在张维主动交代之后，已经捋清四年前的六月二十七日当天发生过什么，星驰的交通事故确实是意外，但这场意外的起因很复杂。他根据每个人的行为动机推测出那年六月前后发生过的事，猜想崔福娣是被李昶藏起来了。

余灵珊应该多次考虑过把星驰送走，起初可能只是气话，李昶不会当真，但后来次数多了双方必然产生矛盾。李昶有公司的事要忙，而余灵珊作为母亲在家陪孩子又不甘心。很快，星驰随着年龄增加，行为障碍的问题也越来越明显，这一切无时无刻不在提醒余灵珊她的后半生已经毁了，所以那种偏激的念头就在她心里扎了根。

这不难理解，然而作为孩子的父亲，李昶肯定不会同意余灵珊发疯的念头，于是他们之间的争吵不断升级。

"你猜的都没错。"如今李昶想起来只觉得可笑，"我那会儿觉得她疯了，又担心她抑郁，找过很多心理医生，可她不肯去⋯⋯一个女人连自己生的孩子都不想养了，我不知道要怎么劝她，她认为我根本不理解她，闹着离婚，我一回家就和我吵，我躲出去她又四处找公司的人打听，怀疑我出轨。"

他们太年轻就做了父母，物质条件优渥，一切仿佛都能轻易解决，李昶当年也不懂得陪伴和理解的重要性。

徐岷川想想问他："那余灵珊在商场里撞见你是偶然吗？"

李昶回忆当时的场面，他带秘书是为公司一个重要的合作方去选礼物："是，余灵珊正好看见我们了，追过来闹，吵归吵，但我没想到……"李昶有点说不下去，又点了一根烟。

"余灵珊是不是气你，说她把孩子送走了，所以你急了？"

"对，我之前不同意离婚，和她说是为了给星驰一个完整的家，所以她那天就揪着这话不放，说儿子已经送走了，我也不用再装好爸爸，可以放她自由了。"所以这就导致监控里后续情绪更激动的人是李昶，他那天被气到无比绝望，抓着余灵珊质问。

他们彼此折磨多年，李昶过往即使在气头上都没说过放弃这个家，但他那天松口了。他在激愤之余想清楚了，余灵珊已经疯了，他答应和她离婚，但前提是她必须把星驰接回来，他要儿子的抚养权。

"我和她说，夫妻一场，无论如何她都是我儿子的母亲，我也不想对她恶语相向，所以我同意放过彼此好好生活。"

"她哭了，终于如她所愿，她又开始后悔，说她只是想气我，然后就急了，拉着我去找星驰，但我们出去的时候孩子就已经不见了……地上只有他的小火车。"

李昶说到这里声音发颤，转过身盯着山下出神。

有些话徐岷川也经年无法开口，此时才说："余灵珊没法接受自己生的孩子有问题，她和你闹，故意激怒你，要和你离婚，是因为她知道你不会同意，她需要确认你依然无条件地爱她。"

李昶无论如何都不肯放弃儿子，余灵珊才能彻底相信他是真的爱星驰，即使这个孩子一生都无法被治愈。

她骄傲又自卑，心理问题积郁成疾。

城市从山脚下铺陈远去，此刻黄昏傍晚，明明灭灭的灯光从数不清的房子里透出来，每个小小的窗口都藏着一个家庭悲欢离合的琐事，它们说大不大，说小也不小，日复一日，就是一个人的一生了。

李昶曾经也是其中的一员，在这庞大的城市里早早成家立业，按照一切世俗的标准而言，他的人生应该是满分答卷。直到某天，属于他的那盏灯突然灭了。

　　他一根烟几乎没抽两口，很久之后才收拾好情绪继续说："我希望你相信我，余灵珊有悔过的心。"

　　徐岷川很清楚，人心肉长，星驰夭折的悲剧已成事实，而李昶作为孩子的父亲，走到这一步几乎没了半条命，根本没有必要包庇任何人，他说："但星驰无行为能力，余灵珊将他留在商场门口的行为间接导致了他后来意外死亡，这个后果可能会让她涉嫌遗弃罪……但最终量刑肯定会考虑到她当天冲动的因素，还有她后续悔过的态度，可以取保候审，最终应该也只是缓刑。"

　　李昶面色平静，他早想过这个结果。

　　"后来星驰走失，现在根据我们掌握的线索，我推测他很可能是被人拐走了，在远福路上发生了车祸。"徐岷川替他说完，"余灵珊其实根本无法接受真的失去儿子，星驰死了她反而开始疑神疑鬼，因为崔福娣知道她想送走孩子，所以余灵珊在事后开始怀疑对方下手了。"

　　余灵珊是个自私的母亲，可她并非铁石心肠，从此夜夜惊醒，不能饶过自己，逼到她的心理防御机制被迫自保，不断把记忆中的往事修改成她所希望的样子，她开始对每个人说，是保姆想偷走星驰。

　　李昶没有否认，他又说："崔大姐也想到这一点了，她发现星驰死了很害怕，急于向我证明不是她想抢孩子，给我看过手机，余灵珊抱怨过很多次，问她有没有老家的亲戚愿意帮忙抚养星驰……那会儿余灵珊悲痛过度，不肯息事宁人，四处在找警察查她，我不希望崔大姐被人找到，她肯定会为自证而去揭露余灵珊是主动弃养。"

　　当年的李昶无论如何也不想看到那个场面，那无异于再次捅穿所有人的伤疤。

　　四年时间飞逝，他说到这里闭上眼，深深吸口气才能继续："我已经失去星驰了，追究下去伤人伤己，毫无意义，而且我那会儿实在承受不了新的打击。"

　　所以他最终决定独自保守秘密，送走崔福娣，而后这些年他一个人躲起来，无论余灵珊如何发疯，他对当年的事都没再提过半个字。

　　自作孽不可活，余灵珊反而因为找不到崔福娣又衍生出新的心魔，这让她更执拗地相信当天发生的事不是巧合。而余萤同样承受着失去小外甥的打击，被困在那场事故里，迟迟等不到真相。

"我那天在远福路上找到余灵珊，她徘徊在星驰出事的路口，她说真正该死的人是她。"李昶是控制情绪的高手，声音虽然有些沙哑，但听上去已经很平静了，"我用了这么多年才想清楚，那不是她一个人的错，我应该多陪陪他们母子，不该把照顾星驰的压力全都扔给她。"

可惜一切都晚了，而今他脚下满城霓虹，一如深渊。

他们两人很久都没再说话，静静吹风，徐岷川今天的心情也并不轻松。

李昶出声打破沉默："余灵珊告诉我，你有一次突然问她，当年为什么躲在卫生间里四十分钟不出去，她回家之后就崩溃了，没法再骗自己。是她造成星驰走失的，所以从那天之后，她不想再找崔大姐了。"

"我没想威胁她，只是作为朋友，我觉得她应该面对事实了。"

李昶示意他没关系："我和余灵珊商量过，她这几天情绪稳定下来了，知道自己需要接受调查，我会给她请好律师。"

徐岷川问他："那之后呢，你有什么打算？"

李昶笑了一下，他已经很久不做任何规划了，因此回答简简单单，只有一个念头："我们有过一个家，哪怕做不成爱人，也还是亲人。"

徐岷川叹气，又往他那边踢石子："你一点都没变。"他说着看看时间，还要赶回分局，很快起身喊李昶下山。

北山这边游人不多，他们年轻的时候下山永远都是快速往下冲，追风少年要的就是刺激，而如今两个人都稳重很多，只是慢悠悠地向下骑行。

四下空气清新，城市里的日子永远乌烟瘴气，来山里正好可以洗洗肺。

徐岷川感叹道："咱俩十八九岁那年还来比过赛呢，刚考完大学吧……下山的时候速度太快，我压到半块砖头，直接摔车了，得亏当时磕到的是腿，没破相。"

李昶边听边笑，他今天还是戴着一副斯文的无框眼镜，但穿了运动服，人显得很休闲，他"哼"了一声才说："得亏是腿？你忘了你当时坐在地上摔蒙了，吓得直骂街？我去拉你，你嚷嚷说完蛋了，腿疼，万一摔成残疾，别想上警校了。"

徐岷川矢口否认："不可能，我没这么尿。"

李昶不和他争辩，自顾自往前骑。

很快他们就骑到了当年的"事故路段"，下山第二个转弯之后坡度很大，如果自行车速度快，再赶上路面不平，很容易发生事故。

李昶指指两侧的树，示意徐岷川说："你自己看，就在这里，有树为证。"

这么多年过去，他们沿着自己的方向往前奔了小半生，也都经历过生生死死，年少时见过的树已参天，而路依旧还是这条路。此时此刻，山间夕阳壮阔，残霞如血。

徐岷川笑了，他骑过去拍拍那两棵树，像是和老朋友打过招呼。他左肩固定的姿势太久，眼下隐隐作痛，他不得不抬起来活动，又按着伤处，口气无奈地说："小崽子拼的就是一腔热血，现在人上岁数了，总得要点脸啊。"

李昶看出他肩膀有伤了，但就如同徐岷川也没问他怎么早早白头一样，他们方才相见之后依然极有默契，不提各自的经历，此刻他才忽然问："如果重来一次呢？"

徐岷川想都没想地抬抬下巴，指向自己摔车的地方说："还是这条路。"说完他又看向李昶，"你呢？"

他以为对方多少要想想，毕竟经年如大梦，妻离子散一场空。但李昶同样毫不犹豫地说："还是这条路，换种方式走。"

重来一次，他什么都不要了，他会守在余灵珊身边，和她一起照顾星驰长大。

徐岷川骑过去同样拍拍他，什么都没再说，继续慢悠悠地往山下去了。

整整四年之后，随着余灵珊愿意面对自己的过往，他们也终于找到了崔福娣。

其实崔大姐这几年没躲远，她去了距离天北市车程两个小时的镇上，找到一家私人的小旅馆落脚。她是个老实人，拿着李昶给的一大笔安置费却还是朴素生活，也如约避开了所有的亲戚朋友和老乡，自己在新地方住下来了。她干活勤快，又很有亲和力，这几年一直帮旅馆老板干前台，同时自己也住在里边，提前过上了退休生活，帮人看店，日子过得很清闲。

她万分后悔自己当年什么都不懂，光想着帮余灵珊，竟然就把星驰的事透露给张维了，以至于让对方起歹心，想找人拐孩子。

星驰发生交通意外，她虽然不知道具体原因，但她想到和张维那伙人有关了，因此离开之后有半年多的时间天天失眠，良心过不去。这几年她也一直都在翻来覆去地查看相关的法律知识，搞明白了不符合规定的送养都是违法行为。

她愿意回来配合警方交代清楚当年发生的事，很快余灵珊和她一起被警方传唤带走。

余萤的脑震荡已经恢复了，身上的擦伤还留下一些痕迹，但也都不疼了。她休养好身体，依然还要回到伴星院忙工作。因为宋昭昭的父母都涉案，目前没有其他监护人了，只能留在她们机构里，由几位老师轮流帮忙照顾。

徐岷川找完李昶之后就告诉她了，他的意思很明显，如果余萤有什么话，可以尽快找余灵珊说清楚，但她没有再去联系姐姐。

余萤已经得知了一切，真相伤人，但能刮掉人心里的疤，他们必须直面那些曾经的创伤，新的血肉才能重新生长，往后他们才能从往日的梦魇中走出来。

她和徐岷川说自己不知道还能再对余灵珊说什么，因为多年过去，始终没有人站在星驰的角度想一想，那种感觉才真正令她感到绝望。

余萤关起门自己哭了一场，出来的时候和徐岷川说："孩子不是父母的所有物，他也是个人。"

她的眼尾发涨，甚至想不通这一切究竟应不应该释怀。

那天夜里徐岷川第一次看余萤喝酒。

他还在案子里没打报告，不能在关键时期破坏纪律，但特意空出晚上的时间，以茶代酒陪她在家里吃晚饭。

自从余萤搬过来之后，这间空置许久的房子才真正有了人气。她把他主卧窗下的空间利用起来，买来一方殷红色的小矮桌，可以踩着坐在窗台上，也能当个小茶几，刚好和奶油色的地毯相配。

这一晚，余萤很快喝完了两罐啤酒，垂着头靠在窗下，鼻尖浮起一团粉，而她也穿着一件浓粉色的短袖上衣，整个人连发梢都显得格外柔软。

徐岷川低声笑，这场面真违和，小余老师一看就不会喝酒。她父母去世得早，虽然有年纪大很多的姐姐，但余灵珊过于神经质，根本不会照顾人，逼得余萤这个做妹妹的反而被迫懂事，她的成长过程中恐怕没时间叛逆。

他想着想着忽然心里一软，伸手揉揉她的脑袋，眼看她的眼眶又湿了，他也没说什么,又给她开了一罐啤酒。

余萤对他今天的沉默纵容觉得奇怪,问他:"你今天不劝我了?"

"你说得对,没有人可以剥夺一个孩子生存的权利,他的父母也不能。"

他这话一说完,她的眼泪再次汹涌,然而他还在慢慢说:"余灵珊哭是为了忏悔,李昶哭是为了这个家,崔福娣哭是为了良心……他们每个人都该哭,但是也该有人为星驰哭一哭。"

余萤哭到眼前一片花,朦朦胧胧就剩下徐岷川的影子,因而向他伸出手。他很快就抱住她,看她终于击穿心底所有的墙,蜷缩在他怀里痛哭,整个人的轮廓似乎一碰就碎。

"没关系,哭吧。"他轻轻拍拍她的后背说,"想喝就喝,喝多了也不怕……有我呢。"

那天夜色透着光,可以洞穿所有不为人知的过往。

所幸除了这些令人恸哭的悲剧,他们总算也等来了一个好消息。

卉卉的奶奶此前坚持保守治疗,留下很大的健康隐患。徐岷川理解老人有自尊心,不肯再接受他个人的帮助了,于是在那之后他就帮她向局里申请烈士家属的优抚政策,近期已经办理下来了,医疗费用得到减免。

老人再次住院,准备之后做手术,不得已只能再次把卉卉托付给徐岷川照顾。

他带了兴子一起去探望,从果篮里抠出一个苹果,扔给兴子去削,春风得意地说:"您放心吧,我和余萤都在呢,肯定对卉卉视如己出。"

卉卉奶奶笑了,长出一口气,毫不意外。

"哎,您也不问问?"兴子嘴里的话一连串往外冒,"人家小余老师怎么就落他手里了?还想白搭上咱们卉卉,呸,不要脸。"

"徐队早说过他有喜欢的人了。"老人让兴子别忙活,坐下歇会儿,幽幽地说一句,"他们最早送卉卉回我家那次,我发现岷川那双眼睛啊,一直就没离开小余老师,说话前看,说完话也看。"

她说完颤巍巍地笑,眼睛是不会骗人的。

兴子牙酸,手里的苹果皮都削断了。

徐岷川十分纳闷,他又不是变态,没觉得自己刻意盯着她啊。

他在回去的路上实在忍不住问兴子:"我就奇怪了,每个人都这么说,你给我形容一下，我到底看她什么样？"

兴子上下打量，他的目光从徐岷川今天干净规矩的头发开始往下扫，看到他穿了一件闷骚的黑色衬衫，领子尖竟然是拼皮边的，显然除了装饰和显贵之外毫无用处，再往下看到他开车刻意挽起的袖子……心里暗暗下了定义：人模狗样。

他川哥这段时间该加班加班，该熬夜熬夜，但人如同枯木逢春，那口气又回来了，又能活得像个样了。

兴子看完他，总算找到灵感了，兴子笑着撑起自己的眼皮，眨巴眨巴示意他："你看她眼里有光。"

"你奥特曼看多了吧！"徐岷川觉得浑身恶心，回嘴骂他，这话题还没来得及展开，又被手机铃声打断了。

大毛紧急来电话告诉他们，陈丹对门的邻居突然报警，说看见她家进贼了。

他们再次赶到虹巷园。

报警的邻居是三号楼102那一户，一位未婚独居的阿姨，五十多岁了，但状态显得很年轻，她早早办理了退休，之后沉迷于报团旅游，每个月在家的日子没几天。之前陈丹家里去过好几拨警察调查取证，那会儿天热了，她游历完祖国的大好河山回家避暑，因此多次配合过警察问话，知道陈丹有违法行为被警察带走了，她家肯定不会再有人回去。

"我刚做好饭，想出门倒垃圾，一看她家的大门露条缝，门后有动静，我还喊了一声陈丹，没人理我，里边的动静也没了，偷偷摸摸的，吓死我了。我……我一个人也不敢过去看。"阿姨脚边那袋厨余垃圾都没敢扔。

她独居谨慎，尤其在对门出事之后，这楼道总共不过两三步的距离，就像凭空画出了一条生死线，让她万万不敢逾越。思前想后，她觉得这种时候多多配合警察总没错，所以赶紧报警。

这会儿陈丹家里的人早跑了，而且他们第一时间看过门锁，门还被原样地关上，没有外力破坏的痕迹。

"我没敢再开门，但那人要走的时候我听见关门声，偷偷从猫眼瞄了一眼，看见一个男人窜出来，跑得特快，一闪身就没了，还戴着帽子口罩，没露脸，不过我肯定是个男人！"阿姨两年前才置换房子搬过来，根本就没见过陈丹的丈夫，在她的印象里，对门家里除了一个傻孩子不可能有别的男人了，于是想想觉得更奇怪，"警察同志，会不会遭贼了？"

"对方有没有拿着什么东西？"

"好像……好像是抓着一个塑料袋吧。唉，这破房子的楼道黑乎乎的，那塑料袋也是黑的，应该就是那种装垃圾的黑袋子。"阿姨心有余悸，不知道从哪里冒出来的怪人，大白天鬼鬼祟祟，"我看他闪身出去的时候还把袋子往胳膊底下夹呢，不大。"

派出所本来留过人，轮班带协警守在陈丹家附近，但这么多天毫无动静，从动机上来看宋山根也不可能再回虹巷园了，所以大家难免疲软。尤其赶上中午饭点，三号楼外围那几个人当时正凑在一辆车里讨论吃饭的事呢，谁也没想到还真有人回来。

他们请阿姨尽量详细地回忆当时对方的衣着和特征，感谢她提供线索，让她也注意门窗提高警惕，赶快进屋。

兴子和大毛已经来回看过一遍了，房间里的陈设没什么变化："宋山根为什么突然跑回来？能确定是他吗？"

"是他，屋里没有乱翻的痕迹，不可能这会儿还进小偷，而且阿姨说的特征也对得上，没那么巧。"

"那八成大门口的监控还是拍不到。"

徐岷川把蹲点的几个协警骂了一顿，又让他们仔细核对："先看看有没有少什么东西。"

同样的午后，余萤去接卉卉了。

她开车去她家里拿走很多平时要用的衣服和必需品，带卉卉先回一趟徐岷川家里放东西吃饭，下午再一起去伴星院上课。

此前房子里只有他们两个人住，所以徐岷川那块白板就先搬到客厅了。卉卉吃完饭，规规矩矩地坐回到沙发上，她本来想看书，但书没翻开，她被正对面摆的白板吸引了注意力。

余萤收拾完碗筷才发现她一直都在看，也不知道看了多久。

那上边有些照片容易刺激孩子，于是她走过去想把白板收起来，但卉卉突然指指其中一张说："我见过它。"

最上边是余萤新贴上去的一张照片，她拍下了星驰的那串紫色手链。

她问卉卉："是昭昭玩过吗？"

小姑娘点点头，但很快想想又说："我之前也见过。"

"之前？"余萤很惊讶，她马上把那张照片递给卉卉仔细看。

卉卉把照片放在腿上，似乎又在想什么，而后说："外表一样，也是紫色串珠。"

"什么时候？"

"很久之前，我在爷爷家的时候，楼下有个小朋友和人打起来了，当时他也戴着这样一串紫色的手链，后来掉在地上了，我还想提醒他……所以我记得很清楚。"

余萤的惊讶已经变成震惊了，她想到卉卉所说的爷爷家应该是她们搬到平房区之前住过的房子，于是又问她之前住的地址。

卉卉的目光还落在那张照片上，回答她说："远福十五栋。"

余萤立时拿起那张照片，她脑子里听见"远福"两个字的时候轰然涌上无数念头，飞快地回忆远福路附近的街道和小区，又问她："那你认识远福一巷吗？"

卉卉不能理解余萤激动的情绪，有些不安，她向后坐坐，手指绕在一起来回动，还在努力回答问题："认识，我家楼下就是远福一巷。"

她好像想起过去的家很怀念，因而主动形容起来："我的房间很小，但是我很喜欢，窗户高高的，窗台是白色的。"她伸出手比画给余萤看，"蜡笔是长方形的蓝色盒子，和窗台一样宽，所以我把蜡笔放在窗台上，把纸贴在玻璃上，这样我只要爬上椅子就可以画画了……我的窗户下边就是远福一巷。"

所谓的远福一巷只是一条两百米长的南北方向过道，狭窄到无法通车，只能步行。它被夹在东西两栋居民楼之间，早年根本没人走，堆放着附近两栋楼的生活垃圾。它向北的出口外就是远福路，随着那条路不断拓宽成为主干道之后，这条长巷子才被清理整修，而后又有了名字，但平日里没人特意经过，只有想抄近路的人才会走。

余萤告诉卉卉不要紧张，因为曾经有个小朋友戴着这串紫色的手链走失了，她和徐叔叔一直想找到他，所以她希望卉卉能仔细回忆，当时看到的小朋友是什么样子，在干什么。

卉卉的感知方式很特殊，也因此对人和环境有超越常人的记忆能力，她认认真真地想，再一五一十地讲给余萤，而后突然想起什么从沙发上站起来说：

"小余老师,我画下来了。"

余萤不解:"画下来?"

卉卉的脸上依旧没什么表情,往次卧的方向走,边走边提醒她:"我的画册。"

身后的人立刻过去帮忙,找出她总是搬来搬去的那些画册,她去哪里住都要带着它们,从四岁开始,一天不落,每天都要用画画的方式写日记。

"你是在四年前看到他的对吗?"

卉卉点点头,很快找到自己六岁时画的那一本翻开,她很肯定地说:"是在夏天,我记得大家都穿着短袖的衣服。"然后她很快往后翻到六七月份的部分,一张张看过去,很容易就找到了,指给余萤看,"我没记错,六月二十七日这一天,我画下来了。"

那只是一张儿童蜡笔画,却能让余萤久久失声。她手里的照片再也拿不住了,轻飘飘落在地上,就和卉卉画上的一样。

她终于知道那天星驰为什么会出现在远福路上了。

"小朋友一直在打这个叔叔,他的手链突然掉在地上了。"卉卉如实说,她指指地上,弯下腰把那张照片捡起来,如同捡起那串手链,又说,"我本来想要打开窗户提醒他东西掉了,但是他突然跑了。"

"后来呢?"

"后来叔叔去追他,但是很快回来了,他看到地上的手链就把它捡走了,我也没再开窗。"卉卉的关注点是她正好看到楼下有人路过,掉了一串手链。彼时她只有六岁,虽然聪明早慧,但她的认知障碍让她不能理解外人"打架"的行为不对劲,也不清楚一个成年男人抱着一个不停哭闹的小孩很可疑,她甚至还想好心提醒他们捡东西。

"那个小朋友往回走了吗?"

"没有,只有叔叔自己往回走。"小姑娘看看余萤,她不知道小余老师此刻的表情到底是什么意思,但她知道自己的话和这张画让老师很触动,于是她沉默地在床边坐了一会儿,小声问余萤,"他是不是昭昭的朋友?你们可以找到他吗?"

余萤不知道怎么解释,强行忍下眼泪,想想点头,又和卉卉说:"是,这个小朋友叫作李星驰,如果他能平安长大,就是昭昭的朋友了,也会是你的朋友。"

223

他们都是星星的孩子，在不为人知的角落里孤独闪烁。

余萤看看时间，这会儿应该是徐岷川下午最忙的时候，她把卉卉的画拍下来，先发给他。

如她所想，他们确实很忙。

三个人在陈丹家里前后查了一个多小时，连那个车棚里的小黑屋也看过了，没发现可疑之处，也没看出到底少了什么，他们实在不知道这屋子里有什么东西能让宋山根以身犯险。

"他根本不回来住，家里没有他长期生活的痕迹，能找到的就这些。"兴子蹲在地上指指墙角，一排绿色的啤酒瓶，被人砸碎之后只剩瓶底，他撇撇嘴说，"拿这玩意儿当烟灰缸呢。"

还有两双男鞋和两顶帽子，全都破破烂烂地扔在柜子里，显然今天也没被人拿走。

"这王八蛋干吗来了？家里也没放过现金。"大毛没发现值钱的财物，怎么想怎么觉得奇怪，他转悠一圈，很快又收到消息，"大门口的监控果然没拍到，刚才那个时间段里没有可疑车辆。嘿，他倒是不嫌累，万事靠双腿，挺会避开人的。"

徐岷川又去厨房看，也没什么发现，顺口问他们："宋山根现在最迫切的需求是什么？"

"接着逃呗。"兴子靠在墙上发愁，"如果他是九叔，逃了这么多年，肯定还是想先离开天北市，但是之前没人能确定他的真实身份，现在他已经被通缉，和他有关的那伙人也都被抓了，咱们把他堵在市里了。"

徐岷川同意他的说法："那他冒险回来拿的东西肯定能帮他出逃。"

话是这么说，但三个人一时都想不出对方会选择什么方式跑。

徐岷川低头翻看手机，他今天一直静音，这会儿才看到之前余萤发来的消息。他看到卉卉在四年前画的那张画之后十分惊讶，顷刻之间在脑子里又把当年的事过了一遍。

卉卉画了一个俯瞰视角，蓝色的蜡笔简单勾勒出小男孩被矮壮男人抱起来的场面，孩子有眼泪，而且还在男人怀里抬起双臂，很明显在拼命拍打。最关键之处在于，小男孩抓起了男人的帽子，因此她当天在高处也看到对方的外貌特征，如实描绘出他脑后的两条伤疤，像个歪着的"九"字。

他很快联想出这一切的前因,卉卉刚巧目击到四年前在远福一巷里发生的事,这一切就可以和张维交代的六月二十七日当天发生的事对上了。九叔正好蹲到了星驰一个人上街,但他没想到孩子有孤独症,被外人刺激到之后会发生攻击行为,完全不受控,导致他意外失手,孩子发疯跑了。而对宋山根而言,他始终认为自己的儿子就是傻子,所以他才会在劫持星驰失败之后气急败坏地去骂张维,和他说星驰"也是个傻子"。

"宋山根就是九叔!"徐岷川半晌无言,再开口的时候声音发狠,整个人就像是突然被点着了,一只手捏着手机,青筋微跳。

兴子和大毛面面相觑,还是大毛温顺,他转头拿过桌上的一把老式蒲扇,静静地伸手给领导扇风。

徐岷川松松自己的领口,大步往门外走,他原本只想透口气,走出门后却又忽然往后退,回身往陈丹家的大门后边看,问兴子:"谁动陈丹挂着的工服了?"

"没人动啊,那又不是证物。"兴子伸头扫一眼,指指门后说,"这不还在吗。"

"少了一套。"徐岷川把门关上,"她家里本来有两套环卫工工服,一男一女。"

现在只有陈丹那套尺码更小的还原封不动地挂在门后。

兴子跳起来,总算知道那家伙溜回来拿什么了,但是他的脑子又卡住了:"等等,他回来就为了拿走一套环卫工人的衣服?"

这不是有病吗?

大毛也奇怪地嘟囔:"拿这个干吗?"

只有徐岷川没出声,这房间太憋闷了,他的额角渐渐有汗,死盯着仅剩的那套工服,脑子里闪过此前的种种——宋山根曾经不明原因地伪装成环卫工人在伴星院附近出现。他就是九叔,那他上一次暴露行踪是在外省的山区,当时他挟持幼儿袭警出逃……九叔确实还想逃,但他自己走不了。

"哥?"兴子发现徐岷川的脸色越来越难看了,不由得有些紧张。

徐岷川被他一喊反应过来,低头要打电话,想想干脆往外跑,叫他们马上调人,联系交警队布控。

"九叔去伴星院了。"

今天是个多云的日子，微风掠过树梢，不晒的晴天最适合散步，而城市里条条大路通畅。午后的树梢还有灰喜鹊，三五成群，扑棱翅膀不肯飞远，其中一只淘气的非要落在路牌上，懵懵懂懂地俯瞰人间。

万物可喜，只有人会作孽。

伴星院下午三点半有一堂美术课，专门请来美术特教老师合作，带领学员们一起画画做心理疗愈。余萤带着卉卉从徐岷川家出发，一路开得很快，就是为了赶上这节课。

她把车停在路边的划线车位上，一般院里的车辆都停在这里，相隔伴星院不到两百米。卉卉在后座上戴着耳机看画册，车停之后她才抬头，不紧不慢地摘下耳机。

余萤按开车门童锁，出声喊后边的小姑娘，让她先下车等。她在前边抽空看手机上没来得及回的消息，一边看一边熄火，刚要解开安全带去找卉卉，突然听见后方的孩子陡然发出一声尖叫："小余老师！"

余萤解安全带的手一顿，本能地回头，先向卉卉所在的右后方看，但副驾的车门外猛然晃出一团橙色的人影，前后不过三秒，对方已经拉开她的车门，飞速弯腰冲上车，直接坐到了副驾上。

这一切发生得太快了，余萤根本来不及反应，再想解安全带去开车门已经晚了，匕首直直抵在她的颈侧，让她不能乱动。

对方很清楚她会在哪里停车，卡准时机作恶。

她呼吸急促，余光足够看清冲上车的人到底是谁了，对方的帽檐压低，经久不见光，衣服也从未晾透，浑身散发出一股难闻的馊味。

他只露出一双看似老实无害的耷拉眼，但余萤认识那双恶毒的眼睛，因而脱口而出："宋山根？"

第十三章
交错时刻

    路上有两个女孩刚好路过，走出一段路正挽着胳膊热烈地聊天，忽然听见后边好像有小孩的叫声，回头看了一眼，没找到来源，而自行车车道上偶尔还有人骑车路过，谁也没时间停留。

    卉卉当时已经打开车门，但她第一时间看到对方的手上有凶器，因而吓得眼神飘忽，根本不敢抬头，卡在门边再次爆发出一声尖叫。

    宋山根非常烦躁，这声音太熟悉了，他马上和余萤恶狠狠地说："让她闭嘴！"

    余萤心里慌，但很快想清对方是特意找到一身环卫工工服，伪装成清洁工的样子才敢上街，而后一路找到这里。她平复情绪，满脑子只有一个念头就是卉卉还在车上。万幸宋山根冲上来的目标好像不是孩子，于是她马上按他说的做："卉卉？"

    后座的人听见老师唤名，如同接收到安抚指令般骤然收声。

    "滚！我最烦这些疯疯癫癫的兔崽子了，听不懂人话，专门坏我的事！"

    余萤不给他反悔的时间，稳住语气说："卉卉听话，你先下车去上课，老师很快去找你。"

卉卉犹豫了，因为她直勾勾地盯着前方的人没有动，忽然说：“我见过你。”

"卉卉！"余萤不能让她继续说，卉卉的话肯定会刺激到宋山根，她加重语气重复道，"听老师的话，马上下车，去伴星院。"

卉卉迅速下车往后走，虽然一步一回头，但方向确实是往伴星院而去，而且越走越快，忽然开始跑。

很快车里只剩下余萤和宋山根。

那把刀还卡在余萤的颈边，但她松了一口气，只要卉卉安全，她脑子里就没那么乱了。她冷静下来琢磨对方的意图，左手悄无声息地抬起来，直接按下中控，把所有的车门都锁住。

"怕我追她？放心，我对那群有病的崽子没兴趣！"宋山根一看她想动，立刻手上用力，但发现她竟然不是想往外跑，而且车门一旦锁住，代表她也把他的刀牢牢锁在自己身边了，他嗤笑着又说，"你胆子挺大。"

"我再快也快不过你一刀捅到大动脉，我没那么傻。"她已经渐渐看清宋山根手里拿的东西，从形状上看还不太常见，应该是把三棱尖刀。她深深吸气，瞟一眼后视镜，卉卉已经进楼，院里马上就会报警，她现在需要拖延时间。

余萤试图搞清对方的意图，开始装无辜：“陈丹被抓是因为那天她和我动手，警察肯定要查她，我都同意和她和解了。除此之外，我应该和你们家无仇无怨吧？”

宋山根声音低沉：“我盯你很久了，发现你年纪轻轻的挺爱管闲事啊，先是去学校，然后又带警察去我家？张维和那臭娘们儿都是你送进去的！”

余萤手心发凉，这才意识到对方回到天北市之后一直潜伏在暗处，而且从很早之前就盯上自己了。

她开始想宋山根大白天在市区突然出手的目的，这段时间对方已经被通缉，所以他此刻最迫切的需求应该是隐藏行踪，但他现在的行为明摆着很快就要暴露了……不对。

余萤刚想继续开口，宋山根却没时间和她聊天，他声音干涩地吼一句："闭嘴，别磨蹭，开车！"

"你想让我带你出城？"她没有马上发动车子，想尽办法和他找话题说，"这难度有点大，路上有这么多路口，肯定有交警，还有好几个收费站，一旦被人认出来，警察很快会封路，谁开车你都跑不远。"

这话一出来，宋山根开始笑了，他经年抽烟喝酒，笑声从嗓子眼里拉拉扯扯地钻出来，嘶哑又难听，再开口的时候讽刺意味十足："所以我特意来找你啊，你和那个姓徐的警察关系不一般吧，我知道，他大小还是个领导。"

余萤没接话，不由自主地握紧方向盘。

"你在我手上，你猜他让不让我跑？"

她硬是逼自己继续找借口："你拿刀指着我，谁都看出来了，而且我这样开不了车。"

宋山根不以为意，他调整一下坐姿，将那把三棱尖刀从她的脖颈处缓慢下移，挪到她身侧，在无人可见的暗处又抵住她腹部的位置："开你的！别乱动啊，这位置也能致命，下腔静脉破裂很容易大出血，姓徐的应该很清楚这一点。"

相隔百米之外，伴星院里几个老师听到卉卉的描述，已然慌作一团。

雯心从二楼的窗户往余萤的停车位上看，看到她那辆红色的Polo车从外边看似乎一切如常，而路过的人也没察觉出异样，她越想越害怕，急到眼泪都要出来了。

她们报警的时候，三辆警车已经在往事发地狂飙，很快警情辗转通报，证实了徐岷川的猜想。

"九叔只会这一招，还是想劫持人质出逃。"他猛踩油门，全程都在超速，又让大毛给伴星院打电话，"你告诉她们，所有老师留在伴星院看好孩子，谁也不许靠近余萤的车！"

大毛立刻照办，很快雯心那边连连答应，让他们放心，现在孩子都没事。

徐岷川生怕这些老师着急冲动，要贸然过去给余萤帮忙，所以他不放心，立刻补了一句："把大门锁上！"

雯心在电话另一头完全慌神了，但她心善，急匆匆地说："不行啊，万一小余老师回来呢，我们不能把她关在外边。"

"不可能，你们楼里全是小孩，余萤就算跑也不可能把人引回院里，对方上次就是劫持小孩出逃的！马上锁门！"

"好。"雯心立刻答应，她周围人声嘈杂，好像还有人又在喊什么，"哎？昭昭！别下楼了……"

一片复杂的声音之中，雯心突然一顿，而后冲着手机大声说道："小余老师的车动了！它……它开走了！"

徐岷川听见了，直接又是一脚油门。

这一日虽晴，但微风吹不动积重的云，前路蜿蜒，整座城市都没被日光照透。

徐岷川面色冷静，眼睛里却烧着一团火，他听见耳麦里的通报不断响起，伴星院属地的派出所就在附近，已经紧急协调赶过去了，附近五公里的路口处都有警察。

兴子很快说："咱们已经提前布控包抄了，他们走不远的。"

然而他越发焦灼，他知道余萤在车上，而她很清楚对方做过什么，所以她不可能真带着宋山根跑出城，这也是他最担心的。

他脑子里飞快地思索余萤可能遇到的情况，越想心越往下沉。如果他是余萤，方向盘还在她手上的话……他突然出声喊兴子，声音低到几不可闻，而后每个字又说得异常清楚："叫救护车。"

兴子的精神高度紧张，冷不丁被他说得胸口一震。

如他所想，余萤压根就没开出伴星院前方的十字路口。

她故意顺着直行道一路向前，逼自己保持镇定，而后迅速观察前方的路况，眼看路口将近，身边的男人突然出声说："右拐！"

她抓着方向盘怠速前行，左右张望，摆出一副慌慌张张的姿态，似乎只是下意识的反应，犹豫着问他："右拐？来不及变道了。"

"我说拐就拐！"宋山根陡然低吼，"别告诉我这会儿你还不敢压实线！"

余萤此刻是个乖顺的人质，因而他一说完，她立刻开始打方向盘，转向灯都没开，不管不顾地强行右并线。

谁也没想到她一辆直行车突然加塞，右侧车道的后方车辆还在原有的行驶速度上，司机根本来不及躲闪，眼看就要发生剐蹭。眨眼之间，宋山根似乎早料到她这么突然开过去的后果，他迅速抬手推她的胳膊，方向盘被他这一推轻微向左，车头又带回一些，硬是擦边躲过了那辆车。

对方司机是个戴着墨镜的男人，气到连连按喇叭警告，路怒症发作，按下车窗扭头开骂:"会不会开车啊!"

余萤眼看机会稍纵即逝,对方的车尾已经越过自己的车头了,她忽然向后靠,分秒之间坐直身体,此后动作一气呵成,手肘轻抬,避开宋山根拽自己的手,而后继续向右前方疾驰,她趁着时机一脚油门踩下去,整辆车从怠速状态猛然加速,直接窜了出去。

"你……"宋山根大声怒骂,一声巨响把他的声音直接掐断。

人坐在驾驶位感受到的震动异常强烈,余萤故意追尾右前方的车辆,制造出一场交通事故。这一撞被迫逼停两辆车,而后整个十字路口左右三条车道的车全部受到影响,立时都火速刹车,喇叭声震耳欲聋。与此同时,远处已经响起警车的声音了。

静谧的午后横生枝节,树梢上的灰喜鹊骤然飞走,整条路上的车都乱套了。

余萤车里的安全气囊瞬间展开,而宋山根连安全带都没系,这种情况下气囊冲出的瞬间将他直接砸在了座椅上。她原本计划想要借这几秒的机会直接开门下车,但她忘了自己此前才刚刚被人袭击导致脑震荡……她同样撞到方向盘中的安全气囊,很快又被推回座椅,所幸她的身体有安全带固定,冲击力并不大,但头部由于最后的惯性重重撞在头枕上。

她那脆弱的脑部短期内再次受到外力冲撞,只觉眼前发黑,那种极度眩晕的感觉又回来了。

天旋地转之间,余萤没空考虑其他,她死死咬紧牙,忍到喉头腥甜,硬逼自己保持意识,而后迅速摸索着解开安全带。她甚至都没时间去看一眼宋山根,此刻只有片刻逃生的机会……她从气囊中挣扎解锁,打开了车门,而后拼命向外冲。

人的意识还在,她的身体却跟不上了,她迈出去那一刻身体发软,手脚都没力气,直接瘫倒在地。她晕到几乎看不清路,手撑在地上试着挪动腿,拼命想要远离车,可惜前后只有半分钟的时间,一切都来不及了。宋山根这种亡命之徒的反应更快,他直接用尖刀划破气囊跑下车,踉跄着追过来。

现场最倒霉的是前方车辆上的司机,他好好开车竟然能被人追着撞,而且他还不小心磕到额头了,此刻也已经下车了,捂着脑门跑过来。

他看上去不过三十多岁,被撞得满脸震惊,只想搞清后边的司机到底在发什么疯,没想到他还没走出两步,先看见宋山根手上拿着一柄长长的三棱尖刀，这明显是管制刀具，因而他喊话的声音都卡住了。

宋山根反手向他比画，怒道："不想死就赶紧滚！没你的事！"说着他转到另一侧，一把揪住地上的余萤，逼迫她抬起头，张口就骂，"你故意的！撞车想跑？"

街边渐渐又有人停下，全在围观这起撞车事故。前车的司机虽然很生气，但他立刻看出这两人情况不对，往后退了两步，但始终没走。

他很警惕，保持着彼此之间的距离开始质问宋山根和余萤是什么关系："你把人放开！拿刀干吗？这里这么多人呢，你可别想动手啊！"他不断在喊，而后拿出手机报警，不远处的人群已经乱了。

路口封闭，交警立刻截住四个方向的车辆，很快数辆警车疾驰而来。

九叔，宋山根，一个从十年前就开始拐卖儿童并涉嫌故意杀人罪的通缉犯，拒捕袭警，多省流窜，终于等到他暴露行踪的这一天，但他依旧肆无忌惮。

他的恶劣行径引发分局领导的高度重视，刑侦、特警，包括交警支队，组织警力齐齐出动。但宋山根看到警察包抄合围的场面，脸色并不慌乱，甚至肆意狂笑，明摆着有些兴奋。

他的帽子和口罩在刚才的撞车过程中都被甩掉了，因而此刻毫无遮掩，露出脑后两条丑陋的伤疤，一个斜斜的"九"。白日昭昭，他连人影都烂在地上，死不悔改，还带着刀，劫持余萤作为人质，打算和警方对峙。

徐岷川赶来之后没有马上露面，他先和特警支队队长碰面，快速商量现场处置方案，谈判专家还在路上，兴子去前方向宋山根喊话，要求确认人质的状态，很快他得知余萤没事。

几分钟之后，救护车也到了，声音凄厉，这路口四个方向的通路已经全部被控制住了，而狙击组已经派出便衣出动，在附近寻找合适的射击角度，做好最后的预案，以确保人质安全。

余萤的车的车头位置损毁情况严重，发动机机盖凸起，前保险杠脱落，她的车此刻肯定不能再开，但仍有利用价值。宋山根老奸巨猾，看出今天的阵仗闹大了，明摆着不能善了，因而很快环顾四下，突然打开余萤的车的后门，挡住前方警车之后众人的视线，而后又扯起地上的人，用刀逼她，想让她上车。

余萤的眼睛已经能看清周遭了，头晕也缓解了不少，她当下反应过来，宋山根是想要挟持她躲进车里，这样环境更加隐蔽，会增加警方狙击的难度。她继续拖延时间，装作手脚依然瘫软的样子，低声和他喊："不行，我起不来……头晕，真起不来！"

宋山根十分恼火，抬手打了余萤一耳光："你别给我装！"

余萤被他打到耳鸣发作，牙齿刮到嘴里的黏膜导致出血，嘴里泛起一片铁锈味。方才她被宋山根俯身按在车旁的时候真实地感到恐惧，心率快到浑身发紧，然而此刻愤怒腾起，反而被迫冷静下来了。她趁机分散他的注意力，反问他："你是不是只会拐孩子和打女人？"

真正的恶是只针对弱者，宋山根无疑就是这种人。

他立时无能狂怒，又踹了余萤一脚，而后肆无忌惮地怒吼："你知道什么！老子还捅死过一个警察！"

三言两语之间，徐岷川就在不远处。他隔着一排警车看见宋山根好像被余萤激怒了，正低头对她动手，他立时皱眉，不由自主地往前走了一步。

特警支队队长的脸色紧张起来，他一看宋山根有动作就在等命令，但对方目前没有威胁到余萤的生命安全。

"等等，他现在需要人质出逃，不会轻易伤人。"徐岷川沉着一双眼，回头示意兴子拿手机，他给余萤打电话建立联系。

几十米之外，宋山根让余萤把手机放在地上，按开扬声器。

"余萤？"

徐岷川的声音一响起来，她莫名眼眶发热，强压下所有的情绪，咽下嘴里的血，开口回应他："我没事。"

她此刻才是最危险的人，所以他必须提醒她："听我说，一切都按宋山根的要求做。"他的声音很轻，顿一顿又问她，"帮助别人的前提是什么？"

"好。"她听懂他的意思了，不要顾虑警方，这会儿她必须想尽一切办法自保。

"徐队是聪明人。"很快宋山根出声打断他们，一只手捡起余萤的手机，另一只手胁迫她从地上爬起来，他的声音还在继续，"我的要求很简单，给我安排一辆车，让我离开天北市，只要徐队保我平安，我肯定保你女朋友平安。"

他一边说着一边紧紧贴着余萤站起来，背后抵在车侧，挟持余萤挡在自己

233

身前。他一只手抵住她颈侧的动脉位置，另一只手突然转一转那把三棱刀，扬起下巴示意远处的徐岷川，大声和他说："你知道我这东西捅人容易大出血，之前那个警察是你的副队长吧？"

徐岷川死死盯着他，肩膀不由自主地抽痛，他身旁的兴子气到手捏得咔咔直响，一拳按在警车上。徐岷川很快又控制住语气说："这样，我当你的人质，我开车带你走，肯定能确保你顺利出城。"

"你们副队上一次就用过这招了，我那年带着个小崽子，他非说孩子太小不好控制，换他当人质……你们当警察的都没点新鲜套路吗？"宋山根不是激情犯罪，他缺乏基础的道德感，句句诛心。

徐岷川保持语气，听上去并不生气，继续找话题和他拖延时间，忽然开口说："你不想知道莲嫂最近怎么样了吗？她一直死扛着不肯供出你的身份，应该不知道你是来找原配了。她在看守所里等着判刑，你这边倒是回来和老婆孩子热炕头了。"他说着目光往后方看，远处隐蔽的三名特警正压低身子，悄无声息地从副驾那一侧的视线盲区里靠近余萤的车，一旦宋山根胁迫余萤先上车，他们可以直接从另一侧的车门处把余萤救走。

前前后后没过去多久，宋山根和余萤站起来暴露在大家视线中的时间不过一两分钟，此前路过的人都被隔离在人行道上，围观群众也害怕了。这会儿根本没人敢胡乱停留，几乎全部被劝离，只有一个人影还被协警拦着。

宋山根不理徐岷川，开始推搡余萤，让她上车，他们一直都在主驾那侧的车门外。随着他向右扭头，路边一直木愣愣杵着不动的人突然浑身打晃，瞬间激动起来，直接在树下撞开两个协警窜出去，伴随着一声大喊，在场所有人都惊了。

"爸爸！"宋昭昭声音激动，中气十足。

这孩子突然看清路上的男人，拿出发疯的力气往外跑，而那两个协警根本不清楚情况，更没想着要对人民群众下死手，万万没想到，他就这样猝不及防地冲出去了。

现场情况突变，不用再等谈判专家了。

宋山根手里的动作本能一顿，他立刻顺着喊声来源抬眼看，右后方之前一直是他的视线盲区。然而此刻他看清情况后顾不上骂宋昭昭，赫然发现还有特警隐蔽在附近，正在试图接近自己，他立时涨红脸，勃然大怒。

这可不是闹着玩的。

徐岷川这下才是真急了，他明明告诉过伴星院的老师把门锁上谁也不要出来，但显然余萤被劫持，谁也没经验面对这样的事故，老师根本就没能看住宋昭昭。

他没有再犹豫，直接从警车后冲过去了。

不远处的宋昭昭不管不顾，不会分辨场合，他在现场只能认出爸爸和小余老师，因而根本没有顾忌，边跑边喊爸爸。

宋山根大怒，没有再让余萤上车，他扭头瞪向儿子只看了一眼，突然露出难以言喻的悲愤，一只手狠戾地掐住余萤的脖子，另一只手挥舞着三棱尖刀，不许任何人靠近，打算见人就捅。

徐岷川耳麦里的声音响起，宋昭昭突然冲出，挡住最佳的射击角度。

危急时刻，余萤双眼通红，眼看其他人都为了嫌犯的情绪而停下脚步，偏偏昭昭那孩子什么都不懂。他离他们越来越近，她挣扎着试图去拦宋山根那只拿刀的手。

宋山根挥刀直逼宋昭昭，徐岷川拔枪指向他，突然扬声大喊："那是你儿子！"

这喊声突如其来，却又字字清楚，犹如一记重锤当头而下，让宋山根再度一愣，手里的刀猛然一停。

此刻冲他跑过去的不是他拐走的陌生小孩，那是他亲生的儿子。

"你要亲手捅死他吗？"

徐岷川就在这万分之一秒突然想清了宋山根恐惧的是什么……十六年过去了，他明明是个人贩子，有那么多种处理掉孩子的方式，却始终没有动宋昭昭。他无疑是个恶臭的人渣，把女人看成工具，娶老婆给他生孩子，找情人帮他挣钱，所以他可以殴打陈丹，可以利用莲嫂顶罪，然而他这种男人还是没有胆量对自己的儿子下死手。

所有人都知道虹巷园里的路很窄，车在小区里根本开不快，当天宋山根盘算出一个恶毒的计划，想逼陈丹卖房。他本来可以带宋昭昭去任何地方，但最终制造意外的地点明摆着给儿子留过生路，他连造孽都不想承认，只把这事扔给老天爷，打算看天意了。

他这种人的心里隐藏着极端自卑的一面，他一直都在逃避宋昭昭，目的是给自己的无能免责。

这就是宋山根这种男人最卑劣的弱点，他恨这个孩子，同时又恐惧他，总觉得这就是老天爷对他的惩罚。宋昭昭无论如何都是他的种，但他又不能接受自己的儿子是个傻子，所以他变本加厉，不允许别人的孩子好过。

徐岷川赌他这种低劣的人渣根本没胆量手刃亲子。

仅仅只有眨眼的片刻，宋昭昭也看到爸爸手里的刀了，他吓到站在车尾不敢再走，那个角度刚好挡住右后方，导致正在树下隐蔽的狙击手被迫重新调整位置。

几步之遥，余萤已经被宋山根掐住按在车门处了，她拼命冲宋昭昭挥手，示意他赶紧离开。但那孩子受惊，行为失控，脸上的表情更加焦虑，嘴里一连串乱嚷，来来回回重复几个字："爸爸！放开，放开！"

与此同时，特警暂缓围车的计划——必须确保人质安全。

多方僵持，所有人的眼睛都死死盯着宋山根手里的刀，众人急促的呼吸声和心跳不断放大……然而顶上晦暗的云层忽然散开，天就在这一刻突然放晴了。

日光浩浩荡荡，简直让人不敢相信，而现场极度安静，明暗之间的转圜太过明显，让人的影子也无所遁形，如同某种讽刺的隐喻。

宋山根被这太阳一晒，霍然反应过来自己分神了，而且一切是因为他的傻儿子搅局。他的情绪很快崩溃，眼看徐岷川的枪口直指自己，他气急败坏地怒骂："行啊！反正老子落到你们手里也是死……再多条人命也无所谓，姓徐的，我让你后悔一辈子！"

说着他自己斜靠在车身上，掐住余萤的脖子把她拽起来，再度挡在自己身前，故意用人质当成盾牌，而后右手举起三棱刀，指向她的腹部。

一模一样的位置。当年胡罡受伤坠江，被搜救队找到后早就来不及救治了，他身上有三四处捅伤，其中最严重的就是腹部，伤口导致下腔静脉破裂，伴随大出血，人应该是在掉到江里后几分钟就没了。

这太阳来得不是时候，人间的至暗时刻还没收场。

徐岷川盯着他的每一个动作，左肩抽搐，连带着手臂突然剧烈发抖。

现场情况有变，一切都在倏忽间，远处的狙击手还没能马上找到避开宋昭昭的角度，生死一线，突然悬在徐岷川的枪口上。然而人在极度愤怒却被迫压抑的情况下又被逼出应激反应，他的左手几乎托不稳枪。

余萤闭上眼睛，自知此刻每一个微小的挣扎都可能会影响到徐岷川开枪，所以她逼迫自己保持一动不动，也不再看他。

前方的宋山根又开始笑，由他引发的一切，串联起前后四年的痛苦，殃及无数家庭，将所有人都捆绑在原地，而他自己今日已经沦为困兽，故意要去刺激徐岷川。

下一秒，他恶毒地大笑，忽然又改主意了，突然把三棱刀再次举起来，直直冲着余萤的颈动脉扎过去："我给她个痛快的死法！"

人影混乱，但枪没有响。

徐岷川忽然看见那个一直站在车尾处的孩子冲出去了。

宋昭昭刚才已经急到开始哭，当他看到爸爸再次对小余老师举刀之后，他又疯了，就像是一头突然发狂的小牛，弯起身子原地跳出去，情急之下拿出要玩命的架势，一头向他爸爸撞过去。

那孩子无疑是今天现场最大的变数，他突然爆发的冲撞无法预见，因而直接从宋山根背后把他撞开了。

"余萤！"徐岷川偏开枪口，突然喊她。

她闭着眼睛紧张过度，感觉自己无法吞咽了，喉咙里一股诡异的血腥味不知道是不是幻觉，随着反胃的感觉不断蔓延，让她几近窒息。而徐岷川的声音就像一只手，毫不犹豫地把她从昏聩的死海之中拉出去。

她立时睁开眼睛，也被身后突如其来的力量撞得被迫向前，于是她在踉跄间猛然弯腰躲开宋山根胁迫自己的那只手，而后拼命向前跑。

徐岷川冲过去抓住她，但他来不及说任何安慰的话，整个人仍旧在高度戒备的状态里，于是将她狠狠推向自己的身后，近乎低吼："别停！跑！"

她确实没有停，一直跑到警车旁边，兴子和一名女警火速接应，直到余萤确定自己百分百安全了，才敢回头去看。

宋山根险些摔倒，他被迫用手撑地，徐岷川冲过去踢开他手里的三棱刀。他爆发出癫狂的吼叫，而后又从地上爬起来，回身抓住了宋昭昭，他愤怒到恨不得当场把那傻孩子剥皮蚀骨，抬手就要揍他。

四下的特警全部围过去了，徐岷川按住宋山根的肩膀把人拉开，让他不能再施暴。然而对面的孩子挤眉弄眼，原本在哭，忽然被揍又像是想到了什么，挥着双手跑上前，拉开膀子开始抽宋山根耳光。

现场所有人都忙着制住嫌犯，反手背铐住宋山根，谁也没想到还有这么一出，于是两个警察过去劝阻，想拉开宋昭昭，但那孩子根本不受控，身上劲又大，追着宋山根连扇两个耳光。

他平日里也经常乱踢乱打，但那些所谓的攻击行为一向没什么章法，而如今他的动作又很别扭，似乎只是某种刻板的模仿行为。在场的警察只能提高声音，呵斥着让他冷静一点，但宋昭昭不肯停，执拗地还想越过人群伸手，想要去推搡宋山根的头。

在场的只有余萤看懂了，她一下午被人持械劫持都没哭，此刻却忍不住动容，因为她曾经在虹巷园撞破过宋山根的恶行，昭昭连抽宋山根耳光，想要去撞他的头的样子……那孩子对愤怒、生气、发泄这些行为的认知来源只有父亲，所以他此刻是在模仿宋山根家暴的动作。

他已经长大了，可以替妈妈把这一切还给宋山根了。

警方控制住嫌疑人之后，余萤去找昭昭，帮助他平静下来。

那孩子个子很高，但在老师面前永远都像个小孩，他边哭边喘气，傻乎乎地把脸蹭在她的肩头，像个小动物似的抽噎，挡在她身前圈出一个保护的姿态，费了好大劲才憋出一句话："老师不怕，老师不怕！"

她抱紧宋昭昭，又抬眼看向徐岷川，想到这孩子前后救了自己两次……上一次宋山根把昏迷的她藏进小黑屋，也是昭昭看到之后想尽办法去找她。

这些星娃有自己的世界，他们不理会外界的声音，不沾染复杂的人性，他们的善良不因任何外力而动摇，纯粹又极致。

她抱住昭昭，忍不住流泪，但很快又擦掉。

宋昭昭指指被人按在地上的宋山根，咬牙说："坏！爸爸坏！田营，田营……"

余萤忽然觉得他有话着急说，因而问他："田营？"那不就是之前那一片"老大难"社区吗？

"对，爸爸，田营！"

"你爸爸也在田营里住是吗？你知道他有别的家？"

"嗯嗯。"宋昭昭急得说不清楚，用力比画，表示自己跟着一个人走，"我出去玩，看到爸爸去田营……妈妈不知道。"

余萤大致猜出来他的意思："你跟着爸爸出门了，你偷偷跟着他去过田营，妈妈不知道他还有一个住的地方？"

他点头。

难怪他上次被陈丹赶出去，最后卉卉说回家，他又因为陈丹让他滚而不敢回自己家，就停在"老大难"田营里坐着不动了。

余萤马上把这个信息告诉警察，对方在天北市的另一个藏身之处就是"老大难"，只要找到他的窝，应该还能找到更多证据。

前后片刻，徐岷川已经带人把宋山根塞进警车里了，他撑在车旁按住肩膀缓一缓，忽然仰头看天。

今天出太阳了，一切都和四年前不一样。

兴子走过来递给他一根烟，徐岷川没接，摇摇头，半晌才深深呼出一口气，就那么仰着头感叹说："挺好。"而后他停了一会儿又笑，低声说，"罡子你看，今天是个大晴天。"

他们在江边等到胡罡的尸体那天，山区已经半个月没见过太阳了。

身边的人鼻子一皱，那根烟实在点不动了，兴子听着徐岷川的话突然蹲下身，捂住脸就开始号。

徐岷川没拦他，由着他放声大哭，他转身去找余萤。

她此刻已经坐在救护车里，在做简单的检查。

雯心刚刚给余萤打过电话，余萤此刻终于放松下来，才能找回说话的力气，和徐岷川解释道："老师实在没看住宋昭昭，他估计是在楼上看见爸爸在街边出现，之后就一直闹要下楼。雯心正要锁门的时候他冲了出去，拦都拦不住……"

他摇摇头，突然如释重负，示意她不用再说，而后就当着大家的面，毫不避讳地伸手抱住她。

余萤听见他的心跳声安安稳稳，感觉自己重新捡回呼吸。她虽然头晕，但此刻平静下来，浑身也没那么难受了，她的脸埋在他的怀里，听见他的声音闷闷地传了过来："昭昭不但救了你，还救了我。"

当时只要有轻微的偏差，他开枪击中的可能就是余萤。

她的眼眶又是一片湿，听见他还在说："因为我真不知道自己敢不敢开那一枪。"

一切如同天意。

余萤伸手轻轻地按在他左肩的伤处上，徐岷川总算卸掉周身那股一直紧绷着的劲。她告诉他今天的前后经过，以及卉卉曾经在老房子里目睹过六月二十七日当天发生的事，星驰之所以会在远福路上被撞，起因是被九叔强行抱进他不熟悉的巷子。

而后接踵而至的噩梦不难想象，星驰离开固定路线剧烈挣扎，他们远比普通孩子要执拗，闹起来没经验的人根本控制不住，导致九叔失手。而星驰根本不认识远福一巷，他只晓得胡乱往前跑，那时候他还不能独自过马路，因此又气又急，直接冲到行车道上。

"我刚才忽然想到，原来卉卉那么早就见过星驰，而我也在分局门口见过她……卉卉今天本来也在我的车上，幸亏宋山根不认识她。"

所有的必然寓于偶然之中，他们每个人都曾有过短暂的交错时刻，这座城市轰然编织成一张巨网，而时间让所有人最终相遇，未能昭雪的恶即使蛰伏于人群，也终将服法。

他、余萤、余灵珊、李昶，甚至张维和崔福娣……徐岷川回想这四年，所有人都没能逃离旧日。直到今时今日九叔被抓，属于他们的时间才能重启，人生这条路也才能继续向前走。

徐岷川左臂微微发抖，很久之后才重新开口说："不要告诉卉卉，她今天见过的人就是害死她父亲的凶手。"

"不会。"余萤点头，"她不需要记住这些，只需要知道她的父亲是个英雄。"

他们一路上辗转辛苦，哪怕牺牲，都是为了能让更多的孩子平安地活在阳光下。

第十四章
孤星长明

一年之后，夏末秋初。

天北市虹巷区公安分局专案组追查一起跨省特大儿童拐卖案，前后侦破历时五年之久，终于进行庭审。

整个案件涉案人员众多，案件重大，前后查实被拐及被拐未遂的儿童多达四十余名，因此庭审现场共有十几本卷宗，判决书多达一百页。主犯宋山根犯故意杀人罪及拐卖儿童罪，情节严重，社会危害性极大。法院一审判决对主犯宋山根数罪并罚，及其同伙陈子莲（莲嫂）二人依法判处死刑，而其余涉案被告被判刑二到十五年不等。

十年前后，四十多个家庭的悲剧引发了社会各界的共同关注。

宣判那天，余萤和伴星院的老师一起去福利院，她给孩子们送去公益活动捐献的衣服和书籍，同时也是去探望昭昭。

此前宋山根和陈丹一直被拘留等待开庭，家里没有其他亲戚可以帮陈丹照顾孩子，因此他们的儿子宋昭昭失去监护人，成为"事实孤儿"，按政策只能被送到一家可以接收残障儿童的福利院。

余萤起初担心他不适应，几乎每周末都抽出时间去看他，还经常安排院里的老师去做义工，帮助他尽快融入新环境。后来市里针对残障儿童专门出台了新的帮扶政策，福利院很快聘请到专门的特教老师，陆续收容了几名和昭昭情况类似的孤儿。

从年初开始，伴星院也开始启动和福利院合作的孤独症干预课程，现在她们经常能见到宋昭昭了，这无疑是最好的结果。

宋昭昭已经十七岁了，算是大龄孤独症儿童，即将成年。福利院的特教老师近期开始根据他的情况，安排他尝试学习简单的工作技能。虽然宋昭昭智商低下，在现有的社会环境下可能很难融入集体，但随着近年诊断和量表规范化，各界对孤独症谱系儿童的认知增加，也许未来他可以在公益组织里找到适合的工作。

余萤去福利院的楼后去找他，他正在车棚里和请来的师傅学习洗车，像这样简单重复而且不需要过多沟通的工作，对他而言最容易上手。

她没有马上喊他，在车棚外看了一会儿。一年下来，那孩子过得还算不错，肩膀宽厚，但拿着水枪的时候又笑得特别像小孩子，他一点一点在重复学习步骤，虽然动作笨拙，但很认真。

余萤没有打扰他，低头看手机，屏幕上忽然弹出推送，标题就是针对他父亲的宣判结果。

她打开仔细看了一会儿，再抬眼的时候，看见昭昭正冲自己跑过来。

他很开心，脸颊笑出可爱的褶子，大声在喊："小余老师！"

"昭昭，想我了吗？"

他憨笑着点头，又擦擦手说："礼物，礼物！"说着他在自己的裤兜里掏出个小东西，给余萤看，还比画着让她也伸出手，"送给小余老师。"

她看到他说的礼物是一串手链，也是紫色的小串珠，普普通通，有圆润的棱角。

余萤心头一热，她曾经在派出所的时候特意要走了他捡到的那串小手链，她当时是为了星驰，但昭昭以为她特别喜欢那个小玩具，所以他一直都记得，当有机会再做串珠游戏的时候，又给她做了一个紫色的小礼物。

昭昭慢慢把手链套在她的腕子上，和她说："好看！好看！"

余萤拉住他笑："小余老师很喜欢，谢谢昭昭。"

她转一转那串紫色的珠子，忽然觉得生命无比玄妙，她爱过和帮助过的孩子留给她同样美好的信物，如同某种延续。

这是她的无价之宝。

夏天过去了，微风清凉，余萤陪昭昭上课，之后又带他去给其他的小朋友分书。

她坐在福利院的花架下听孩子们唱歌，想到前几天自己去看守所探望陈丹的时候，告诉她孩子的近况，让她安心，又问她有没有什么话要带给儿子。

陈丹摇头说："我信你，小余老师，只要你说他好，他一定比在我身边过得好。"

"不，没有人比你更爱他。"余萤当时还不知道她需要服刑的时间，因而只能告诉她，"好好表现，早日出来，你要想一想，还有昭昭在等你。"

此刻，她抬眼看向帮助老师分拣书籍的男孩，他不是上天的宠儿，这一生或许都和常人不同，但他是个幸运的孩子。

他有一个永不放弃他的母亲，他还能等到妈妈回来。

曾经的星驰没有昭昭这么幸运，他没能等到他的母亲。

余萤离开福利院，傍晚时分去看余灵珊，她因遗弃罪正在缓刑期间，需要接受社区矫正，这段时间没有外出，从去年接受调查开始到如今，一直都和李昶在一起。

余萤不清楚他们到底如何相处，后来见到了，又觉得那种关系非常自然，好像他们两个人在经历过一切之后突然活明白了，谁都没在意离婚的事实，也没有人表现出仍有爱恨，只是平淡相处，彼此陪伴。

当天余萤留下和他们一起吃了晚饭，余灵珊心情不错，还做了一道她刚刚学会的炒菜。她虽然还是长期在家，接受监管，但找到很多想做的事，人好像突然充实起来了，还会和李昶一起听收藏的那些打口碟。

他们吃完饭，余灵珊先上楼了，她回房间准备接受在线心理辅导，客厅里只留下了李昶和余萤聊天。

她问他："你们还会重新在一起吗？"

李昶想了很久才说："不会了，但我们也不会分开，起码现阶段都是这样。"他顿一顿，虽然已经入夜，但他还是起身去泡茶，然后才笑笑说，"很

243

难懂是吗？"

余萤知道这话矛盾，却是他真实的想法。

李昶给她看了一些图片，星驰的事故因出现新的证据而在此前重新立案调查，警方再次调取了当天能找到的所有监控记录，他们也在那时候突然发现了一个被忽略的细节。

李昶把那些图保留在手机里，给余萤看的时候逐张放大，经过图侦复原之后的截图颜色很清楚。

"这次调查做过高清复原，排除掉颜色失真的干扰，在这些画面里能看清星驰走过的每一段路，你看，前边一直有一个穿紫色裙子的路人。"

余萤没明白他的意思，仔仔细细翻看，等到反应过来的时候，忽然说不出话了。

"那应该只是一个从商场门口路过的女孩，但是她那天刚好也穿着淡紫色的连衣裙。"李昶叹气，忽然眼眶湿润，手里那杯热茶只喝了两口，又去窗边点烟。

星驰非常听话，一直在等余灵珊没有乱走，但他等了四十分钟都等不到，而他之所以从商场门口跑开，是因为他看到了一位穿着和妈妈非常相似的女人……他要去找妈妈。

"我们都带着欠星驰的债，不想再去拖累别人了。"

他们是这世界上唯一清楚彼此创伤的人，余生只有忏悔，也只有他们能在午夜梦回时彼此支撑。

余萤觉得这样也好，这世间不是只有爱情才能让两个人相处，或许五年，或许十年，也或许今后他们大半生就要这样靠彼此的伤疤过活了，但起码不会再对彼此筑墙。

生活就是这样，不会永远美满。

后来余萤离开李昶家的时候，天色已经晚了。

余灵珊在楼上开窗和她道别，过去她从不会有这么温情脉脉的举动，然而如今变了很多，连脸上的轮廓都显得柔和了。

"徐岷川今天没接你吗？"

"他比我忙多了，我看家属群里说分局又有案子协查呢，半个月没见了。"

余灵珊点头，叮嘱余萤开车回去注意安全，而后看她走出几步，又喊她说："生日快乐。"

楼下的人瞬间一愣，很快迟钝地翻出手机看日期，这才想起来今天是自己的生日。

难怪连昭昭都想着要送她礼物。

余灵珊笑了，好像觉得她在冒傻气，又说："晚饭那道菜是特意做给你吃的。"

"姐……"

余灵珊用了很多年才能想明白，所谓生命力量的具象化，就是爱与责任。她在窗口又摇头说："余萤，这些年辛苦了，你有你的人生，也有你的爱人，你要一直向前走。"

余萤没有再回头，她确实一直都在向前走。

当天晚上她也没能早回家，伴星院几个老师突然急匆匆地约她调整课表，非要当晚就核对，余萤不得不七点多一路堵车，赶回去一趟。

她开到伴星院楼下，看到徐岷川的车在不远处停着，心里正奇怪，抬头一看楼里黑乎乎的，似乎约好要来的老师也都不在，她不知道出了什么事，赶紧进去看。

但她没想到，从门口的前台开始，走廊、楼梯全部缠绕上了小小的黄色彩灯，她一推门进去，那些灯依次亮起来，变出一条星河。她有些出神，上方的楼梯口突然有人冒出来，举着个蛋糕，动作稍显别扭，但人是在笑的。

徐岷川永远突如其来，风尘仆仆地赶回来给她过生日："小余老师，永远快乐。"

不光是生日，从今往后的每一天，请她务必幸福快乐。

余萤满腔的感动还来不及上头，先看见他手里的蛋糕堪称可笑，白花花一片奶油上边飘着不规则的粉色，很明显是没调匀，而且连装饰都没有，就在一圈点上了金色的蜡烛，飘忽照出他的眼睛。

"喀，我做了两个小时，也就这样了。"说着徐岷川想把蛋糕凑到她面前，让她吹蜡烛，结果手下一转，不小心露出蛋糕后方那一圈，竟然连奶油也没能抹平，隐隐露出蛋糕坯，他"啧啧"两声，只能抱怨自己，"奶油好像打得太软了。"

245

余萤笑得直不起腰，实在照顾不了他的自尊心。

她想她终于看清了这双眼，过往那些年，徐岷川目光之中所有的遮遮掩掩，那些说不清道不明的人情世故，无非是想藏下一个她。

余萤不是爱哭的人，可惜她这辈子一撞到徐岷川就眼热。

他催她吹蜡烛许愿，等到再睁开眼睛的时候，房间的门全都打开了，伴星院里所有的老师和学员竟然都在，卉卉还邀请了她的好朋友王梓睿，大家都在等她回来，给她唱生日歌。

余萤看见那些孩子之后眼泪再也忍不住，她捧着蛋糕，哽咽半天只记得感谢，然后又被徐岷川拉着胳膊走到她办公室的窗边。

入秋的日子，室外的温度有些凉了，内外温差让窗上结出一层薄薄的雾，他指指玻璃和那十几个孩子说："我们看小余老师变星星好不好？"

余萤又哭又笑，心里百感交集，偏偏今天根本就不是个晴夜，她忍不住伸手推他说："今天哪有星星啊。"

"我说有就有。"

她不知道他中了什么邪，今天这么幼稚，但门口的孩子们都被老师牵着，此刻挤在一起嘻嘻笑，纷纷拍手起哄，她也只好到窗边去，轻轻点开雾气，漆黑的夜幕低垂，月光隐约。

余萤刚想说这都怪徐叔叔说大话，结果下一秒，她忽然就看见自己擦开的窗上露出点点萤光。

他们楼下的院子里突然飞出了一大片萤火虫，很快又微微闪动，弥散而开。

她抬手在玻璃窗上点了点一处光亮，这下孩子们都看呆了，激动地凑过来看小余老师擦星星。

徐岷川抱着胳膊站远一点，把地方让给他们。

此时此刻，在一旁围观的雯心好像比余萤还激动，连声说："徐队你怎么想到的，哪儿来的萤火虫啊！"

他脑子里浮现出兴子和大毛被自己强行胁迫，钻进灌木丛里的委屈场面……但眼下他脸色得意地说："秘密。"

楼上欢呼声阵阵，谁也没看见幕后的二位功臣此刻正蹲在伴星院楼下抓耳挠腮。

兴子气哼哼地从兜里摸出一包大重九："我要不是为了他这些烟，我才不给他干这活！"

大毛还是派出所的人，得亏他们今天没勤务下班早，他长吁短叹，抬巴掌拍死了一只蚊子，又拎着几个逮萤火虫的捕网说："想开点吧，为了早日让你们徐队不沉迷于刑所合作，咱今天就算功德圆满了。"

"不行，不能这么便宜他，你等着，我带你去讹他一顿大的，澳龙起步。"

"出息！做人不要太短视。"大毛最通人性，他优哉游哉地指着楼上说，"只要哄好嫂子，你要啥没有啊！"

那天夜里的伴星院像是坠入了童话世界，他们一起带孩子分蛋糕，其中一个五六岁的小男孩好像刚来不久，最胆小，他全程只记得拉紧雯心的手，始终不肯抬头看其他人。

余萤耐心地蹲在他身边，叫他的名字，让他渐渐能够自己坐下来。

徐岷川看见她的侧脸在笑，她在面对那些孩子的时候永远温柔坚定。余萤有种沉静的心灵力量，每每让他觉得是种天赋，而他刚好能与之同频。

余萤把孩子交给雯心，走过去找徐岷川，而他在窗边还一直看着那个小男孩，她问他："怎么了？"

"没事，看到他让我想起卉卉小时候了……尽早干预还是很有必要的。"

余萤转身坐下，轻声和他说："他妈妈来找我的时候，和我说过一句话，我听完好几天都睡不着。"

他的目光带着询问。

"和他同龄的孩子都上学前班了，个个唐诗倒背如流，但他不认字，不会吃饭上厕所，先后被三个幼儿园劝退，他妈妈心态崩溃，但为了孩子，她和我说，她不敢死。"

最令人难过的是，她说儿子将来长大了，真到她七老八十该闭眼的年纪，她还是不敢死。她和丈夫商量着想再给他生一个弟弟妹妹，这样将来父母没了，还能有人照顾他到老，但又觉得这对二胎的孩子也不公平……她问余萤，什么时候这个社会才能给他一个容身之处。

余萤回答不了，只能安慰她，现在越来越多的幼儿园和学校都在接受融合教育，特殊儿童回归普校的机会也越来越多了。

他们不需要同情，他们需要的是被接纳。

"我也知道现在的难处，很多正常孩子的家长没法理解，他们认为孤独症的孩子都有病，躲都躲不及。"

所谓的"正常"只是正常人的定义，但花有千百种，自然的多样性同样包括人类。

"但是你看，今天咱们的小男子汉也来了。"徐岷川说着往角落指指，王梓睿跟在卉卉身边，正在边吃边看她画画。

余萤看见他终于笑出来了，那孩子白白胖胖，毫无社交障碍，刚才带头唱歌，第一个起立鼓掌，而后满场帮着老师哄小朋友。他今天为了给卉卉的老师过生日，还特意打扮过，穿了一件小马甲，特别懂礼貌。

"不管上一代人有什么偏见，未来是他们的。"

余萤发现他想得比自己还明白："是啊，这就是融合教育的意义。"

宇宙并不孤独，星星的孩子同样闪亮，他们有自己的光，一点一滴，一代又一代渗透夜空。

他们办公室的墙上贴着一句话，是今年联合国在四月二日世界提高孤独症意识日主页上发布的内容："我们正在摆脱治愈或改变孤独症患者的叙事方式，转而专注于接受、支持和包容孤独症患者，并倡导他们的权利。"

世界缤纷，各有色彩，生命永远值得被尊重。

徐岷川握住她的手，他知道余萤在坚守一项非常艰难的事业，其艰辛程度并不亚于他们的工作。

这世间不是只有晴天，总要有人为黑夜掌灯，哪怕人们找不到湖泊，一小片积水也能收容月亮。

他只说："你走你的路，身后有我。"

她是擦星星的人，为了那些孩子，也为了他。

后来时间晚了，老师负责护送孩子们回家，大家都散了。

徐岷川和余萤一起回去，他第二天又要出差跑外省，手机上交。

"快的话就是半个月，要是案子复杂的话又得折腾几个月了……你上下班别着急，慢慢开，万一有事你就去找大毛，他在派出所好使。"

余萤听得耳朵都起茧子了："好，好，好。"

"你自己在家，门窗记得锁好……王阿姨喊你吃饭你就去，别不好意思。"

她扑哧笑了，指指他们楼下说："这是公安局的家属大院，还有敢来溜门撬锁的？以咱们罗大爷夜跑的频率，第一时间就能赶赴现场。"

他要去洗澡好好睡一觉了，死皮赖脸地凑过来非要亲她一口，顺嘴说："请问一下家属同志，等我出差回来是不是该去看看学区房了？继续当室友都对不起这么多年关于我家世背景的谣言啊。"

余萤把他推进厕所，去客厅清理掉那块白板上的所有照片："这里住着也挺好，离你单位近，我上班也不远。"

秋夜清爽，紫露草到最后一季了，她已经在院里摘下一捧，明天带去看望星驰。

"当不成室友了。"余萤低声笑，敲敲厕所的门说，"我查了，这里也是学区房。"

门里的人动作突然加速，水声飞溅，不知道撞到什么又噼里啪啦地往下掉。

后来时光藏拙，岁月平白叙事，每一件细碎的小事编织成船，悠悠荡在生活的长河中。

伴星院陆续接受了好几家媒体的采访，在那起轰动社会的拐卖儿童案件公审之后，提供关键线索的孩子被人们发现，而在他们背后，所有默默无闻帮助孤独症谱系儿童的康复师也终于有了名字。

他们被誉为擦星星的人。

后来的后来，孤星长明，这座城市依旧不温不火，但有往事可回首。

【全文终】

MEMORY
HOUSE